R

Richard Scrimger

Meine Seele ein Meer

Deutsch von Dieter Fuchs

Die Originalausgabe erschien 2001 unter dem Titel
Mystical Rose im Verlag Doubleday, Canada.

Le Conseil des Arts du Canada | The Canada Council for the Arts

Die Übersetzung wurde durch den Canada Council for the Arts
und das Department of Foreign Affairs and International Trade, Ottawa,
finanziell gefördert.

ISBN 978-3-8251-7794-2

Erschienen 2012 im Verlag Urachhaus
www.urachhaus.de

Umschlagfoto: © Cheryl Koralik, New York
Gesamtherstellung: CPI – Clausen & Bosse, Leck

Du Ursache unserer Freude, bitte für uns.
Du Tempel des Heiligen Geistes, bitte für uns.
Du Tabernakel der ewigen Herrlichkeit, bitte für uns.
Du Wohnung, ganz Gott geweiht, bitte für uns.

Du geheimnisvolle Rose, bitte für uns.

Du Turm Davids, bitte für uns.
Du elfenbeinerner Turm, bitte für uns.
Du goldenes Haus, bitte für uns.

aus der Lauretanischen Litanei (um 1531)

1 Findung

Deine Augen sind ganz dunkel. Und traurig. Wie traurig sie sind. Warum nur? Was hast Du denn Furchtbares getan? Dir geht es doch gut – was rede ich nur, natürlich geht es Dir gut. Du musst nicht traurig sein. Alles halb so schlimm. Trockne die Tränen. Weg mit diesen Sorgenfalten. Du kannst das. Du kannst doch alles.

Also, warum weinst Du? Schau nur, jetzt fange ich auch schon damit an.

Wasser. Tränen sind Wasser. Rings um mich her ist Wasser. Es steigt, klatscht überall dagegen. Steigt in meinen Lungen hoch, erstickt mich. Als wäre es das letzte Mal. Oh, Mama. Dieses ganze Chaos ringsumher, und ich kann nicht atmen. Und wie kalt mir ist.

Wie lang das her ist.

Was es nicht alles gab, Geburten, Tode und Verheiratungen, Herz- und Kopfschmerzen, Liebe und Gelächter, Kriege und Frühstücksbüffets. Diese Unmengen von Leben.

Harriet erzählt den Leuten immer, wie sehr ich das Leben liebe. Meine liebe Tochter, bitte wirf mir den Namen nicht vor; Robbie hat ihn ausgesucht. Er hat gelacht, als ich Gert vorschlug, meine beste Freundin in der Grundschule. Nein, ich meine es ernst, habe ich gesagt, und er lachte noch mehr. Mutter liebt das Leben, sagt Harriet. Eine wunderbare Frau, meine Tochter. Hoffentlich hatte ich ebenso viel Energie, als ich so alt war wie sie.

Hier ist sie nun und steht neben Dir. Kann sie Dich sehen? Ihr Mund ist geöffnet, aber sie redet nicht mit Dir. Sie greift nach mir, mit riesigen, weißen Händen – die hat sie auch von Robbie, genau wie den Namen. Meine Hände sind schlank und zart, schöne Hände, pflegte meine Mutter zu sagen. Wie könnte dich jemand mit derart schönen Händen für einen Jungen halten, mein kleiner Liebling? Mit schönen Händen, die nach ihrem Schleier greifen, ihrem großen Hut, ihrem Batisttuch. Oh je. Ich ertrinke schon wieder.

Harriet wischt mir das Gesicht ab. Das fühlt sich gut an. Sie sagt, Na komm, aber ich weiß nicht, was sie meint. Wohin soll ich denn kommen? Dies ist ein Krankenhaus, es gibt hier nur hier.

Ihre Hände sind so kalt wie die Grundschule. Ich war immer vor der Lehrerin da, die mit der Kutsche den ganzen Weg von Cobourg fuhr. Ich musste auf der Harwood Road eine Meile bis nach Precious Corners gehen, und wenn ich am Schulhaus ankam, war ich völlig durchgefroren. Eine wunderschöne Tageszeit, die Sonne ging über schneebedeckten Feldern auf. Aber kalt. Wer als Erster in der Schule war, musste den Ofen anheizen. Das Anmachholz roch immer nach Mäusen und nach Staub. Das Feuer war heimelig und warm. Manchmal warfen die Jungs ihre Hausaufgaben hinein.

Vier Jahre alt und ohne Daddy. Er ist im großen Krieg, sagte meine Mama zu mir. Genau wie der Daddy meiner Freundin Gert. Er war ebenfalls ein Farmer, genau wie mein Daddy. Mama weinte. Gerts Mama auch. Sie hatte rote Haare und ein Gesicht wie der Erntemond. Was ist der große Krieg?, fragte ich, aber Mama gab keine Antwort. Ich fragte die Lehrerin. Eine furchtbare Sache.

Im Frühjahr blieb ich von der Schule weg, um Mama und Victor mit der Farm zu helfen. Salate und Kohlköpfe und Getreide pflanzen und die Schweine füttern, bis die Schweine alle krank wurden. Sechs Jahre alt und nicht in die Schule. Die Lehrerin kam abends immer vorbei, um mir zu sagen, was ich versäumt hatte. Sie brachte jedes Mal die Zeitung mit. Es hat eine furchtbare Schlacht gegeben, an einem Ort namens Loos, sagte sie. Oder Gallipoli. All diese Orte klangen seltsam. Mama weinte. Die Zeitung roch wie das Innere der Manteltasche unserer Lehrerin. Dann kam der Brief aus Ottawa, in dem stand, dass Daddy heimkommen würde. Er war krank geworden, genau wie die Schweine, nur dass sie gestorben waren und er nicht. Mama und ich empfingen ihn am Bahnhof in der Stadt, zusammen mit all den Nachbarn. Er umarmte uns und hinkte dann hinüber zu Gerts Mama. Sie fiel in Ohnmacht.

Die Beinverletzung verheilte, aber innerlich war Daddy verändert. Er kümmerte sich um nichts mehr, als hätte der große Krieg den Teil von ihm behalten, der sich kümmerte. Die Saat ging zu spät auf, und die Kohlköpfe waren voller Löcher, und es kümmerte ihn nicht. Irgendetwas schlich sich mitten in der Nacht in den Hof, vielleicht ein Kojote, und nahm uns alle Hühner, und es kümmerte ihn nicht. Meine Lehrerin starb an der Grippe, weshalb sie die Schule schlossen, bis jemand Neues kam, und es kümmerte ihn nicht. Mama holte die Ernte ein, so gut sie konnte, und die Nachbarn boten uns Hilfe und Fleisch an, aber der Schnee blieb lange liegen in diesem Jahr, und an manchen Tagen hatten wir nichts zu essen außer Kohl und altem Brot. Wir brauchten neue Möbel, zumindest sagte Mama das, und ich brauchte neue Kleider, aber Daddy sagte, er hätte nichts gegen unseren Tisch und die Stühle. Und Rose sieht prima aus, sagte er. Er saß allein am Esstisch, nah bei der Flasche mit dem Gift. Das war Mamas Bezeichnung. Sein Haar war grau.

Als ich ungefähr zehn war, brach Victor sich das Bein und konnte nicht mehr aufstehen. Ich sah ihn als Erste und rannte zum Haus, um Hilfe zu holen. Daddy kam mit mir zur Scheune und stand an der Box, während Victor innen von einer Seite auf die andere plumpste. Ich weinte. Daddy sah eine ganze Weile zu, dann ging er ins Haus, um sein Gewehr zu holen. Ich blieb in meinem Zimmer, und Daddy feuerte vier Schüsse auf Victors Kopf ab. Ich konnte sie hören. Pferde haben einen harten Schädel, man muss ganz genau zielen. Das hat mir Victor später erzählt. Oder meine ich Onkel Brian?

Steht Dr. Berman Dir im Weg? Er ist neu hier. Er hat einen komischen Vornamen – Sunday, oder so ähnlich – und mit dem stellt er sich auch vor. Du könntest ihn natürlich bitten, zur Seite zu gehen. Oder Du könntest ihn auslöschen, mit der Kraft des Wurms, der da nicht stirbt. Ich frage mich, was er zu meiner Tochter sagt. Seine Zähne sind sehr ausdrucksvoll.

Harriet ist meine Tochter, Harriet Rolyoke. Nicht Zimmerman, was auch hätte sein können – der arme Geoff, ich sehe ihn immer noch vor mir, auf den Knien in unserem Wohnzimmer, frisch von der Maniküre und mit Haarbüscheln, die ihm beim Lächeln aus der Nase ragten. Nicht Bluestone, obwohl sie ihn zu mögen schien, und er hatte jeden Grund, ihr dankbar zu sein. Harriet Rolyoke. Der Name, mit dem sie zur Welt kam. Ich habe es immer wieder versucht, aber manchen Leuten kann man es einfach nicht recht machen. Du kannst es dir nicht leisten, wählerisch zu sein, sagte ich zu ihr, wobei ich nicht wollte, dass sie sich schlecht fühlte, aber Tatsachen sind nun einmal

Tatsachen, und die Jungs kämpften nicht so um sie, wie sie das bei mir getan haben. Jeden Tag sehe ich unscheinbare Frauen mit Ehemännern, sagte ich zu ihr. Willst du am Ende allein bleiben? Dann lachte sie und tätschelte meinen Arm. Selbst als sie jung war, schien sie immer über mich zu lachen. Womöglich habe ich mehr Sinn für Humor, als mir bewusst ist.

Onkel Brian war das schwarze Schaf der Familie und Daddys älterer Bruder. Sein geschäftlicher Erfolg in Belleville und dann in Toronto, außerdem die guten Aussichten, von denen er in seinen Briefen heim nach Gloucestershire, England, berichtete, bewegten meinen Daddy dazu, sich mit seiner Braut nach Ontario aufzumachen.

Onkel Brian kaufte zwei Überfahrten zweiter Klasse als Hochzeitsgeschenk und nahm den ganzen Weg nach New York auf sich, um uns abzuholen. Er arbeitete für eine Bank; das Einzige, was ich bei unserer Ankunft von ihm wahrnahm, waren seine lavendelfarbenen Gamaschen. Das Geräusch seines Motorwagens – ich hatte davor noch nie einen gehört – dröhnte in meinen Ohren wie der dahinsterbende Sommer. Ich lauschte immer nach ihm, wenn er uns in Precious Corners besuchen kam. Es war herrlich, darin zu fahren, den Wind auf meinem Gesicht zu spüren, die Welt schneller an uns vorbeirasen zu sehen als einen Gedanken.

Die Besuche wurden weniger, als die Bank ihm den Wagen und sein Gehalt wegnahm und ihn ins nördliche Ontario versetzte, aber er war mit uns am Bahnhof von Port Hope, als Daddy aus dem großen Krieg heimkam. Die Gamaschen waren mittlerweile grau und fleckig. Genau wie Onkel Brians Erfolg vermutlich. Mittlerweile konnte ich ihm bis über die Knie sehen, auf das schmale Hinterteil und die knochige Brust unter dem abgetragenen Wollanzug, der jetzt weder von einer

Taschenuhr vervollständigt wurde, noch von einer Brillantnadel, einem weißen Schal, Kaschmirmantel oder Homburg-Hut. Der große Krieg hatte auch ihm übel mitgespielt. Willkommen daheim, sagte er zu Daddy und schüttelte ihm die Hand. Seine Hände waren größer als die von Daddy, und seine Nase war länger. Er wollte nicht zum Abendessen dableiben.

Ich sterbe, stimmt's? Deswegen bist Du hier. Deshalb schaust Du so traurig – ich vermute mal, mein Tod ist kein besonders schöner. Das hat Mrs. McAllister immer gesagt: Ist nicht Der-oder-der einen schönen Tod gestorben? Eine dürre Lady mit Zitronengesicht, ihrem Mann gehörte die Mühle in Harwood. Sie trug immer Hüte mit Blumen – Nelken und lila Rittersporn, glaube ich. Kann aber auch sein, ich verwechsle die Blumen mit dem, wofür sie stehen: *Stolz* und *Hoffart*. Sie lud Mama und mich immer zu Tee und kleinen Kuchen in ihre gute Stube, während unser Korn gemahlen wurde. Sie lud nicht jeden ein, aber Mama war eine waschechte Engländerin, und das zählte im Ontario der Zwanziger etwas. Keine Ahnung, was ich war. Ein höfliches junges Mädchen, vermute ich mal, und so sauber, wie Laugenseife und heftiges Schrubben mich nur kriegen konnten, auch wenn ich ärmlich gekleidet war. War Mrs. McAllisters Vater wirklich ein Konzertpianist? Zumindest behauptete sie das und zeigte dabei wie zum Beweis auf das Klavier. Sonst hatte ich das aber von niemandem gehört. Einmal fragte ich Mama danach, aber die sagte, sie sei sich nicht sicher, was soviel hieß wie: Sie bezweifelte es. Du kennst natürlich die Wahrheit. Ich vielleicht auch bald. Eine bösartige Lady, diese Mrs. McAllister, aber zu mir trotzdem nett. Ist sie einen schönen Tod gestorben? Irgendwie kann ich mir das nicht vorstellen.

Onkel Brian hatte eine Hypothek auf das Haus vermittelt, als er noch bei der Bank arbeitete. Mama bat ihn um Hilfe, nachdem Victor gestorben war und wir uns im Frühjahr kein Saatgut leisten konnten, doch der Brief kam ungeöffnet in einem zweiten Umschlag zurück. Wie überrascht waren wir, als er ein paar Monate danach hager und ausgemergelt in unserer Küche auftauchte und mit einer Stimme, die fast genauso klang wie die von Daddy, Mama fragte, ob er eine Weile bei uns bleiben könne – er hätte seine Arbeit verloren und könne sich ja vielleicht ein bisschen auf der Farm nützlich machen. Hallo, Rose, sagte er zu mir, indem er seine Fingerknöchel ineinander schraubte. Mama sagte gar nichts.

Hier, trink mal was, sagte Daddy und schob ihm die Flasche hin.

Und so kam es, dass Onkel Brian bei uns einzog. Ein gebrochener Mann, aus dem das Leben herausrieselte wie Sägemehl. Daddy kümmerte das nicht. Er war selbst eine ausgebrannte Granate, einer, in dessen Seele Zigeuner kampierten. Meine Mutter und ich schufteten mit gesenkten Köpfen und fürchteten uns vor dem, was der Tag uns bringen mochte.

Lady Margaret Rolyoke war eine dürre, vertrocknete Frau, schön anzusehen aus der Entfernung. Eine Frau wie eine weiße Orchidee: exotisch, farblos, geruchlos. Die Sorte Frau, die ein Mann nicht braucht. Sie war Lady Margaret, weil sie die Tochter eines Herzogs war. Ihr Gatte war der ganz und gar unadlige Mr. Rolyoke, Philadelphia, Pennsylvania im Winter, Cobourg, Ontario im Sommer. Weißt Du, ich denke immer noch an die beiden. All die verpassten Gelegenheiten. Dieser sinnlose Schmerz, der anhält, bis er keine Rolle mehr spielt, wie ein Stein im Schuh, an den man sich beim Gehen gewöhnt, bis man ihn schließlich entfernt und erst dann denkt, Wie hätte ich damit auch nur einen einzigen weiteren Schritt machen können? Er ist jetzt seit fast fünfzig Jahren tot, und sie seit zehn oder etwas mehr. Ich hingegen humple immer noch in der Gegend herum.

Ich kannte das Rolyoke-Anwesen schon, bevor ich dort zu arbeiten anfing. Jeder in Cobourg und dem Bezirk Hamilton kannte dieses gewaltige Holzhaus, einen dieser schlossartigen Herrensitze, die gerade mal eine Bootsfahrt von Rochester/New York entfernt waren. Die beste Luft von ganz Nordamerika, hieß es, reines Ozon, optimale klimatische Bedingungen – keine Ahnung, ob das wirklich stimmte. Cottesmore Hall, Hamilton House, Strathmore, Bagnall Hall, Heathcote, Sidbrook. Ach je. Diese Namen erwecken ein Gefühl von vergangenem Ruhm, so wie ein Hauch alten Parfüms, der hartnäckig an einem Pelzmantel ganz hinten im Schrank haften geblieben ist. Und all diese großartigen Anwesen waren die Saison über angewiesen auf einheimische Klempner und Glaser, Metzger und Obsthändler, Gärtner und Dienstboten.

Ich lernte Lady Margaret zufällig kennen. Mama hatte mir wohl von ihr erzählt, aber getroffen hatte ich sie noch nie. Es war früh am Morgen meines ersten Tages, und ich versuchte, den Dienstboteneingang zu finden, deshalb fragte ich die erstbeste Person, die mir über den Weg lief. Das war dann sie, die gerade einen Spaziergang im Park machte. Ich habe mich verlaufen, sagte ich, und sie nahm mich am Ellbogen – eine seltsame Geste, fast die eines Polizisten, und nicht eines Freundes – und führte mich den ganzen Weg ums Haus herum zu der entsprechenden Tür. Du musst das Blumenmädchen sein, sagte sie. Ich befand mich damals noch in Trauer wegen Daddy. Als sie das Band entdeckte, sprach sie mir sehr freundlich ihr Beileid aus. Ich hoffe, es gefällt dir hier, sagte sie. Ich senkte den Kopf, und sie brachte mich in die hintere Küche und sagte dieser Ziege von Parker, sie solle Adam rufen und zwischenzeitlich besonders nett zu mir zu sein. Ich war sechzehn. Parker lächelte und sagte, Aber selbstverständlich, Mylady, und gab mir, kaum waren wir allein, eine Ohrfeige, dass ich gegen die Wand an der anderen Seite des Raumes knallte.

Schwarze Stiefel mit Knöpfen, Baumwollstrümpfe und zwei Unterröcke, und das sogar mitten im heißesten Sommer seit Jahren, ein langes, weites Hauskleid in der Farbe dünnen Kaffees, mit weißer Schürze und Haube. Von der Haut weg alles gestärkt, bis es von selbst stand, und Gott sei davor – Du weißt schon, wie ich das meine –, dass man sich kratzen musste. Kein Wunder hatte Parky immer schlechte Laune, wo sie doch so schwitzte. Diese Uniform hatte die Herzogin von Ainslie entworfen, erzählte Robbie mir später. Lady Margarets Mutter. Ich hätte sie bei der Hochzeit kennengelernt, wenn sie gekommen wäre.

Meine erste Gartengesellschaft. Admiral Byrd hatte soeben den Nordpol überflogen, und keiner redete von etwas anderem. Nur dass er noch gar kein Admiral war, oder? Wenn sie nicht über ihn redeten, dann redeten sie über die große Ausstellung zu hundertfünfzig Jahren Unabhängigkeitserklärung; das hing mir vielleicht zu den Ohren heraus. Staatliches Museum und Hochschule für Industriedesign in Pennsylvania, ich kann Parkys Stimme heute noch hören. Welche Eleganz, sagte sie. Du hättest damit nicht das Geringste anfangen können, Rose.

Der südliche Rasen, auch genannt der See-Rasen, weil er bis hinunter an den Kieselstrand des Lake Ontario reichte, an einem Spätnachmittag im Juni. Die Sonne brannte ein Loch in die Mitte eines wolkenlosen Himmels, die Schatten hingen schwer unter den Ahornbäumen und die Wellenkämme glitzerten und funkelten. Es gab gerade so viel Wind, dass die

Röcke raschelten und die Fliegen wegblieben. Ich war verantwortlich für die Muffins. Im Ernst, Muffins. Ich musste mit dem vollen Tablett herumgehen und dafür sorgen, dass die Damen sich bedienen konnten. Hätten Sie gerne einen Muffin, Madam? Das war mein Satz – nur musste ich ihn ein paar Mal üben, um ihn richtig hinzukriegen. Parker war der Meinung, ich sei nicht kultiviert genug. Mr. Rolyoke hat sich in dir getäuscht. Du bist nicht bereit für eine Gesellschaft. Du bist erst eine Woche hier. Du bist ein Mädchen für draußen, sagte sie zu mir und sah mich vernichtend an. Eine Gartenkraft. Kannst nicht mal ein Tablett gerade halten, stimmt's?

Gehen Sie doch einmal quer durch die Küche, Miss Rose, schlug Mr. Davey behutsam vor. Er war derjenige, der die Autos fuhr – der Anzünder, aber das ist nicht das Wort. Warum fällt mir das Wort nicht ein? Ein fetter Mann, nicht sonderlich alt, mit einem freundlichen Wort für jeden, im großen Krieg hatte er schwere Brandwunden erlitten. Wir hatten alle ein wenig Angst vor seinem Aussehen. Er und Parker waren die einzigen Dienstboten, die die Rolyokes im September nach Süden begleiteten. Ich ging durch die Küche auf ihn zu, bot das Tablett an und sagte meinen Satz, zögerte dann aber, als ich ihn Madam nennen sollte. Ich spürte, wie ich rot wurde, und er lächelte – also, sein Mund verdrehte sich zur Seite. Sah abstoßend aus, aber ich wusste, es war ein Lächeln. Beim Zurückgehen durch die Küche stolperte ich über Parkers ausgestrecktes Bein, was einen ziemlichen Lärm machte. Sie rümpfte die Nase, als Mr. Davey mir wieder aufhalf. Danke, sagte ich. Er schüttelte den Kopf. Keine Ursache, Miss Rose, Sie sind ja leicht wie eine Feder.

Die Damen bei der Gesellschaft waren auch nett zu mir. Wie jung Sie sind, sagten sie, doch so fühlte ich mich gar nicht.

Wie zierlich, sagten sie, was ich nicht war, nicht wirklich, einfach nur unterernährt. Wie hübsch – nun, ich glaube, ich *war* hübsch. Es tut mir leid, Harriet, aber das war ich, mit meinen dunklen Haaren (auch wenn ich keine Locken hinkriegte, egal, wie sehr ich mich anstrengte), dunklen Augen, geraden Zähnen, die mir nie wehtaten, Augenbrauen, die ganz natürlich geschwungen waren. Na ja, es ist allerdings eine ganze Weile her, dass ich so ausgesehen habe. Die Jungs in der Schule hielten mich für eine Schönheit. Ich erinnere mich sehr gut an den Tag, an dem einer von ihnen mit der Familienkutsche kam, um mich nach Hause zu fahren. Das Pferdegeschirr war mit Schleifen geschmückt, und die Clydesdales hatten Fell und Mähne gebürstet, bis sie wie Gold glänzten. Wie die anderen Jungs ihn anguckten, diesen – wie hieß der Clydesdale-Junge gleich noch?

Mein Onkel hatte die Idee mit dem Jagdausflug. Er und mein Daddy saßen am Küchentisch mit einer Flasche Wein, den sie in einer alten Spülschüssel aus Kohlstrünken und Zucker hergestellt hatten, und Mama und ich stritten darüber, ob ich mit Gert ins Park Playhouse gehen und *Die Parade des Todes* ansehen durfte. Der Film war mit David – ich meine John Gilbert. Mama sagte, es sei zu teuer, und ich sagte, Ach bitte. Onkel Brian leerte sein Glas und knallte es auf den Tisch.

Elche, sagte er. Die einzigen Tiere, die sich zu schießen lohnt. Er blinzelte. Am Nasenansatz entstanden Fältchen. Er sah überhaupt nicht aus wie ein Jäger.

Daddy starrte ihn an. Sagte kein Wort.

Ich habe so manchen Elch erlegt, sagte Onkel Brian. Die Wälder um den Kirkland Lake sind voll davon. Am besten zielt man direkt über den Vorderlauf, sagte er und spähte über seine erhobenen Hände, als würden sie, zittrig vom Wein, ein Gewehr halten.

Die Petroleumlampe, die an einem Nagel in einem der unteren Balken hing, flackerte und verlöschte; in der Küche gab es nur noch den rauchigen Schein des Feuers. Romantisch war es, aber kalt. Durch die Ritzen in Wänden und Fenstern konnte man den Wind spüren.

Ich hatte genug von diesem Haus, genug von der ständigen, zehrenden Unsicherheit, in der man nie wusste, wie viel es zu essen geben würde oder was Daddy und Onkel Brian als Nächstes Unsägliches anstellen wollten – eines Nachts fand einer der beiden ein Kaninchen beim Klohäuschen und brachte es herein auf den leeren Tisch. Sie wollten es nicht laufen lassen und wollten es auch nicht töten, ließen es vielmehr verunsichert auf dem nackten Holz herumhoppeln und lachten jedes Mal, wenn es sich erleichterte. Nach einer Stunde legte sich das Ding einfach hin, so müde war es, und Onkel Brian erschlug es mit einem Backstein.

Warum darf ich nicht ins Kino gehen?, fragte ich Mama laut. Gert geht. Alle gehen. Warum soll ich die ganze Zeit hier im Dunkeln herumsitzen. Das ist nicht richtig, sagte ich. Fünfzehn Jahre alt und der Mutter erklären, was richtig und falsch ist. Aber ich wusste es, und sie auch.

Ich würde dich gern gehen lassen, Rosie, aber wir brauchen das Geld.

Aber es ist mein Geld, sagte ich.

Am besten nimmt man eine Großwild-Büchse, sagte Onkel Brian und schenkte Wein nach. Dein Kindergewehr reicht da nicht. Ja, John Habemayer, drüben auf der anderen Seite der Burnham Road, der hat eine richtige Büchse. Hat viel gejagt früher – du hast ja die Schädel an seiner Wand gesehen, oder?

Ich frage mich, ob er sie uns für ein paar Tage leiht. Es gibt Elche in den Ganaraska-Wäldern.

Daddy sagte nichts.

Es ist mein Geld da in der Zuckerdose, sagte ich.

Mama runzelte die Stirn. Es kostet nicht mehr als einen Vierteldollar, sagte ich. Von meinen Blumen ist noch mehr als ein Dollar übrig.

Ich erinnere mich ans Unkrautjäten, tief gebückt über eine Reihe neuer Setzlinge, wie ich hackte und zupfte, bis mir der Rücken wehtat. Jedes Jahr dasselbe, soweit ich zurückdenken kann. Als ich alt genug zum Stehen war, war ich auch alt genug zum Unkrautjäten. Habichtskraut und Vogelmiere hauptsächlich: *Schnelläugigkeit* und *Zuteilung*. Und Nessel: *Verleumdung*. Für mich waren sie nichts als hartnäckige Störenfriede und gemeine Schlingpflanzen.

Und wie ich so vorwärtshumpelte wie ein altes Weib, mit gekrümmtem Rücken, kam ich an eine – Du weißt, welche Blume ich meine, diese weiße Wildblume, wie heißt sie nochmal, Angelika, nein, verdammt, ich meine unverdammt. Warum fällt mir der Name nicht ein? Aber egal, da war sie, inmitten einer Reihe Erbsenstauden, und ich brachte es einfach nicht fertig, sie an der Wurzel ausreißen. Wie schön sie war, mit ihren weißen Blütenblättern und dem goldenen Gesicht, das zu mir heraufläachelte, und daneben waren noch andere und bedrängten die Triebe in der nächsten Reihe. Ich kam an diesem Abend wieder und trug die Blumen zu einem Beet, das ich am Rand des östlichen Feldes angelegt hatte, weit weg von allem. Der Boden war nicht tief und bestand größtenteils aus Kieseln. Ich präparierte einen Bereich für die Margeriten – keine Ahnung, warum mir vorhin der Name nicht einfiel – und versetzte sie dorthin. Den ganzen Sommer über sammelte ich Wildblumen aus dem wurmzerfressenen Gemüsebeet zusammen und verpflanzte sie in meinen kleinen Garten.

Ich frage mich, ob letzten Endes nicht genau das die Hauptattraktion daran war – es war meiner. Ich muss so zwölf oder dreizehn gewesen sein, und es gab wenig, was ich mein Eigen nennen konnte. Ich konnte mich lebhaft an ein damals erst wenige Jahre zurückliegendes Wunder erinnern, als wie von Zauberhand Blumen vor unserem Eingang auftauchten, aber das waren nicht meine Blumen. Die arme Mama hätte sie fast ausgegraben und zurück zu Mr. Cuyler gebracht.

Doch diese Barmherzigkeit kam direkt aus der freien Natur, von Dir, vermute ich, und Mama lächelte, als sie den Garten sah. Das sieht aber nett aus, sagte sie. Sie machte es sich zur Gewohnheit, weitere Exemplare für mich zu sammeln, und als der Sommer zu Ende ging, bildeten meine Blumen eine richtige Grenze zum östlichen Zaun – fast eine halbe Meile lang. Mein Beet war so groß, dass es von unseren Nachbarn auf dieser Seite bemerkt wurde, denen, die mit den McAllisters verwandt waren.

Als im Sommer unser Getreide gemahlen wurde und wir bei Mrs. McAllister im Wohnzimmer Tee tranken, und Daddy und Onkel Brian oben an der Mühle waren und Whisky tranken, erzählte sie mir und meiner Mama, dass Schnittblumen in der Stadt einen Penny pro Strauß bringen.

Schnittblumen. Was ist, wenn sie nicht mehr kommen?, fragte ich Mama. Was ist, wenn sie sterben und nicht mehr kommen? Sie umarmte mich. Sie kommen schon wieder, sagte sie. So schleppte ich mich frühmorgens hinaus zum östlichen Feld und stand am Rand des Gartens, während ein Wind aufkam und die weißen Köpfchen niederdrückte, genau wie die purpurnen, die rosafarbenen und die gelben. Und ich nahm die alte Sense mit dem neuen Blatt, das ich extra angebracht hatte, und machte mich an die Arbeit, um meinen Garten zu töten.

Ich verdiente neun Dollar in diesem ersten Jahr, indem ich von Gerts Daddys Karren herunter Blumensträuße verkaufte. Ihre Mama hatte damals bereits wieder geheiratet, und Gerts neuer Daddy hatte ein Transportunternehmen in der Stadt, und weil er ein äußerst großzügiger Mann war, konnten wir unser Getreide auch ohne Victor zur Mühle bringen. Gert saß in der Schule still neben mir und mochte mich gern, auch wenn die Jungs sie weitgehend ignorierten. Das tat sie doch, oder? Es wäre furchtbar für mich, wenn ich da falsch läge. Ich mochte sie auch. Neun Dollar waren zwei Wochenlöhne in der Möbelfabrik oder der Gerberei. Ich gab Mama das Geld, ging hinaus zu meinem Garten und weinte, weil er jetzt kahl und braun und nichts als ein Teil des östlichen Feldes war und weil außerdem der Winter vor der Tür stand.

Bitte lass mich ins Kino gehen, sagte ich zu Mama im Jahr, in dem mein Daddy starb.

Ein ausgewachsener Elch kann einen Zug zum Entgleisen bringen, sagte Onkel Brian. Ich erinnere mich an eine Fahrt im Schlafwagen von Sudbury nach irgendwo, und plötzlich, mitten in der Nacht – Peng! –, als sei es das Ende der Welt. Wirft mich komplett aus der Koje. Ich denke, wir sind mitten in einem Erdrutsch, und dann sehe ich den Schaffner die Fäuste aus dem Fenster recken. Verdammter Elch, sagt er und meint damit, dass wir hier feststecken, bis sie eine neue Lok schicken können. Timiskaming, dorthin fuhren wir. Nur dass wir eben nicht fuhren. Und dann trampelt eine riesige Gestalt am Fenster vorbei. Ich sehe, wie sie sich gegen den Schnee abzeichnet – es ist ein Elch. Er geht aufrecht, und der Zug ist entgleist.

Daddy schenkte ihnen beiden nach.

Geh nicht ins Kino, flüsterte Mama. Lass mich hier nicht allein, Rose.

Robbie war nicht da in dem ersten Sommer, den ich bei den Rolyokes verbrachte, dem Sommer, als Admiral Byrd über den Pol flog und Gerts Mutter einen Nervenzusammenbruch hatte, weil Rudolpho Valentino tot aufgefunden wurde, und Houdini – dies war die erschreckendste Meldung jenes Sommers –, Houdini blieb in einem Sarg ganze eineinhalb Stunden unter Wasser. Ich fiel fast in Ohnmacht, als Mr. Davey mir diese Geschichte aus der Zeitung vorlas. Robbie war in Europa, um Französisch zu lernen, oder zum Jagen oder Segeln.

Ich wusste nicht einmal, dass es einen Rolyoke Junior gab. Niemand sprach von ihm. Erst als wir allein dasaßen, mit der Welt unter uns, erst da wurde mir klar, wer er war.

Heda, sage ich!, rief er mir zu, ein nett angezogener junger Mann, der zu mir heraufschielte. Was tun Sie hier? Es ist viel zu früh für Kastanien, und außerdem, das hier ist ein privates –

Er brach ab und starrte noch mehr. Ich sollte vielleicht sagen, dass wir etwa zwölf Meter voneinander entfernt waren, und zwar in vertikaler Richtung. Ich stand auf halber Höhe eines mächtigen Kastanienbaums und hatte ein aufgerolltes Seil über der Schulter.

Sie sind ein Mädchen, verkündete er überrascht. Ich vermute mal, das lag an der Arbeiterhose, die um meine knochigen Hüften hing. Sie hatten mir eine aufgetrieben von dem Jungen, der die Stiefel und das Silber polierte. Nicht, dass viele Mädchen Kleider tragen, wenn sie auf Bäume klettern. Wurde ich rot? Ich mochte es nicht, wenn man mich für einen Jungen hielt.

Er war kein Einheimischer, das konnte ich an seinem Akzent hören, und weil ich ihn nicht kannte. Ich dachte, er sei zu Gast in dem großen Holzhaus. Ich rutschte vorsichtig meinen Ast entlang, hielt mich dabei gut fest und griff nach oben, um das eine Seilende in der Mitte des morschen Astes über mir zu befestigen. Die Luft um mich herum war voller Staub und Moder. Ein Eichhörnchen, das von einem benachbarten Baum herüberschimpfte, war ungewöhnlich laut. Ich wischte mir Spinnweben aus den Augen.

Aufpassen, sagte er. Jetzt bloß aufpassen.

Nun wäre es eigentlich an mir gewesen, überrascht zu sein. Sorge war normalerweise nicht in den Stimmen der Sommergäste zu hören. Zumindest nicht Sorge um mich. Die Sommergäste waren Teil einer anderen Welt. Reich, nur für die Saison hier, von weit weg; so wie sie auszusehen, zu reden und sich zu verhalten, wäre mir und meinen Freundinnen unmöglich gewesen. Pferdevorführungen und Polo-Spiele und Automobilfahrten durch die Stadt. Meine Freundinnen warteten regelmäßig in der östlichen King Street, um die schicken Kleider und Juwelen anzustarren, die auf dem Weg ins Hotel Arlington zum großen Samstagsball waren. Eine Gesellschaft, bei der der ganze Rasen voll mit Gästen ist, elektrische Lichter von Hecke zu Hecke hängen und eine Tanzkapelle in der Mitte eines Swimmingpools voller Orchideen spielt! Mr. Davey erzählte mir davon; er hatte die Rolyokes hingefahren. Ein Swimmingpool voller Blumen und Musik – ich denke immer noch, das ist eine schöne Idee.

Jetzt bloß aufpassen! Er sah mir genau zu, rührte sich nicht von der Stelle, stand aber keineswegs still. Seine Hände fuchtelten unkontrolliert. Er hüpfte auf und nieder, als hätte er Sprungfedern unter seiner Kleidung, während ich das Seilende um einen kräftigen Ast über mir schlang und den zusammengerollten Rest zu Adam, dem Chefgärtner, hinunterwarf.

Verzeihung, Mr. Robbie, sagte er.

Oh, hallo Adam, sagte der junge Mann.

Fertig, Rose?, rief Adam. Ich drehte mich vorsichtig um und griff in die Astgabel, in die ich die Säge gehängt hatte.

Rose?, fragte der junge Mann. Rose?

Rittlings auf meinem Ast sitzend, warf ich durch das Blättergewirr einen kurzen Blick nach unten, bevor ich mit dem Sägen anfing.

Rose?, fragte er Adam.

Gehen Sie besser aus dem Weg, Mr. Robbie. Der Ast wird gleich herunterkommen.

Und so habt ihr euch kennengelernt? Wie schön! Das nenne ich romantisch!, rief Ruby. Du ein Dienstmädchen, und er der Sohn der Manse. Du hast echt nichts ausgelassen, Rosie, sagte sie. Ihr Gesicht lief rot an. Da hatte sie natürlich schon ein bisschen was intus.

Warte, es geht weiter, sagte ich. Es wird noch besser.

Offenbar hatte ich auch schon ein bisschen was. Und dabei konnte es noch gar nicht spät gewesen sein, oder? Wir waren oben, über Rubys Hutgeschäft. Ich konnte den See von ihrem Wohnzimmerfenster aus sehen, das auf die Glen Manor Road ging. Später Nachmittag im Sommer, Sonntag, und ruhig. Man macht sich kein Bild, wie ruhig Toronto an einem Sommersonntag in den Vierzigern sein konnte. Ich frage mich, wo Harriet war. Im Kino? Bei der Orchesterprobe?

Was ist eine Manse?, fragte ich.

So etwas passiert *mir* nie, sagte Ruby. Ihre Haare hingen ihr wie ein Vorhang ins Gesicht.

Und was ist mit Montgomery?, fragte ich. Ich musste ihn da schon gekannt haben.

Was soll mit ihm sein? Er ist ein Tunichtgut, ein fahrender Händler. Echt ein toller Kerl, wenn man mal ein Messer kaufen will, aber kein bisschen romantisch.

Doch, das ist er, sagte ich. Jeder kann romantisch sein. Romantik kommt von den Menschen, nicht von den Umständen.

Sie versuchte das zu schlucken, aber es wollte nicht hinunter. Schwachsinn, sagte sie. Und kippte ihren Drink. Rum, glaube ich. Der flutschte ordentlich. Für gewöhnlich trank sie Rum. Ihr Vater war bei der Handelsmarine gewesen.

Ich sägte den morschen Ast durch, aber er bewegte sich nicht. Adam rief von unten, ich solle mich beeilen. Ich schob und zog, aber ich konnte den Ast nicht aus dem umgebenden Geflecht von Blättern und verhakten Zweigen befreien. Ich fluchte auf die Hitze und die Käfer, fluchte auf die Anhänglichkeit kleiner Finger, die sich am kräftigen Elternbaum festklammerten, obwohl die Trennung längst stattgefunden hatte. Schließlich kletterte ich hinauf, lehnte mich gegen den zerfurchten Stamm und trat gegen das abgesägte Ende des morschen Astes, dieses schimmernd weiße Oval. Er rührte sich keinen Millimeter.

Der Ast ist verklemmt!, rief ich zu Adam hinunter.

Ich spürte, wie der Baum leicht zu vibrieren begann.

Was soll ich machen? Er lässt sich nicht bewegen. Klettern Sie herauf?, rief ich. Erneut spürte ich das Vibrieren. Der morsche Ast rutschte nach unten und blieb dann wieder hängen. Jetzt war er so weit weg, dass ich ihn nicht mehr treten konnte. Dann hörte ich den jungen Mann meinen Namen rufen.

Ein Mittsommertag 1927, heiß bis zum Ersticken. Es war eng dort oben, ringsumher dichtes Blattwerk.

Hallo? Rose?

Die Stimme des jungen Mannes war jetzt ganz nah.

Wo ist Adam?, fragte ich.

Am Boden. Und wo sind Sie?

Ich kletterte ein wenig tiefer und blinzelte durch den Vorhang aus Blättern, der zwischen uns hing. Er sah ziemlich aufgeregt aus.

Warum sind Sie hochgeklettert, Sir?, fragte ich. Er stand auf der obersten Stufe der langen Holzleiter, die *ich* vor einer Stunde hochgeklettert war.

Ist Ihr Name Rose?, fragte er mich.

Ja, Sir, sagte ich. Dann, lauter, rief ich, Adam, der Ast fällt gleich! Er winkte von unten mit seinem Seilende. Er war ein Einheimischer, mittelalt, gut beieinander, mit mächtigem Schnauzbart und Bauch, zu dicklich, wie er das nannte, um wie ein Affe herumzuklettern.

Bitte seien Sie vorsichtig, Sir, sagte ich.

Ich heiße Robbie, sagte er mit einem nervösen Lächeln und streckte die Hand aus. Ich streckte ihm meine entgegen. Er beugte sich weit nach vorne und verlor das Gleichgewicht. Die Leiter kippte nach hinten, stand aber gleich wieder aufrecht. Anstatt fest am Stamm des Baumes zu ruhen, lehnte das obere Ende jetzt an einem der horizontalen Äste. Als wir uns die Hand gaben, fing die Leiter an, seitlich den Ast entlangzurutschen.

Adam stieß Warnrufe aus und hastete vorwärts, aber er war zu weit entfernt, um rechtzeitig bei der Leiter zu sein. Sie kippte zur Seite.

Und dann, mit einem Geräusch, als würde man Baumwollstoff zerreißen, rutschte der morsche Ast durch das dichte Gewirr aus Blattwerk nach unten. Adam ließ sein Seilende los, woraufhin der Ast, anstatt langsam herabzuschweben, mit voller Wucht auf den Boden knallte und das Seil hinterherflatterte wie ein Banner.

Robbie wirkte überhaupt nicht, als sei er in Gefahr. Er lächelte charmant – ein umwerfendes Lächeln, von einem Ohr zum anderen – und hielt meine Hand. Die Luft, die ich angehalten hatte, steckte mir im Hals. Ich erstickte vor Begeisterung. Nett, Sie kennenzulernen, Rose; ich bin Robbie Rolyoke, sagte er. Er hielt sich an meiner Hand fest, um sich auf den Ast zu schwingen, während die Leiter, acht Meter solides Hartholz, von uns wegrutschte und krachend auf dem heruntergefallenen Ast landete.

Rolyoke?, fragte ich. Ich meine, Mr. Rolyoke, Sir?

Mein Vater ist Mr. Rolyoke, erklärte er mir. Ich bin nur Robbie.

Ich betrachtete den Trümmerhaufen, blinzelte durch die Öffnung meiner Zufluchtsstätte hinunter, fasziniert, distanziert, in Sicherheit.

Harriets Lächeln ist nicht charmant. Na komm, Mutter, sagt sie.

Fühlen Sie sich jetzt besser?, fragt die Frau auf der anderen Seite des Betts. Wie nennt man die? Reisetasche?

Hallo, sage ich.

Wo warst du, Mutter?

Ich sehe mich im Zimmer um. Vier Betten, meins eingerechnet. Meine Tochter. Eine ... keine Reisetasche. Krankenschwester. Was meinst du mit, Wo war ich?, frage ich. Ich war hier. Oder etwa nicht?

Ich schaue auf meine Hände. Manchmal kann ich sagen, wo ich war, wenn ich sie ansehe.

Ich war die ganze Zeit hier, sage ich.

Ich weiß nicht, ob das stimmt, sagt Harriet. Du hast gewirkt, als seist du weit weg.

Aber jetzt sind wir ja wieder da, stimmt's?, sagt die … Krankenschwester.

Ich lächle hinauf zu ihr, dieser mütterlichen Frau mit schottischem Akzent. Ich war mein Leben lang nicht mütterlich genug. Und ich war nie in Schottland. Ich fange an zu weinen. Ich weine, weil ich nie in Schottland war.

Aber, aber, meine Liebe, sagt die Krankenschwester. Das hilft uns nicht weiter, stimmt's?

Ich versuche es ihnen zu erklären.

Es tut mir leid, sage ich zu Harriet.

Na komm, sagt sie.

Also, spielen Sie Karten?, fragte er mich.

Nein, sagte ich.

Reiten Sie?

Nicht wirklich, sagte ich. Wir hatten ein Pferd, aber es ist gestorben.

Und ein Beau?

Ich schaute weg.

Verzeihen Sie mir, sagte er. Ich wollte nicht neugierig sein. Ich wollte … was tun Sie denn sonst so, um sich zu amüsieren, Rose?

Ich starrte ihn an, Robbie Rolyoke, Lady Margarets Sohn, einen etwas überspannten jungen Mann, der hoch oben in der Luft neben mir saß. Ich weiß nicht, sagte ich.

Ich glaube, er verstand. Er nickte. Sein Gesicht war rot. Schweißtropfen liefen ihm in den Kragen hinein.

Es war sonnig, als Harriet mich das erste Mal zum Arzt brachte. Beim ersten Mal war es sonnig. Die nächsten paar Male regnete es. Beim ersten Mal tat mir die Sonne in den Augen weh. Sie half mir die Treppe hinauf. Warum sind wir hier?, fragte ich. Ich hatte schon den ganzen Vormittag gefragt. Ich bin nicht krank, sagte ich. Das erste Mal seit Monaten war ich nicht krank. Mir ging es besser. Ich hatte eine schlimme Erkältung gehabt, oder zumindest glaube ich, es war eine Erkältung, viel Husten halt. Niemand war auf die Idee gekommen, mich zum Arzt zu bringen, als ich hustete. Ich nicht, Harriet nicht. Robbie auch nicht. Na ja, Robbie war tot. Mama war auch tot. Ärzte haben viel zu tun – sinnlos, sie zu belästigen, sagte sie immer. Aber jetzt ging es mir endlich besser, und jetzt schleppte Harriet mich zum Arzt.

Warum sind wir hier?, fragte ich nochmal. Diesmal waren wir im Federwisch – ich meine, im Wartezimmer. Harriet verzog das Gesicht und sagte, ich solle still sein. Ich schaute im Zimmer herum, es war voller langer Gesichter und zitternder Gliedmaßen.

Harriet sah wütend aus. Tu das nicht, Mutter, sagte sie zu mir. Keine Ahnung, was ich da tat. Meine Hände waren sauber, aber sie wischte sie mir trotzdem ab. Wegen der Sonne musste ich blinzeln. Ich stand auf, um die Vorhänge zu schließen. Harriet redete mit einer anderen Frau, deren Mutter herumzappelte und weinte. Armes Ding, muss hier herumsitzen im … ich schluckte. Komm zurück, rief Harriet.

Stirnrunzelnd sah ich sie vom Korridor aus an. Keine Ahnung, wie ich da hingekommen war. Ich hol mir nur was zu trinken, sagte ich zu ihr.

Sie kam zu mir her. Wischte meine Hände ab. Sie waren jetzt ein wenig schmutzig. Tu das nicht, sagte sie zu mir. Der Eisbecher rief Harriets Namen. Genauso sah sie aus – weiße Uniform, von den Schultern abwärts spitz zulaufend, kirschrote Haare. Harriet Rolyoke? Und Rose? Der Doktor möchte Sie jetzt sehen.

Ich stand auf und ging ohne Hilfe. Sie sehen aus wie ein Eisbecher, sagte ich zu ihr und strahlte. Sie sagte gar nichts. Wahrscheinlich daran gewöhnt. Ich bin sechsundachtzig Jahre alt, sagte ich zu ihr. Voller Stolz. Und ich weiß nicht, warum ich hier bin.

Der Arzt konnte mich nicht sehen. Hallo, sagte ich zu ihm und winkte, aber er redete nur mit Harriet. Seit wann vergisst Ihre Mutter Dinge?, fragte er.

Ist das jetzt eine dämliche Frage oder nicht? Ich habe seit Jahren Dinge vergessen, soweit ich überhaupt zurückdenken kann. Und warum fragt er Harriet? Die hat keine Ahnung. Sie lebt nicht mit mir zusammen. Sie kommt vorbei, um Dinge auszumachen, die ich angelassen habe, und mir die Zeitung vorzulesen. Ich bin die, die Dinge vergisst. Mich sollte er fragen. Hallo, Doktor, sagte ich. Er zeigte mir kurz seine Zähne, redete aber weiterhin mit Harriet. All die Jahre, die ich versucht habe, Männer für sie zu interessieren, ohne jeden Erfolg. Jetzt klappt es endlich. Der Doktor ist ganz vernarrt. Sieht auch noch ganz gut aus, weiches, lockiges Haar und dunkle Haut. Zu dumm, dass Harriet über sechzig ist. Und herrisch. Und, bitte verzeih die Ehrlichkeit einer Mutter, nicht wirklich hübsch.

Sind Sie jüdisch?, fragte ich den Arzt. Er sah durch mich hindurch, nickte nur Harriet zu. Damit sagte er wohl ja.

Harriet war es peinlich. Sei bitte still, Mutter. Das hast du beim letzten Mal schon gefragt, sagte sie.

Oh, sagte ich. Und dachte bei mir, Das ist also nicht mein erster Besuch bei Dr. Sylvester – na also, jetzt fällt mir der Name doch ein. Klingt das jüdisch? Das Wenige, was ich vom Alten Testament noch weiß, ist das, was wir in der Sonntagsschule lernen mussten, und an einen Sylvester kann ich mich nicht erinnern.

Es war sonnig an diesem Tag. Da bin ich mir sicher.

Er machte einen Test mit mir. Harriet ging aus dem Zimmer, und ich war ganz allein mit dem gutaussehenden Doktor. Aber keine Nadelstiche, kein Pinkeln-Sie-hier-rein, Pusten-Sie-mal-da; hier ging es um Frage und Antwort. Ich musste lächeln, die Fragen waren so albern. *Was haben ein Ei und ein Samenkorn gemeinsam?* Er schaute mich vollkommen ernst an, als er das fragte.

Isst man beides zum Frühstück, sagte ich zu ihm.

Er wollte mehr. *Warum sind dunkle Kleidungsstücke wärmer als helle Kleidungsstücke?*

Im Ernst, als ob es darauf eine Antwort gäbe. Sehe ich aus wie ein Modedesigner?, fragte ich ihn.

Oder, *Was machen Sie, wenn Sie im Kino sind und als Erste Rauch und Feuer bemerken?*

Kommt drauf an, sagte ich.

Worauf?

Ob es eine Tragödie oder eine Komödie ist, sagte ich ihm. Wenn's eine Komödie ist, kann man lachen. Der Doktor, jetzt habe ich schon wieder seinen Namen vergessen, wurde ein bisschen ärgerlich. Das ist eine ernste Sache hier, sagte er. Wenn es ein ernster Film ist, sollte man sich wahrscheinlich Sorgen machen, sagte ich.

Ich kriegte langsam Hunger, aber er bot mir nichts zu essen an. Stattdessen begann er, Zahlen aufzusagen. 5, 9, 4, sagte er. Ich lächelte höflich. Er wartete. Sie sollen sie wiederholen, sagte er.

Was wiederholen?, fragte ich.

Die Zahlen, die ich gerade genannt habe. Warum?, fragte ich.

Weil wir feststellen wollen, wie gut Ihr Gedächtnis funktioniert, erklärte er mir. Es ist ein Test.

Ich war mit Zahlen nie wirklich gut. Ich weiß noch, dass meine Tochter nicht fassen konnte, wie ich im Blumenladen die Bücher führte. Das kommt nun mal davon, dass man nie richtig Subtrahieren gelernt hat. Ich erzähle es nicht gern, aber es ist die Wahrheit. Ich muss diesen Teil meiner Schulbildung übersprungen haben. Ich kann sehr gut addieren; wenn ein Kunde ein Dutzend langstielige Rosen und ein Bukett frischer Schnittblumen für seine Freundin kaufte, konnte ich das ohne weiteres zusammenzählen – 6,99 Dollar für die Rosen und 8,00 für die Blumen – und ihm sagen, er schulde mir, was immer das dann auch war. Ich konnte auch auf einen Zwanzig-Dollar-Schein herausgeben. Aber ich war nie in der Lage, die Differenz zwischen dem zu berechnen, was ich für die Dinge bezahlte, und dem, was ich von den Menschen bekam, die sie kauften. Warum ich nicht pleiteging, wird mir immer ein Rätsel bleiben. Vielleicht bin ich ja auch pleitegegangen und habe es nur nicht bemerkt.

Man sagt, Armut zeichnet einen, und man überwindet es nie, arm zu sein. Ich denke, das ist wahr, aber nicht nur, was Geld betrifft. Was denkst Du – verzeih, da mach ich wieder denselben Fehler, Du denkst ja gar nichts. Du weißt. Nun, ich war arm im Geiste, arm in der Liebe, und das hat mich gezeichnet. Vergib mir, ich habe Harriet geliebt, so gut ich konnte. Mehr als ich geliebt wurde als Kind.

Auf Wiedersehen, Mama, sagte ich in der Tür unseres Hauses in der Forth Street in Cobourg. Sie antwortete nicht, sie war nicht da. Ich war etwa siebzehn, war mir meiner Uniform bewusst und des Bildes auf dem Sims im Eingang, unserem einzigen Andenken an Daddy. Ich wollte nicht, dass Mama da war, wenn ich mich verabschiedete. Ich wusste nicht, was sie von Verabschiedungen hielt, von unserem neuen Haus, von mir. Ich wusste nichts von ihr. Arm im Geiste. Mr. Davey wartete draußen auf mich, um mich zum Bahnhof zu fahren. Ein strahlender Herbsttag, Blätter wirbelten in duftenden Farbwolken die Straße entlang. Ich und Miss Parker verbrachten ihn im Zug, von Cobourg nach New York nach Philadelphia. Sie strickte und mäkelte an allem herum, was ich machte. Ich las eine Weile, schaute dann aus dem Fenster und dachte über einen Ort nach, in dem eine Million Menschen zusammenleben. Ein riesiger Ort, größer als eintausend Precious Corners. Ich bekam fast Kopfweh davon. In den Filmen sah man von Städten jeweils immer nur einen einzigen Block – außer beim antiken Babylon. Ich konnte mir keine richtige Stadt vorstellen, eine voller echter Menschen. Sitz gerade, Rosie, sagte Parky. Glotz nicht und roll nicht so mit den Augen, sonst denken die Leute, du bist schwachköpfig.

Der erste Mensch, den ich in Philadelphia sah, war dunkelhäutig. Der zweite auch. Wahrscheinlich habe ich sie angestarrt; in Cobourg bekam man dunkelhäutige Menschen nicht oft zu sehen. An was ich mich als Nächstes erinnere, ist, dass der Bahnsteig voller Menschen war. Ich folgte Parkys weiten Röcken.

Die Rolyokes wohnten am Rittenhouse Square, in einem riesigen, L-förmigen Haus mit einem Turm oben und einer kurvigen Einfahrt unten. Es war nicht mehr das größte Haus am Platz, aber das war es einst gewesen, als Mr. Rolyokes Vater es von seinen Textilien erbaute. Das hat Robbie mir erzählt, später. Ich weiß nicht, wie man ein Vermögen macht. Andere Häuser um den Platz entstanden durch Öl und Kohle und Eisenbahnen, und zumindest eines, so erzählte man sich, entstand durch Schnaps.

Anfangs wohnte ich im Turm mit den anderen Mädchen. Du erinnerst Dich an mein Zimmer, das, das ich mir mit Jane teilte. Vom Fenster aus konnten wir auf den Fluss sehen. Becky und Mrs. Porson schliefen auf der anderen Seite des Ganges. Mrs. Porson war kein Mädchen, aber ihr Mann war tot und sie nur die Küchenhilfe, deshalb musste sie teilen. Miss Parker wohnte darunter. Wenn eins von uns Mädchen mitten in der Nacht aufstand, kriegte Parky das mit. Es gab kein Klo, natürlich, und ich erinnere mich daran, dass ich die Beine zusammenpresste, um nicht den Nachttopf unter meinem Bett benutzen zu müssen. Es gibt da ja einen Trick – du klemmst deinen linken Knöchel unter die rechte Ferse und streckst mit geschlossenen Knien die Beine. Becky hat den Bogen nie rausgekriegt; sie machte immer ins Bett. Sie war wirklich ein hübsches Mädchen, nur nervös. Sie weinte. Sie blieb nicht lange. Mit Jane war das anders. Parky setzte ihr nicht so zu wie mir, weil sie wusste, dass Jane robuster war als ich – zum Teufel, sie war sogar robuster als Parky selbst. Sie hatte so eine Art, einen anzusehen, wenn sie etwas nicht machen wollte. Ihr Gesichtsausdruck sagte dann etwas wie, Du musst mich töten, bevor du mich dazu bringst, DAS zu tun. Selbst wenn dieses DAS so etwas wie Bodenschrubben war. Parky wusste um diesen Blick – und so verbrachte ich viel Zeit mit Bodenschrubben. Vielleicht lag es daran, dass Jane dunkelhäutig war. Ich habe sie nie danach gefragt. Sie ermutigte einen nicht zu Intimitäten. Ich habe nie gehört, warum sie wegging. Ich erzählte ihr, dass ich Heimweh hatte, gleich in der ersten Woche, dass ich Mama vermisste und die vertrauten Orte. Jane sah zu mir herauf, eine kleine, dunkle Frau mit Muskeln unter festem Fleisch, die Haare säuberlich angeklatscht, und schaute wieder weg.

Ich habe keine Ahnung, sagte ich zu dem gutaussehenden Doktor. Zahlen sind so schwer zu behalten, sagte ich. Wie Kerne von Wassermelonen – man versucht sie aufzuheben, und sie flutschen einem durch die Finger. Ich könnte Ihnen die Zahlen nicht einmal vorwärts aufsagen, geschweige denn rückwärts. Er schrieb etwas auf, lächelte dann und erzählte mir die Geschichte von einer Frau namens Helen, die in den Supermarkt ging. Ich versuchte zuzuhören, aber es passierte nicht sonderlich viel mit Helen – kein Streit am Kühlregal, kein Raubüberfall an der Kasse –, und meine Gedanken fingen an zu wandern.

Lady Margaret starrte auf eine Schale mit Blumen auf einem kleinen Tisch im braunen Salon. Schön, sagte sie – zu sich selbst? Ich meine, sie war allein; ich war noch im Raum, aber ich war daran gewöhnt, nicht anwesend zu sein. Leute redeten, aber nicht mit mir. Ich sagte nichts, senkte den Kopf und staubte weiter ab, vielleicht wurde ich ein wenig rot. Lady Margaret trat hinter mich und rempelte mich an.

Rose, sagte sie. Sie lächelte. Ich zog den Kopf ein.

Kommst du klar hier bei uns, Liebes?

Ja, Ma'am. Ich meine Mylady.

Gibt Miss Parker dir viel zu tun?

Ja. Unwillkürlich zuckte ich zusammen.

Sie ist eine sehr erfahrene Hauswirtschafterin. Und so begabt. Ist das nicht ein wunderschönes Blumenarrangement, das sie da gemacht hat?

War das ein Test? Das Arrangement hatte natürlich ich gemacht; jeden Morgen machte ich die Arrangements im Gewächshaus.

Freut mich, dass es Ihnen gefällt, sagte ich.

Dann kam Becky herein, machte einen Knicks vor Lady Margaret und sagte, ich würde in der Küche gebraucht. Lady Margaret lächelte und sagte, ich könne gehen. Ich folgte Becky mit einem Herz voll Jammer.

Sie konnten sich von der Geschichte gar nichts merken? Der Arzt sah verwirrt drein, seine dunklen Augen ganz sanft und voller Feuchtigkeit. Ich weiß nicht, warum er sich so anstellte, die Geschichte gab einfach nicht viel her. Es ging irgendwie um Helen, sagte ich. Ich denke, sie machte sich Sorgen. Sie wollte mit ihrer Honigmelone nicht wieder in die Küche zurück. Es schüttelte mich.

Mrs. Rolyoke.

Das bin ich. Ich blickte auf, dem Doktor ins Gesicht. Er gab mir ein Papiertaschentuch.

Wissen Sie, was wir heute Morgen hier machen?, fragte er. Wir versuchen herauszufinden, wie Sie gesundheitlich beieinander sind. Ihre Tochter macht sich Sorgen.

Ich weiß, sagte ich.

Sie vergessen eine Menge Dinge, sagte er. Wir alle vergessen manchmal etwas, das ist normal, aber Sie vergessen Dinge, an die Sie sich erinnern sollten. Dinge, die gefährlich sein können. Die physischen Tests, die wir beim letzten Mal gemacht haben, haben nichts ergeben. Jetzt versuche ich es mit diesen kleinen Erinnerungsprüfungen. Die Geschichte von Helen und dem Supermarkt ist eine davon. Wir prüfen, woran Sie sich jetzt erinnern, und dann, woran Sie sich in zehn Minuten erinnern. Wir versuchen, das Ausmaß des Gedächtnisverlustes zu bestimmen. Verstehen Sie?

Er klang jetzt recht verzweifelt. Na kommen Sie, sagte ich zu ihm.

Aber es ist so, Mrs. Rolyoke, dass Sie sich jetzt an rein gar nichts erinnern. Wie kann ich das Ausmaß des Gedächtnisverlustes bestimmen, wenn wir bei null anfangen?

Ja, sagte ich.

Mit den Zahlen war es das gleiche. Sie haben sie nicht verwechselt, als Sie sie rückwärts sagten, Sie haben sie erst gar nicht verstanden.

Ja, sagte ich.

Mrs. Rolyoke, haben *Sie* den Eindruck, dass Sie Dinge vergessen? Er schaute mich an. Das ist eine wichtige Frage. Natürlich, sagte ich. Ich würde meine Hände vergessen, wenn sie nicht an meinen Abzügen befestigt wären. Ich meine Armen, sagte ich. Ich lächelte. Er sah so gut aus.

Und jetzt lassen Sie *mich* mal etwas fragen, sagte ich.

Er seufzte. War das etwa schon wieder die falsche Antwort?

Sind Sie verheiratet?, fragte ich.

Robbie und ich heirateten in Philadelphia, in einer kleinen episkopalischen Kirche in der Nähe der Juniper Street, mit Mr. Rolyoke, Mama und Bill Scanlon, ihrem Mann, als einzigen Gästen. Ich hätte nichts dagegen gehabt, Daddy zu ihm zu sagen, aber er sagte, ich solle ihn Bill nennen. Er war einer, der kein Blatt vor den Mund nimmt, stammte ursprünglich aus den östlichen Seeprovinzen, war bei der Freiwilligen Feuerwehr von Cobourg und arbeitete in der Filiale der Bank of Commerce, wo Mama ihre Ersparnisse hinbrachte.

Robbie und ich holten sie vom Bahnhof ab. Mama freute sich für mich, und gleichzeitig auch nicht. Du hast es ganz gut erwischt, sagte sie leise, damit der dunkelhäutige Träger sie nicht hören konnte. Ich brach in Tränen aus. Mama hatte ihr bestes Kleid an, mit Handschuhen und Halstuch. Sie nahm Robbies Arm und fing an, über seine Familie zu reden. Er lächelte schwach und sagte, Wie schön, Sie kennenzulernen. Er und Bill nickten einander zu. Herrlicher Tag, sagte Bill. Wir hatten schon ein Taxi organisiert, und Mama bat den Gepäckträger, ihre Koffer einzuladen.

Der Pfarrer brachte mühsam unsere Namen über die Lippen und wandte während der gesamten Zeremonie den Blick nicht von Mr. Rolyokes Stresemann. Mein Schwiegervater wirkte abwesend, unnahbar und irgendwie allmächtig. Robbie war charmant und glücklich, lächelte mir zu und machte Witze, über die keiner lachte. Er hatte keinen *Best Man*, keinen Trauzeugen, dabei, deshalb nahmen wir Bill. Hoffentlich macht es dir nichts, den zweitbesten Mann zu heiraten, sagte er zu mir. Mama in der vordersten Reihe drehte sich ständig zu uns um. Die Kirche war leer, abgesehen von Mr. Davey ganz hinten, die Chauffeursmütze neben sich auf der Bank.

Mr. Rolyoke führte mich dem Bräutigam zu. Ich erinnere mich an den Druck seiner Hand auf meinem Arm. Sanft, ermutigend.

Hab keine Angst, murmelte er mir zu. Vermutlich habe ich ziemlich gezittert. Aus seinem Gesichtsausdruck wurde ich durch den Schleier hindurch überhaupt nicht schlau. Er war weder glücklich, noch traurig, noch böse. Er war einfach.

Wir nahmen das Hochzeitsmahl in einem Hotel und stiegen dann in den Zug nach Norden. Ich aß nicht viel, sprach nicht viel, tat nicht viel. Damals war mir meist ein bisschen schlecht. Nicht jeden Tag, aber doch fast jeden. Mein neues blaues Kleid passte mir wunderbar, es schmeichelte meinen Hüften und verbarg meinen Bauch. Und in der Tasche war eine Überraschung, ein Geschenk in letzter Minute von Mr. Rolyoke. Ich entdeckte es erst, als es zu spät war, ihm zu danken.

Und während um uns herum der Sommer zu Ende ging, in einer Atmosphäre von Sorge und Zigarrenrauch, reisten wir zu den Niagara-Fällen. Das Hotelzimmer zeigte nach Nordwesten, und der Blick auf die Sonne, die hinter Federwölkchen über den Horseshoe-Fällen unterging, hielt, was die Postkarten versprachen, und noch dazu in Farbe. Ließ mich frösteln und die Luft anhalten. Ich schickte Postkarten an Gert und ihre Schwestern, außerdem an meine anderen Freundinnen in Cobourg. Ich hoffte, dass sie nicht umgezogen waren, seit ich zuletzt dort war. Ich hätte Mama auch eine geschickt, aber ich dachte, dass sie lieber nichts von mir hören wollte.

Später am Abend erzählte Robbie mir lustige Geschichten vom Reiten, um mich aufzumuntern. Er trug einen glänzenden Morgenrock mit diesen komischen Borten vorne dran, Posamenten, stimmt das? Und Lederpantoffeln. Er hatte einen Flacon mit schwarz gebranntem Whisky, aber nach ein paar Schlucken legte er ihn auf den Nachttisch. Sein Bett hatte eine blaue Tagesdecke – meine war weinrot.

Das mit deiner Mutter tut mir leid, sagte ich.

Er starrte mich an. Mir auch, sagte er.

Ich wusste nicht, dass sie so gemein sein kann, sagte ich.

Er sagte nichts. Vielleicht wusste er es ja. Ich hatte kein einziges Mal miterlebt, dass die beiden Geheimnisse austauschten, sich Witze erzählten, sich nahe waren. Er lachte, wenn er etwas lustig fand, sie hingegen lächelte nur mehr oder weniger gequält, als sei es ihr lästig, etwas lustig zu finden. Und sie fanden auch nicht die gleichen Dinge lustig.

Glaubst du, dass ihr euch jemals wiederseht? Ich fragte nach seiner Mutter, dachte aber eigentlich an Mama. Würden *wir* uns jemals wiedersehen?

Die hat mich doch sowieso auf dem Kieker, witzelte er. Aber dich werde ich wiedersehen, Rose, jeden Tag. Und in ein paar Monaten werde ich das Baby sehen. Ich sag dir was: Wir ziehen weg von Philadelphia. Nur wir drei. Wir suchen uns irgendwo etwas Nettes und lassen Mutter in ihrem eigenen Saft schmoren. Vergessen sie einfach. Gleich nach der Hochzeitsreise besteigen wir einen Zug oder ein Schiff, oder wir kaufen einen Wagen und fahren einfach los. Was hältst du davon, Rose? Wo würdest du gerne leben?

Ich war ein junges Mädchen, frisch verheiratet mit einem Mann, den ich gar nicht gut kannte, einem Mann, den ich bedient hatte, dessen Hintergrund und Lebensstil völlig anders war als meiner. Welche Gemeinsamkeiten hatten wir eigentlich? Ich war im zweiten Monat schwanger. Ich wusste damals nicht, was ich als Nächstes essen, geschweige denn, wo ich für den Rest meines Lebens leben wollte.

Entscheide du, sagte ich.

In Ordnung, mach ich.

Die Sonne war längst untergegangen. In den Straßen unter unserem Zimmer gab es Fackeln und Gaslaternen. Ich war müde. Er brachte mich ins Bett. Danke, sagte ich.

Wofür?

Du weißt schon, sagte ich. Er warf mir eine Kusshand zu und stieg in sein Bett.

Am nächsten Morgen brachte der Kellner uns Tee und Toast aufs Zimmer. Robbie bedankte sich ungemein herzlich. Ich bedankte mich auch.

Woher sind Sie?, fragte er. Sie klingen nicht nach New York.

Nach wo klingen wir dann?, fragte Robbie.

Der Kellner überlegte kurz. Nach irgendwie fremd, sagte er. Irgendwie Englisch. Hatte vor kurzem welche hier, die klangen auch so. War'n aus Toronto. Kennen Sie Toronto?

Robbie und ich sahen uns an. Kennen?, fragte Robbie. Genau da kommen wir her.

Dacht' ich mir doch, sagte der Kellner. Klingt genau so.

Er tippte sich an seine kleine Kappe und zog sanft die Tür hinter sich zu.

Drei Tage später kamen wir an der Union Station an. Robbie fragte nach dem besten Hotel und wurde direkt über die Straße ins Royal York geschickt. Der Gepäckträger, der unsere Taschen beförderte, war überrascht, wie üppig sein Trinkgeld ausfiel. Sie sind nicht von hier, oder?, fragte er voller Hochachtung.

Jetzt schon, sagte ich.

Wir wohnten nicht lange im Hotel. Ich fühlte mich unwohl, denn an Hochachtung, Luxus, die Befriedigung materieller Bedürfnisse war ich nicht gewöhnt. Kurz nachdem wir ein Haus gefunden hatten, etwa einen Monat nach unserer Ankunft in Toronto, brach dann die Börse zusammen.

Wie furchtbar das alles war damals. Du weißt das. Du warst da. Klar warst Du. Du hast gesehen, wie diese Furie von Miss Parker mich geprügelt hat. Nicht sauber genug, der Boden, der Herd, die Töpfe – und ich auf den Knien und am Weinen. Nicht sauber genug! Ich hasste Dich so sehr.

Ich sollte verständnisvoll sein, einsichtig, meinen Feinden vergeben, ich weiß – aber es war schwer zu vergeben, dort in der hinteren Küche. Noch jetzt spüre ich die harten, kalten Fliesen unter meinen Knien – ich habe sie immer abgezählt, während ich auf den nächsten Hieb wartete.

Rose, Liebes, was ist los? Das war sie – Lady Margaret. Ich zuckte zusammen, und das, während ich ein Tablett ins Esszimmer trug. Ich wollte überhaupt nicht da sein, nicht mit meinem wunden Hinterteil. Doch Lady Margaret bestand darauf. Ich will wissen, wie es dir geht, Liebes, sagte sie zu mir. Wir beide wollen das. Mit einem Blick auf Mr. Rolyoke.

Es geht mir gut, Mylady, sagte ich dann. Gut.

Na, wunderbar.

Aber es ging mir nicht gut. Die alte Seemannsregel besagte zwar, Folgt der Wind der Sonne Lauf, hört gutes Wetter niemals auf, aber in meinem Leben wehte der Wind der Sonne entgegen, so gab ich fein Acht, denn dann drehen Winde ständig und zuhauf. Mehr als einmal überlegte ich mit brennendem Rücken, ob ich kündigen sollte, aber ich wusste, ohne Referenz würde ich keine andere Stelle kriegen. Und nichts wäre schlimmer für mich gewesen, als Mr. Rolyokes Wohlwollen zu verlieren. Er war solch ein Gentleman, sanft und ernsthaft, voller bedeutender Gedanken. Ich selbst hatte nie welche. Ich schweife ab, wie ein Hund in einem Park mit fremden Duftspuren. Er war auch äußerst rücksichtsvoll. Als ich aus Versehen gegen seine Pfeifenschale stieß, machte er sich mehr Sorgen um meinen verbrannten Arm als um das kristallene Brandyglas, das ich umgeworfen hatte. Am nächsten Morgen beim Frühstück verdrosch Parker mich mit einem Kochlöffel, weil die Milch für den Porridge nicht heiß genug war. Einen Tick heißer und sie wäre übergekocht, sagte ich zu ihr, und sie schlug noch fester zu. Diesmal saß ich im großen Holzstuhl, die Arme gekreuzt, um meine Brüste zu schützen.

Du runzelst die Stirn. Hätte ich denn etwas tun sollen? Weglaufen, mich wehren, es Lady Margaret sagen? Du schüttelst den Kopf. Hätte ich denn etwas *nicht* tun sollen?

Wie sehr ich das Gewächshaus am frühen Morgen liebte. Die aufgereihten Vasen auf der langen Abstellbank, die feuchte, warme Luft, die Ruhe. Parker versuchte, meine Arbeit schlechtzumachen, aber selbst sie wusste, dass dies etwas war, das ich besser konnte als jeder andere.

Nach einer großen und erfolgreichen Gesellschaft nahm Lady Margaret eines meiner schönsten Arrangements mit in die Küche und zerlegte es in seine Einzelteile, zog einen Stiel nach dem anderen zwischen ihren Fingernägeln durch und zerquetschte die Blüten zu Matsch. Wir waren schon ins Bett geschickt worden; ich sollte eigentlich nicht mehr dort sein, doch ich stand hinter der Tür und schaute fasziniert zu. Ihrem Gesichtsausdruck nach zu schließen war sie unglaublich wütend.

Vielleicht war die Gesellschaft doch nicht so erfolgreich gewesen. Ich lief schnell in mein Zimmer. Mittlerweile war ich hier allein, im Zimmer neben dem von Parker. Manchmal konnte ich sie im Schlaf grunzen hören.

Robbies Gesicht war rund, bleich, fleischig, immer leicht mit Schweiß bedeckt. Seine Augen wölbten sich ein wenig hinter den Brillengläsern. Sein braunes Haar, sorgfältig links gescheitelt und nach hinten gekämmt, schien nie zu wachsen. Er konnte außer sich und zugleich unsicher sein; er kam ins Hotel zurück, völlig begeistert von einem großartigen Haus, das er entdeckt hatte, es würde genau zu uns passen, Küche und Wohnzimmer schön groß, toller Blick auf den Park, und ein Zimmer für das Baby – nur konnte er sich nicht an die Adresse erinnern. Oder die Gegend. Welcher Park? War der See zu sehen? Stand es auf einem Hügel? Östlich oder westlich der Yonge Street – du erinnerst dich doch an die Yonge Street, sagte ich zu ihm – die breite Straße mit den vielen Theatern? Er grinste und schüttelte den Kopf, lachte über sich selbst. Die Fahrt mit dem Taxi hat achtzig Cent gekostet, sagte er.

Ich setzte mich mit einem Makler in Verbindung, einem Griesgram mit diesen großen Ohren, die sehr alte Leute mit Glatze kriegen. Wie der sich freute, als er unseren Namen hörte. Sind Sie verwandt mit dem Textil-Hersteller?, fragte er. Und als Robbie nickte, sagte er, Sie wissen ja, dass der Kurs auf achtzehn Dollar pro Aktie gestiegen ist. Was glauben Sie – wird es noch einen Aktiensplit geben? Das war im September 1929. Robbie kicherte und sagte, er hätte keine Ahnung. Nachdem wir dann in das Haus in der Waverly Road eingezogen waren, riefen wir den Makler noch einmal an, um irgendetwas wegen der Steuern zu fragen. Aber das Telefon war abgestellt.

Die Stimme rasselt in meinem Ohr, wie ein Schlüssel in der abgeschlossenen Tür meiner Gefängniszelle. Ich frage mich, was er sagt. Er hält die Arme vor dem Körper und gestikuliert. Als würde er beten. Er sieht besorgt aus, mit riesigen Schweißpusteln im Gesicht. Harriet nickt in ernstem Einverständnis. Krankenhäuser sind so militärisch, wie Schlachtschiffe der Fürsorge. So gesehen ist dieser Kerl eine Art Offizier. Er zeigt auf mich, zeigt auf Harriet, wiederholt die Geste. Er sieht mich ernst an, aber er klingt wie eine Schaufel mit Splitt.

Meine Tochter hat ein wunderschönes Kleid an. Mir war gar nicht klar, dass sie so eins hat, es versetzt mich fast in eine andere Epoche. Ich bin im Bett, liege flach da. Ich möchte mich aufsetzen, kann aber nicht. Mein Kopf fühlt sich schwer an, und meine Arme sind schwach wie die eines Babys. Meine Tochter hält meine Hand.

Was heißt das?, fragt meine Tochter. Ich horche auf. Ich kann sie verstehen. Die restlichen Stimmen, die von der Außenwelt zu mir hereinsickern, sind mir gleichgültig, aber ihre Stimme erkenne ich. Meine Tochter redet, und ich kann verstehen, was sie sagt.

Ich drücke ihre Hand.

Sie nimmt sich einen Moment Zeit, um zu mir herunterzusehen.

Harriet, sage ich. Sie antwortet nicht.

Harriet. Ich sage es lauter. Harriet. Harriet. Hörst du mich?

Sie tätschelt meine Hand. Wie viel Zeit haben wir?, fragt sie.

Sie redet nicht mit mir. Sie kann mich nicht verstehen.

Der Mann sagt etwas. Eine weiße Uniform, sehr formell – was ist er, ein Arzt? Er sieht nicht wirklich medizinisch aus. Nicht wie mein netter Dr. Sylvester. Das war mal ein Mann. Was für große, dunkle Augen, wie zwei von Ali Babas Öllampen. Tief, voll, schimmernd, sättigend – wenn man nur solche Augen hätte. Solche Augen heiraten könnte. Darin versinken könnte, wann immer man wollte.

Ein simpler Test, sagte Dr. Sylvester und gab mir eine Papp-Uhr mit beweglichen Zeigern. Großer Zeiger, kleiner Zeiger. Wie Hände. Ich musste an all die Zeiger und Hände denken, verwitterte alte Hände wie meine, die die kleinen Papp-Zeiger der Uhr festhielten. Ich musste an all die alten Männer und Frauen denken, die wie ich versuchten zu verstehen, was der Doktor von uns wollte. Die versuchten, das zu tun, was man uns sagte, weil es für irgendjemand wichtig war – nicht für uns. Mit Sicherheit nicht für mich; ich konnte noch nie besonders gut die Uhrzeit ablesen.

Einmal kam ein Polizist herein, um Blumen zu kaufen, und sagte, ich würde eine Anzeige kriegen, weil der Laden zu lange auf hatte.

Ich habe gar nicht gemerkt, wie spät es ist, sagte ich. Ich habe überhaupt kein Zeitgefühl, die Stunden fliegen an mir vorbei.

Es ist schon lange sechs vorbei, Missus, sagte er und zeigte auf seine Armbanduhr. Zu spät, sagte er.

Zu spät wofür?, fragte ich.

Zu spät für die Männer, die in der Stadt die Regeln festlegen, sagte er.

Er kam zu mir herein mit einem Lächeln und einem freundlichen Wort, kaufte Nelken für seine Frau und wartete, bis ich sie eingepackt hatte, dann zog er die Anzeige aus der Tasche. Ein Blatt Papier.

Woher wissen Sie das eigentlich?, fragte ich.

Beschwerde der Nachbarn, sagte er und kritzelte eifrig. Ein dicker, gemütlicher Polizist mit einem Schnauzbart und wohlgelecktem Bleistift.

Wer? Welche Nachbarn? Ich hatte einen Verdacht – es war immer noch Krieg, die meisten Leute hatten Angst vor Hitler, nicht vor einer Überziehung der Öffnungszeiten. War es der Kerl von der BP-Tankstelle an der Ecke?, fragte ich.

Der Polizist händigte mir die Anzeige aus.

Der war es doch, oder?, fragte ich.

Er griff in seine Jackentasche und fand einen Apfel. Biss entschlossen hinein.

Dieser Schweinehund, sagte ich. Nur weil er nach sechs kein Benzin verkaufen darf.

Harriet hatte im hinteren Zimmer ihre Hausaufgaben gemacht. Sie kam in den Laden, als der Polizist gerade ging und die Blumen mitnahm.

Wann gibt es Abendessen?, fragte sie. Ich sterbe vor Hunger.

Ich sagte nichts.

Was ist los? Sie entdeckte die Anzeige in meiner Hand. War der Polizist deshalb hier? Haben wir wieder mal zu lange geöffnet, Mutter? Das haben wir doch, oder nicht?

Wie spät ist es?, fragte ich.

Und was passiert jetzt? Weißt du noch, was der Richter beim letzten Mal gesagt hat?

Dieses Schwein McIntosh, sagte ich.

Fluch nicht, Mutter. Meinst du Mr. McIntosh? Von der Tankstelle? Hat er sich wieder beschwert?

Ist es wirklich schon nach sechs?, fragte ich.

Wir standen in der Ladentür. Ein kalter, klarer Winterabend. Sie zeigte auf den Turm der Feuerwache auf der anderen Straßenseite.

Ich konnte auf der großen Uhr gerade mal die Zeiger erkennen.

Es ist praktisch sieben, Mutter – siehst du?

Nicht wirklich, sagte ich.

Sind sie dann soweit?, fragte Dr. Sylvester mich ungemein freundlich. Vermutlich hatte ich eine ganze Weile ins Leere gestarrt.

Zehn nach elf, stimmt's?, fragte ich und schaute mit zusammengekniffenen Augen auf die verbogenen und verwitterten Zeiger, auf meine Hände, die überhaupt nicht verwittert waren, dafür aber höckrig – große Höcker aus Kalk und Knochen, die sich abrupt erheben, wie Vulkane aus der Erdkruste.

Kann sein, dass ich sie auf zehn nach elf gestellt hatte. Diese Uhrzeit wollte er von mir. Zeigt sie jetzt zehn nach elf?, fragte ich.

Er lächelte milde. Ich glaube nicht, dass er mich hasste – wahrscheinlich dank meines Profils. Trotzdem führte er wohl ein hartes Leben, wo er doch Tausende von unsicheren, alten Menschen durch die Pforten von Elfenbein geleiten musste. Zusehen musste, wie ihr Verstand sich an den Rändern kräuselte wie vertrocknetes Papier. Und wusste, dass sie bei jedem Wiedersehen noch weiter entfernt waren – und nie wieder gesund werden würden. Kein einziger. Wer wollte an seiner Stelle sein? Oder gar an meiner? Wer wollte denn überhaupt an jemandes Stelle sein?

Dr. Sylvester schüttelte freundlich den Kopf und stellte die Uhr weg. Für heute Schluss mit den Tests. Wir machen ein andermal weiter, sagte er und schrieb etwas in mein Krankenblatt. Aber vermutlich nicht über meine Wangenknochen, obwohl sie mir einstmals ganz schön viel Lob eingebracht haben.

War das der Grund für McIntoshs Vorwürfe? War er wirklich unsterblich in mich verliebt? Das ist, was Harriet sagte, aber woher wollte sie das wissen? Ein kleines Mädchen mit Geometrie-Hausaufgaben, was wusste die schon von unsterblicher Liebe? Er sah eigentlich ganz normal aus, mittelalt, mittelgroß, hatte Haare, die weder braun noch schwarz noch grau waren, eher eine Mischung aus allem. Sein Kinn war irgendwie zu lang, und seine Nase hatte einen hohen Rücken. Er hatte sehr schmale Augenbrauen – sie gingen ihm nur über das halbe Gesicht, was zur Folge hatte, dass er immer ein wenig schockiert aussah.

Warum haben Sie mir die Polizei auf den Hals gehetzt?, fragte ich ihn am Tag nach der Anzeige. Er war im Laden, um Blumen zu kaufen. Er würde Blumen lieben, sagte er, hätte aber niemanden, dem er sie schenken könnte. Seine Hände waren rot und rau vom jahrelangen Waschen. Die Nägel waren sauber.

Wovon reden Sie, Rose?, fragte er. Er hatte eine hohe, sanfte Stimme.

Gestern Abend ist ein Polizist in den Laden gekommen und hat mich wegen zu langer Öffnungszeiten angezeigt, sagte ich. Er hatte den Hinweis von einem Nachbarn.

Wieso denken Sie, dass ich das war?

Sie waren es beim letzten Mal, sagte ich.

Er schaute nach unten auf seine Stiefel. Über das letzte Mal hatten wir noch gar nicht gesprochen.

Woher wollen Sie wissen, dass es nicht dieser Kerl von der Bäckerei war?

Geoff?

Ja. Geoff.

Seine Augen verdunkelten sich bei dem Namen. Nicht, dass zwischen Geoff Zimmerman und mir etwas gewesen wäre, das über einen nachbarschaftlichen Umgang hinausging. Seine Bäckerei stand zwischen dem Eisenwarenladen und Rubys Hutgeschäft, etwa einen Block östlich von meinem Blumenladen. Ich kaufte Brot und andere Backwaren bei Geoff. Wenn er da war, bediente er mich höchstpersönlich, ein Bär von einem Mann, gutaussehend und behaart, mit der Angewohnheit, wegzuschauen, wenn er mit einem redete. Zumindest, wenn er mit mir redete.

Mr. McIntosh kaufte ein paar Gardenien und blieb dann in der Tür stehen. Warum schenke ich sie eigentlich nicht Ihnen, Rose?, fragte er.

Weil sie mir schon gehören, sagte ich. Wenn ich sie annehme, haben Sie mir nichts weiter geschenkt als Geld.

Kann es sein, dass das mein erster Winter im Laden war? Mein zweiter? Ich fühlte mich verdammt einsam. Mr. McIntosh versuchte, teilnahmsvoll zu sein. Was für ein feiner Mann ihr Gatte gewesen sein muss, sagte er. Es tut mir so leid, dass ich ihn nie kennengelernt habe.

Danke, sagte ich leise und musste mich wiederholen. Mr. McIntosh hörte schlecht, deshalb kämpfte er auch nicht in Europa.

Robbies Einsätze waren allesamt im Atlantik gewesen. Es gibt ein Bild von ihm, er irgendwo im blauen Anzug und mit Zigarette. Und dann noch eines, auf dem das Schiff – nicht das

Boot, da gibt es Unterschiede – fast überflutet wird. Ich weiß noch, wie Robbie und Harriet über das Bild lachten, aber ich bekam Angst, als ich es das erste Mal betrachtete.

Viel Glück, Robbie, wo immer du auch bist.

Niemand weiß genau, was bei seniler Demenz eigentlich passiert, sagte Dr. Sylvester zu Harriet. Ich vermute mal, ich musste einen weiteren Test machen. Wellesley – das kann nicht stimmen. Das war Rubys Name. Ruby Wellesley Millinery, so lautete der Schriftzug über ihrer Tür. Auf jeden Fall gab es eine ganze Reihe dieser Tests, um nachzuweisen, dass ich tatsächlich den Verstand verlor. Unnötigerweise. Sie hätten mich einfach fragen können. Rose Rolyoke, sind Sie dabei, den Verstand zu verlieren? Ich hätte es ihnen ohne Weiteres sagen können. Das hätte allen viel Ärger erspart.

Harriet legte die Stirn in Falten, während der Doktor redete, und drehte sich ab und an zu mir, um mich mit einer eigenartigen Mischung aus Mitleid und Verzweiflung anzusehen. Das erinnerte mich an das eine Mal, als ich sie im Gericht wiederfand, nachdem ich sie verloren hatte.

Ja, sagte sie zum Doktor. Sie denkt oft daran.

Denkt woran?, fragte ich mich.

Es muss traumatisch für sie gewesen sein, sagte der Arzt.

Harriet warf mir erneut diesen Blick zu.

Mein Vater starb eines gewaltsamen Todes. Ich war nicht dabei, aber ich habe alles beim Prozess erfahren. Onkel Brian verheimlichte nichts; er war immer noch viel zu aufgeregt. Sie waren auf Elchjagd in den Ganaraska-Wäldern gewesen, er und Daddy. Nach einem glücklosen Tag verbrachten sie den Abend mit einer Flasche schlimmen Whiskys von Mr. McAllister, als direkt neben ihrem Lagerfeuer ein Elchbulle auftauchte und anfing, an einem Blaubeerbusch zu knabbern. Die Männer hasteten zu ihren Gewehren und feuerten aus nächster Nähe. Onkel Brian beschrieb, wie der Elch ganz ruhig und mit einem großen, nassen Auge zu ihnen herüberstarrte, während ihm das Blut aus der Wunde auf seiner Seite troff. Ich hatte ein richtig schlechtes Gewissen, das Leiden in diesem dummen Tier zu sehen, sagte er. Aber Daddy wurde auf einmal von der Aufregung gepackt – seltsamerweise, wo er sich doch sonst um rein gar nichts kümmerte. Er feuerte weiter, selbst als der Elch sich wegdrehte und davontrabte. Ich musste an das denken, was mit Victor passiert war.

Daddy sagte, er wollte den Elchkopf für sein Haus. Komm schon, Brian, rief er, während er nachlud, die Axt aufhob und dem Tier ins Gebüsch folgte. Brian nahm noch einen letzten Schluck, bevor er den Geräuschen folgte, die mein Vater bei seinem Marsch durchs Unterholz machte, hörte einen Schuss und dann noch einen, ohne sie genau orten zu können. Er wanderte umher, setzte sich dann nieder und schlief eine Runde, träumte dabei von einer Gruppe Männer, die einen Elch ans Kreuz nageln – als sei der Elch Jesus, sagte er zum Richter, der ihn anwies, fortzufahren –, und das Hämmern wurde immer lauter und weckte schließlich Onkel Brian auf, der völlig verschwitzt war und laut aufschrie. Das Hämmern war echt. Das Geräusch der Schläge hallte durch den Wald. Onkel Brian sprang auf, orientierungslos im nächtlichen Forst, voller Angst. Der Lärm kam von gar nicht weit her.

Der Mond war fast voll und ermöglichte ihm, sich vorsichtig vorwärts zu bewegen. Onkel Brian beschrieb dem Gericht, wie er ging. Wie ein Indianer, sagte er, sorgfältig darauf bedacht, dass kein Zweig unter meinen Stiefel knackte, und mein Herzschlag vermengte sich mit den hämmernden Geräuschen vor mir. Es war, als würde ich dem Herzschlag des Waldes lauschen, sagte er, und der Richter bat ihn, jetzt bitte auf den Punkt zu kommen.

Der Lärm hörte auf, und der Wald war still und regungslos. Onkel Brian ging weiter und wagte kaum zu atmen. Und dann, so still, wie sie sich nun mal bewegen, ragte auf einmal der Elch vor ihm auf, die gewaltige Spanne des Geweihs im Mondlicht klar zu erkennen. Das Tier griff ohne zu zögern an. Er feuerte instinktiv los, in Notwehr – der Elch konnte ja einen Güterzug zum Entgleisen bringen, wie er erklärte. Nur dass es natürlich kein Elch war. Es war mein Vater, der den Kopf des Elchs auf seinen Schultern trug – den Kopf, den er so mühsam mit der Axt abgeschlagen hatte.

Wäre Daddy ein Elch gewesen, hätte Brians Schuss ihn über dem Vorderlauf erwischt, in der Nähe der Schulter, der Treffer hätte ihn zum Krüppel gemacht. Doch mit dem zusätzlichen einen Meter nochwas Kopf und Geweih auf dem eigenen Kopf schlug die Kugel – kein Schrot für Onkel Brian – direkt in Daddys Gurgel ein. Menschen sind keine Pferde; sie haben viele

Stellen, auf die man schießen kann, damit sie schnell tot sind. Daddy war augenblicklich tot.

Hund Löffel Lachen Kante Quarterback, sagte Dr. Sylvester in seinem schicken Wollanzug. Wie bitte?, fragte ich. Ich dachte, ich hätte falsch gehört, aber nein, das war Teil des Tests.

Er wiederholte die Wörter und wollte, dass ich sie ihm nachsage. Ich räusperte mich, irgendwas steckte da noch vom Frühstück, und wiederholte sie fehlerlos. Das hatte ich immer gekonnt. Auch Songtexte. Wer erinnert sich nicht an Minnie the Moocher? Ho-di-ho-di-ho-di-ho?

Die Vergangenheit klopft regelmäßig an die Tür der Gegenwart, sagte Dr. Sylvester, diesmal im eleganten Leinenanzug. Redete er mit mir? Ein schönes Bild ist das, nur dass die Vergangenheit nicht immer wohlerzogen ist. Manchmal schlägt sie dir die Türe ein und kommt einfach hereingetrampelt. Ich glaube, sagte der Doktor, dass man die Vergangenheit nicht unterdrücken kann, ohne dafür zahlen zu müssen. Indem wir absichtlich die Vergangenheit unterdrücken, leben wir zwei Leben zur gleichen Zeit – unser echtes Leben und ein Fantasieleben, in dem die Vergangenheit nicht stattgefunden hat. Können Sie mir folgen?

Er redete nicht mit mir. Harriet nickte.

Wenn wir älter werden, verliert unser Verstand seine Beweglichkeit. Wir können die Vergangenheit nicht länger aus der Gegenwart heraushalten. Deshalb existieren bei Menschen wie Ihrer Mutter Vergangenheit und Gegenwart gleichzeitig. Kurzzeitgedächtnis wird von Langzeitgedächtnis verschluckt.

Sie lebt in der Gegenwart – aber die Gegenwart ist 1927. Oder 1912. Rose – er kennt meinen Namen, wie süß. Ich lächle ihn an. Rose, welcher Tag ist heute?

Das Urteil hätte eigentlich Tod durch Unfall lauten sollen, aber Onkel Brian fühlte sich so schuldig. Ich habe Jesus Christus erschossen, sagte er dem Gericht. Das war er nämlich, dort in den Wäldern, größer als jedes Tier. Ich wusste, was ich tat, und ich erschoss Jesus, nur dass sich dann herausstellte, es war mein Bruder. Ich verdiene zu sterben, jammerte er. Wenn Sie mich laufenlassen, mache ich es nur wieder.

Mama hatte Tränen in den Augen, als sie Onkel Brian abführten, und ich wusste, dass etwas Wichtiges geschehen war, weil Mama seit Jahren nicht geweint hatte, nie weinte, außer vor Erleichterung.

Ist doch eigenartig, wie erleichtert man sich in einem Gerichtssaal fühlen kann – ich musste auch weinen, als ich den kleinen Gerichtssaal im Untergeschoss der City Hall betrat. Auf dem Gang davor standen Frauen und rauchten, aber es war nicht der Rauch, der mir das Wasser in die Augen trieb. Es war die Erleichterung, sie wiederzufinden. Nicht Mama. Harriet. Immer verwechsle ich die beiden.

Ich musste meine Anzeige drei oder vier verschiedenen Leuten zeigen, bevor mir jemand sagen konnte, um was es da ging. Das ist das Datum Ihrer Anhörung, sagte ein müder, ältlicher Wachmann und deutete oben auf den Pappdeckel. Der dreizehnte. Das ist morgen.

Harriet war vor mir und wanderte in ihrem Wintermantel und den Weihnachtsüberschuhen auf dem glänzenden, gefliesten Boden hin und her.

Morgen also, sagte ich zum Wachmann.

Mh-hm, sagte er.

Ich seufzte und rief Harriet. Ich verließ langsam das Gebäude, inmitten etlicher anderer Menschen, die genau wie ich ihren Gedanken nachhingen. Draußen war Schneeregen, und Regenschirme und Mantelkrägen gingen hoch. Der Zeitungsjunge vor dem Kriegerdenkmal schrie irgendetwas von einem Sieg in den Ardennen. In der Straßenbahn natürlich kein einziger freier Sitzplatz. Wir standen und schwankten hin und her an diesem kalten, nassen, überfüllten und komplett vergeudeten Nachmittag, während die Straßenbahn die Queen Street entlanggondelte. Alle um mich herum waren in die neuesten Kriegsberichte vertieft. Ich holte einen Samenkatalog aus meiner Tasche und versuchte, mich auf die herrlichsten aller Worte zu konzentrieren, Worte der Hoffnung, der Pracht und der Zuversicht, dass das kommende Jahr uns Schönheit bringen würde.

Schau dir das an, Harriet, sagte ich und zeigte auf eine perfekt geformte Polyantha-Wildrose, in strahlendem Pink, angeblich. Die Fotografie war in schwarz-weiß, aber man konnte sehen, dass die Blüte groß und perfekt geformt war, die einzelnen Blätter frisch und aufgeworfen.

Harriet war nicht neben mir. Ich suchte sie zwischen den Haltegriffen, während die Angst mir heiß und bitter in die Kehle stieg. Meine Tochter war nicht in der Straßenbahn. Wir hatten den Don River bereits überquert, die Innenstadt lag hinter uns. Wir waren näher an unserem Haus als an der City Hall. Das Badewasser schwappte über die Ränder meiner Seele. Ich war ohne meine Tochter losgefahren. Ich hatte keine bildhafte Vorstellung, keine echte Erinnerung daran, dass Harriet die City Hall mit mir verlassen hatte. Ich beugte mich vor, um die Halte-Glocke zu ziehen.

Dr. Sylvester interessierte sich für mein jetziges Gedächtnis, meine Fähigkeit, Bilder im Kopf herzustellen. Ich erzähle Ihnen jetzt eine Geschichte, sagte er einmal. Ich weiß nicht, was für einen Anzug er trug, welcher Besuch das jetzt war. Harriet war nicht im Raum. Ich lächelte, denn ich liebte Geschichten. Tu ich immer noch.

Diese ging zu Ende und ich dankte dem Doktor. Er fragte mich, was ich dachte, und ich sagte ihm die Wahrheit, dass ich sehr froh war, dass er sich die Zeit genommen hatte, mir die Geschichte zu erzählen. Sie sind ein vielbeschäftigter Mann, sagte ich und schenkte ihm mein Sonntagslächeln, und alte Menschen wie ich hören gerne Geschichten aus der Welt da draußen. Ich wohne jetzt in einem Apartment, sagte ich zu ihm, und ich komme nicht mehr viel raus. Er legte die Stirn in Falten und wollte mehr von der Geschichte wissen. An wie viel ich mich tatsächlich erinnere, wollte er wissen. Ob ich irgendwelche Bilder vor Augen habe?

Ich erinnere mich daran, wie ich das erste Mal einen Mann in meinen Armen hielt, sagte ich. Ich kann die Augen schließen und sehen, wie das Mondlicht auf seinen Rückenmuskeln spielt. Ein kalter Wintermond. Wir lagen in einem Schloss, oberhalb des Flusses, und er war gut zu mir und auch ein wenig geheimnisvoll.

Auf Dr. Sylvesters Stirn standen jetzt noch mehr Falten.

Die Straßenbahn Richtung Westen, die mich zur City Hall zurückbrachte, war fast leer. Bis heute spüre ich diesen schwingenden Wagen, spüre ich die harte, hölzerne Lehne des Sitzes neben meinem. Ich starrte rechts und links aus dem Fenster, für den Fall, dass Harriet beschlossen hatte, allein heimzugehen. Der Fahrer sagte die Haltestellen an – Church Street, Victoria,

Yonge, Bay Street –, und dann rannte ich durch den immer noch fallenden Regen, die ausgetretenen, glitschigen Stufen hinauf, auf der Suche nach irgendjemandem, dem ich meine Geschichte erzählen konnte, einem uniformierten Jemand, der mich von den ganzen Menschentrauben weg in ein ruhiges Zimmer führen würde, in dem meine Tochter friedlich saß und auf mich wartete.

Niemand hatte sie gesehen. Niemand kannte sie. Das Fundbüro war voller alter Hüte. Ich begann zu weinen.

Die Dame im Fundbüro hatte einen Buckel und blondgefärbte Haare. Sie betrachtete meine Anzeige. Ich nehme an, Sie haben schon in Ihrem Anhörungszimmer nachgeschaut, sagte sie. Ich schüttelte den Kopf. Mein Termin ist erst morgen, sagte ich. Sie betrachtete erneut die gelbe Pappkarte. Der dreizehnte ist heute, sagte sie.

Sie führte mich ins Untergeschoss, einen Gang entlang, der angefüllt war mit Zigarettenrauch und dem schalen Geruch ungewaschener, geschminkter Frauen. Die hohe, schmale Holztür war fest verschlossen. Sie drückte ihren Buckel dagegen und öffnete sie für mich. Eine Anhörung war da gerade im Gange, mit Richter und offiziellem Reporter, dem Zeugen von der Polizei – und meiner Harriet, kerzengerade auf den Beinen und dabei, Fragen zu stellen. Tragen Sie eine Armbanduhr?, fragte sie den dicken, lächelnden Polizisten vom letzten Monat.

Ja, Miss, sagte er freundlich.

Ich drehte mich um, um mich bei der Dame vom Fundbüro zu bedanken, aber sie war verschwunden. Die große Tür hatte sich wieder geschlossen. Ich nahm im hinteren Teil des Saals Platz und gab mich der Erleichterung hin wie sonst dem Schlaf, ließ sie über mich kommen und mich erneuern.

Wenn Sie jetzt nicht auf Ihre Uhr sehen, wissen Sie, wie spät es jetzt ist?

Nicht genau – nicht auf die Minute, Miss.

Schauen Sie normalerweise jede Minute auf die Uhr, Officer?

Nein, Miss, aber –

Haben Sie auf die Uhr geschaut, als Sie im Blumenladen waren?

Nicht *als* ich drin war, aber –

Gibt es eine Uhr im Blumenladen? Eine sichtbare Uhr? Irgendwo im Laden.

Nein, Miss.

Dann wissen Sie also nicht, wie spät es war, als Sie im Laden waren. Nicht auf die Minute genau.

Nein, Miss. Nicht auf die Minute. Aber es war deutlich nach sechs.

Dann frage ich Sie, Officer, wenn es deutlich nach sechs war, warum haben Sie sich Blumen gekauft, als Sie in dem Blumenladen waren?

Ich konnte sehen, wie sich auf dem Gesicht des Richters ein Lächeln breitmachte. Er gab sich keine Mühe, es zu verbergen.

Haben Sie die Blumen mit nach Hause genommen?, fragte Harriet den Polizisten.

Warum, äh, nein, Miss. Ich habe sie einer … einer Freundin geschenkt.

Hat Ihre Freundin sich über die Blumen gefreut?

Ja, Miss, das hat sie.

Der Polizist lächelte jetzt auch. Es machte ihm Spaß, die Fragen meiner Tochter zu beantworten. Er mochte sie ebenso sehr wie der Richter.

Harriet stand aufrecht. Sie ging herum, während sie redete. Ihre Hände steckten in den Taschen ihres Kleides. Ihr Haar war geflochten und reichte ihr bis über die Schultern. Wenn sie ging, schwangen die braunen Zöpfe mit den Haargummis vor und zurück.

Sagen Sie, Officer, kamen Sie pünktlich zu Ihrer Verabredung?

Der Polizist lächelte noch breiter. Um Ihnen die Wahrheit zu sagen, Miss, kam ich zu spät.

Ich vermute mal, Sie haben nicht auf die Uhr gesehen, Officer. Hmm?

Unter Lächeln und Händeschütteln und mit der Begründung, die Beweise reichten nicht aus, wurde das Verfahren eingestellt. Der Richter erhob sich von seinem Stuhl und hielt Harriet die Tür am anderen Ende des Saals auf. Kaufen Sie dieser jungen Dame einen Sack voll Süßigkeiten, befahl er mir. Und sich selbst besorgen Sie eine Uhr.

Du wandelst durch die Zeit wie durch Dein Wohnzimmer, aber es ist dunkel, und ich habe Angst. Kranke Menschen scheiden in der mittleren Schicht dahin, sagt man. Zwei, drei Uhr morgens – eine hektische Zeit für Dich. Es ist so dunkel. Ich bin so froh, dass meine Mama mich im Arm hält.

2 Weihnacht

Ein kaltes Bett in einem kalten Haus. Sogar im Sommer, wenn uns der Schweiß von den Leibern und zu Boden tropfte, in unsere Kleider, in unsere Bettbezüge aus Sackleinen – sogar dann war es noch ein kaltes Haus. Ich fröstelte, wenn ich mein schweißverkrustetes Bett verließ. Fröstelte, wenn ich zu Victor ging, um ihn fest zu drücken. Wenn ich an der Box hinaufkletterte und meine Arme um seinen starken, struppigen Hals schlang. Der Geruch nach aufgeheizter Scheune im Sommer, nach altem Heu und Holzboden, nach Mäusen und Mücken und heißem Pferd. Und mir war so kalt.

Daddy machte mir Angst mit seinem Gerede, das überhaupt keinen Sinn ergab. Mama gab sich Mühe, glaube ich, aber sie hatte einfach keine Zeit für mich. Ein flüchtiges Lächeln erschien für ein oder zwei Sekunden auf ihren Lippen, ein verstörter Schatten, wo ich mir einen strahlenden Liebesausbruch erhoffte. Arme Mama. Armer Daddy. Arme Rose.

Und dann kam David. Ein heiterer Jüngling, ein Soldat aus Daddys Bataillon. Er war jünger als Daddy, natürlich, ein junger Mann mit dunklem Krauselhaar und einem Grübchen neben dem Mundwinkel. Hallo, wie geht's, sagte er, als er aus der Reihe mit rostbraunen Salatköpfen auftauchte, um die ich mich gerade kümmerte. Hallo. Das war unsere erste Begegnung. Seine Uniform war ramponiert, aber doch recht sauber. Ich wusste, sie war sauber. Er war solch ein sauberer, junger Mann. Wie heißen Sie?, fragte er. Ich sagte es ihm und erzählte, dass mein Vater im großen Krieg gewesen sei.

Damals war noch klar, um welchen Krieg es sich handelte. Es gab nur den einen Krieg. Heutzutage höre ich Leute sagen, Welchen Krieg meinen Sie denn? Als ob es eine Rolle spielt, welchen man meint.

Nett, Sie kennenzulernen, Rose, sagte David zu mir. Während er sich den Staub von den abgetragenen Hosen seines Kampfanzugs klopfte und seine gelockerten Wickelgamaschen in Ordnung brachte.

Sie sind schön, sagte ich zu ihm. Er senkte verschämt den Kopf, obwohl er Derartiges sicherlich gewohnt war. Und ließ sich von mir ins Haus führen.

Mir wurde warm bei dem Gedanken, dass er und ich am selben Ort waren. Dass er mit mir über die Felder ging, Victors Box ausmistete, dieses verdammte – Verzeihung, unverdammte – Gemüsebeet jätete. Gibt es im Himmel Unkraut? Blumen kann ich mir vorstellen, aber ein Unkraut ist nur eine Blume ohne Verehrer, ein hübsches Mädchen vielleicht, aber mittellos und fremd, deshalb sitzt sie am Rand der Tanzfläche und wartet, dass einer sie auffordert. Wiesenkerbel, Katzenpfötchen, Margeriten – die möchte ich gerne im Himmel sehen. Aber nicht die Schlingpflanzen und Störenfriede aus unserem Gemüsegarten. Die hasse ich wie die Pest.

David sagte nicht viel. Ich ließ ihn nicht. Aber er war braungebrannt und hilfsbereit, und er hatte ein verschmitztes Lächeln. Und während Rechen und Harke in gleichmäßigen Bewegungen die Erde auflockerten, erzählte er mir von Maschinengewehrständen und Stacheldrahtzäunen und Schützengrabenratten. Er ließ sich von mir Wasser aus unserem Brunnen reichen, in einem Einmachglas. Er ließ sich an einem sonnigen Fleckchen in der Küche von mir den schmerzenden Rücken einseifen. Er ließ sich von mir mitschleppen, in die Schule, zur Arbeit, ins Bett. Er war meine Wärme, David Lawrence Godwin. Den Familiennamen fand ich an der Seite eines Lastwagens, der im Frühling dieses Jahres, 1919 muss es gewesen sein, langsam durch Precious Corners knatterte und Sargholz verkaufte, das man nach Frankreich verschifft hätte, wäre der große Krieg nicht zu Ende gegangen. Garantiert einheimisches Holz von Jack Godwin. Ich glaube nicht, dass viele Leute diese Ulmenbretter kauften, auch wenn sie billiger als Feuerholz waren. Ich schaute zu, als der Laster vorbeiknatterte – das war ein richtiggehendes Ereignis –, und am nächsten Tag, als ich in der Schule an ihn dachte, bekam er einen neuen Namen. Aus David Lawrence – seine Freunde in der Einheit hatten ihn immer Dave genannt, aber ihm gefiel, dass ich David zu ihm sagte – wurde David Lawrence Godwin.

Die fleckigen Seiten meines Schulhefts füllten sich mit unseren Erlebnissen. Wir ritten aus; Davids Fähigkeiten im Sattel waren erstaunlich. Wir gingen fischen; David fing einen Lachs, länger als mein Arm. Und dann gingen wir in die Stadt. Alle Frauen himmelten ihn an, wegen seines guten Aussehens und seiner Tapferkeit, aber er ließ meinen Arm nicht los, den Arm, der nicht so lang wie der Lachs war, denn tief im Inneren war er schüchtern. Und alle sagten mir, was für ein Glück ich doch hätte.

Über seine Familie zerbrach ich mir nicht den Kopf. Im Grunde wusste ich, dass er weggelaufen war, um Soldat zu werden. Er sprach mit leiser und singender Stimme.

Hin und wieder sah ich von meinem Teller mit Schweinegulasch und Gemüse auf, in Daddys leeres Gesicht, oder in das besorgte von Mama. Und spürte die Kälte des Hauses, als würden wir uns in der eisigen Wüste um ein längst erloschenes Feuer drängen.

Ich habe versucht, sie zu lieben. Ich gab mir wirklich Mühe. Aber Daddy sah mich nicht einmal an. Seine Augen waren leer, außer er wachte mitten in der Nacht schreiend auf, was hin und wieder geschah. Und Mama machte sich ständig Sorgen. Immer wieder denke ich, sie hätte mich schon gern liebgehabt, wenn sie nur gekonnt hätte.

War ich auch so? Mit Harriet, meine ich. Ich weiß noch, wie sie in ihrem Gitterbettchen weinte. Wie ich hinrannte, sie hochnahm und sie einfach nicht beruhigen konnte. Ich weiß noch, wie ich zu mir sagte, ich muss sie jetzt liebhaben. Genau jetzt, wo ich will, dass sie endlich still ist. Ich muss sie liebhaben.

Ich gab mir solche Mühe. Manchmal denke ich, dass Liebe nicht so mühsam sein sollte. Liebe sollte leicht sein. Aber sie ist es nicht, oder? Sie ist mühsam. Du weißt das.

Ich frage mich, ob sie es mühsam fand, mich zu lieben. Jetzt muss es schwierig sein. Selbst mir fällt es schwer, mich zu lieben.

Was meinst Du – Du schüttelst den Kopf. Warum siehst Du mich so an? Du siehst aus, als wolltest du mir eine Ohrfeige geben, so wie diese Stooges das machen. Bin ich so dämlich? Und klarerweise bist Du alle drei Stooges gleichzeitig, oder? Der Heilige Geist ist vermutlich Curly. Bu-hu-hu. Na also, Du lächelst ja.

Ich konnte meine Eltern nicht lieben. Ich versuchte es, wie ein Hund an der Kette, zerrte an den Begrenzungen meines Ichs. Immer wieder. Und sie ließen mich einfach nicht an sich heran. Jemanden gernhaben war zu gefährlich. Es drohte der Verlust von – ich weiß nicht, wovon. Ich frage mich, warum ich mir überhaupt solche Mühe gab. Denn ich imitierte damit niemanden, den ich kannte.

Sie hassten mich nicht. Das kam später, bei Parker und Lady Margaret. Ich wusste nicht, wie ich reagieren sollte. Ich wusste nicht einmal, was mit Lady Margaret los war, bis zu diesem Morgen in ihrem Wohnzimmer. Ich war so überrascht, ich stand mit gesenktem Kopf da, wie ein dummes Schulmädchen, das zusammengeschrien wird wegen falschen Interpretierens. Was ja praktisch zutraf. Das mit dem Schulmädchen, meine ich. Denn interpretieren tat ich ja nicht, deshalb konnte ich auch nichts falsch interpretiert haben.

Parker überbrachte mir die Botschaft und hatte dabei ein Lächeln unter den hochgezogenen Augenbrauen. Lady M. wünschte, in der kleinen Bibliothek mit mir zu sprechen. Ich kann mir nicht vorstellen, worüber, sagte ich. Aber Parky zuckte nur mit den Augenbrauen und sagte, das würde ich bald herausfinden. Und als ich eintrat, saß sie hinter dem lederbezogenen Tisch und betrachtete einen glitzernden Gegenstand. Ich betrachtete ihn auch, ohne zu wissen, was es war.

Du weißt, was das ist, Rose.

Was meinen Sie?

Dies. Und sie berührte den Gegenstand mit der Spitze ihres Fingernagels, als sei er schmutzig.

Ein Manschettenknopf. Einer von Mr. Robbie?, fragte ich.

Wann hast du ihn zuletzt gesehen?

Ich weiß nicht, sagte ich.

Wann?

Weiß nicht.

Du mieses kleines Flittchen, er wurde in deinem Schlafzimmer gefunden. Er war heute Morgen in deinem Schlafzimmer. Er war in der Nacht bei dir, stimmt's?

Mein Mund weit genug geöffnet, um Jonas verschlucken zu können.

Mr. Robbie?, fragte ich. Aber wie denn das?

Stimmt es?

Mutter? Die Stimme ist anders, immer noch streng und gebieterisch, aber ohne britischen Akzent.

Nein, sage ich. Natürlich war er nicht in meinem Zimmer.

Mutter! Die Stimme klingt schockiert. Ich öffne die Augen. Harriet, sage ich. Wie schön, dich zu sehen. Du mieses kleines Flittchen.

Mutter, du solltest dich jetzt ausruhen.

Als Abwechslung zu was, frage ich mich.

Das Zimmer ist nicht schön. Die Wände haben die Farbe von gelbem Jasmin. Was bedeutet das nochmal – *Kummer* oder *Leidenschaft*, richtig? Und ich kann den Kummer hören. Jenseits meiner kleinen, mit Vorhängen abgetrennten Welt, auf der anderen Seite der verschiebbaren Zellenwand, herrscht Bedrängnis. Damen, die wehklagend ihre dämonischen Liebhaber herbeirufen? Nein. Traurige alte Damen wie ich, die weinen, während sie warten.

Aber wer ist das? Ein elegantes junges Ding, sieht nicht älter als fünfundsechzig aus, mit frisch toupierten Haaren, neu gekauftem Kostüm und professionellem Lächeln. Ich kenne sie. Ich frage mich, wer sie ist. Sie zieht meinen Vorhang zu und steht ruhig da, damit ich mich an sie gewöhne. Ich hoffe, sie hat keine allzu laute Stimme.

Hallo, ich schon wieder, sagt sie.

Na Mahlzeit.

Es geht mir gut, sage ich, so schnell ich irgend kann. Sie lächelt mir zu.

Die Dame im anderen Teil des Raums jammert wieder los. Irgendwas mit ihrer Leber. Sehr nahrhaftes Zeug, Leber. Ein bisschen schwer, aber gut fürs Blut. Kein gelber Jasmin für sie. Berberitze – *Schroffheit*. Und Lorbeerschneeball – *Ich sterbe, wenn vernachlässigt*. Blöde Ziege.

Die professionelle Frau zieht einen Stuhl ans Bett und setzt sich zu mir. Ich kenne sie irgendwoher. Sie nimmt meine Hand. Ihre Hand ist trocken und fest, die Nägel sind lang und gepflegt. Sie glänzen ein bisschen, wie Möbel, die man gerade abgestaubt hat. Meine Nägel sind fast verschwunden, winzig kleine Halbmonde. Trotzdem: Perfekt geformte, glattrandige Blüten auf spinnenhaft bläulichen Stengeln.

Hallo, sage ich zu ihr. Sie tätschelt meine Hand.

Kenne ich Sie?, frage ich.

Sie tätschelt weiter. Sie nickt. Ach du. Tränen rinnen über ihr Gesicht.

Du bist nicht Ruby, oder?, frage ich. Oder Gert? Sie schüttelt den Kopf. Natürlich nicht. Gert ist genauso alt wie ich, wir haben im gleichen Monat Geburtstag. Die Lehrerin klebte immer Blumen in den Kalender, um unsere Geburtstage zu markieren. Primeln, *Jugend* und *Schwermut*, sehr zutreffend.

Ich habe Gert schon lange nicht mehr gesehen. Und Ruby, meine Freundin aus Erwachsenentagen, ist tot. Das fällt mir jetzt ein.

Wie töricht ich bin.

So hat Gert mich immer genannt. Törichte Rose, sagte sie. Schon wieder am Träumen.

Gert hatte außer mir ihre Familie und andere Freundinnen. Sie war vielbeschäftigt und glücklich. Selbst als ihre Schwester an der Grippe starb, war sie glücklich. Nicht gleich, aber doch bald. Sie hatte noch drei andere Schwestern, und einen Bruder. Sie liebte sie alle so sehr. Sie verschwendete keine Sekunde darauf, von Wärme zu träumen. Sie hatte sie zu Hause.

David Lawrence Godwin war absolut notwendig für mich. Ich brauchte einfach jemanden zum Liebhaben. Also überschüttete ich ihn mit all der Liebe, die ich hatte – der überschwänglichen, unbefleckten, törichten Liebe eines jungen Mädchens. Noch heute treibt mir die Vorstellung seines geschwollenen, zerschrammten Knöchels die Tränen in die Augen. Er hat ihn sich beim Sturz von seinem feurigen Schlachtross Destiny verdreht.

Ich weiß nicht mehr, wo Destiny herkam. Es war nicht immer da, nur wenn David und ich zusammen ausritten. Ich ritt auf Victor, unserem einzigen Pferd, weder feurig noch ein Schlachtross.

David wollte, dass ich ihm die Stiefel auszog – wobei er seine Sachen eigentlich nie wechselte –, und stützte sich auf mich. Langsam gingen wir zusammen nach Hause. Ich habe keine Ahnung, was mit den Pferden passierte. Vermutlich sind sie davonspaziert. Ich vergaß sie bis zum nächsten Mal.

Das Notizbuch habe ich keiner Menschenseele gezeigt.

Die nette, professionelle Frau mit der lauten Stimme sitzt immer noch an meinem Bett und hält meine Hand. Eine geduldige Dame. Sind Sie eine Krankenschwester?, frage ich sie.

Sie schüttelt den Kopf. Ich versuche zu lächeln.

Oh, Mutter, sagt sie und dreht sich weg.

Ich wusste doch, dass ich sie irgendwoher kenne.

Miss Parker, rund und rotgesichtig, dickhäutig wie eine Walnuss, mit einem verschrumpelten, fauligen Charakter, der hinter der Fassade ihrer gestärkten Blusen klapperte. Miss Parker, die Lady Margaret freundlich anlächelte und alle anderen zur Schnecke machte. Parky, wie wir sie fast schon zärtlich nannten, obwohl sie eiskalt war. Sogar Mr. Davey behandelte sie mit Vorsicht. Kommen Sie, Miss Parker, sagte er. Geben Sie Miss Rose doch eine Chance.

Das war, als ich in die Küche kam und eine Gabel im Mund hatte. Ich hatte im großen Esszimmer abgetragen und deshalb beide Hände voll, so bückte ich mich instinktiv nach vorne – wie ein Hund, sagte Parky. Wobei sie etwas anderes als Hund sagte.

Ich fing am Rittenhouse Square als Küchenhilfe an, was Geschirr abwaschen bedeutete. Bei den ganz großen Gesellschaften musste ich auch beim Auftragen helfen. Mr. Rolyoke hatte mich gern im Esszimmer. Er sagte, ich würde einen Hauch Anmut und Schönheit beisteuern. Er lächelte, wenn ich ihm das Gemüse anbot. Einmal brachte ich den Rote-Beete-Salat nicht zu ihm, und er rief mich zu sich ans Tischende. Ich zersprang fast vor Bestürzung.

Du hast mir die Platte nicht angeboten, Rose, sagte er.

Aber nur, weil ich weiß, dass Sie das nicht mögen, Sir, sagte ich. Ich wollte nicht unhöflich sein.

Er lachte. Es ist einfach nett, zu einem hübschen Mädchen wie dir Nein sagen zu können, erklärte er mir. Der Gast zu seiner Linken, ebenfalls ein alter Mann, lachte auch.

Lady Margaret schien das nicht zu hören, aber als ich ihr später den Pudding anbot, scheuchte sie mich weg. Ist dir etwa entgangen, Rose, dass ich Zitronenpudding nicht mag?, fragte sie.

Ich musste den Kopf schütteln. Nein, Ma'am, sagte ich, und wurde gleich noch einmal rot, weil mir einfiel, dass sie mit Mylady angesprochen werden wollte. Parker machte das immer. Ich meine nein, Mylady, murmelte ich mit gesenktem Kopf und Schweißtropfen auf der Nase. Draußen war Winter, aber es war warm in der Küche, alle Öfen beheizt, und ich arbeitete hart. Lady Margaret hatte gern die Heizungen an. Die Rohre knallten ohne Unterlass.

Man hatte mir beigebracht, sorgfältig abzutragen, von der rechten Hand in die linke, doch ich muss an etwas anderes gedacht haben, weil der ganze Stapel Dessertteller – die meisten geleert, denn Parky machte einen wunderbaren Zitronenpudding, eins der wenigen Dinge, die sie konnte – sich seitwärts neigte und ich ihn gerade noch auffangen konnte. Aber immer noch zwölf Schritte bis zur Küchentür. Ich ging vorsichtig, aber eine Gabel rutschte vom obersten Teller, also beugte ich mich vor und nahm sie zwischen die Zähne, weshalb ich beim Betreten der Küche aussah wie eine läufige Labrador-Hündin, um Parkys Worte zu wiederholen.

Mr. Davey trank am Küchentisch gerade seinen Kakao und wartete, für den Fall, dass einer der Gäste Probleme mit seinem Wagen hatte. Nicht jeder konnte damals fahren. Geben Sie Miss Rose doch eine Chance, sagte er und versuchte dabei ruhig zu klingen.

Wie viele Chancen braucht die tollpatschige Kuh denn noch? Das war nicht ich, die so redete, das war Parky, die nie ein

Blatt vor den Mund nahm, sie nannte einen Spaten immer das verdammte Ding, wie etwa in, Schaff das verdammte Ding aus meiner Küche. Auch zu mir sagte sie das verdammte Ding. Geh jetzt nach oben, flüsterte sie mir mit kratziger Stimme zu, damit man es ihm Esszimmer nicht hörte. Du Neandertaler. Du Bauerntrampel. Ich serviere den Kaffee selbst. Geh nach oben ins Schlafzimmer – da gehörst du hin, du – also, Du weißt ja, was sie gesagt hat. Mit einem anzüglichen Grinsen im Gesicht, einer verletzten, wütenden, leidenschaftlichen Eifersucht, die ich einfach nicht verstehen konnte.

Was konnte sie damit meinen? Die Sorte Mädchen war ich nicht. War ich nie. Ich wusste über Sex Bescheid, klar, man kann nicht einen Frühling auf dem Land verbringen und nicht Bescheid wissen. Ich weiß noch, wie Gert und ich zusahen, kaum älter als sieben oder acht, und uns wurde klar, was es mit Männern auf sich hatte – ich meine, mit Pferden. In der Tat war ich erleichtert, als ich Robbie zum ersten Mal sah, nicht gerade ein Hengst, dem Himmel sei Dank. Und natürlich auch kein fairer Vergleich.

Der arme Robbie.

Ich weiß wirklich nicht, warum Parky mich Flittchen nannte, oder sogar Schlampe. Das bin ich nicht. Das war ich nicht. Sie hatte weniger Anstandsgefühl als ich, oft genug ließ sie ihre Tür halb offen, während sie sich aufknöpfte, oder im Badezimmer. Ihr Schlafzimmer war direkt neben meinem. Dauernd kam sie herein, ohne anzuklopfen. Ich weiß nicht, was sie sich ausmalte. Denkst Du, es lag vielleicht daran, dass sie –

Harriet, sage ich.

Wo kommt meine Tochter jetzt her? Sie sitzt aufrecht in ihrem Stuhl, und ihre Miene hellt sich auf. Ist es nicht schön, wenn jemandes Miene sich vor einem erhellt? In ihren Augen erkenne ich das Kind, das sie war.

Mutter.

Wie ist es dir ergangen, Harriet?

Seit wann?, fragt sie. Ihre gewohnte, besorgte Miene ist wieder da. Sie ist wieder eine alte Frau.

Ich sage nichts. Woher soll ich das wissen? Vermutlich, seit ich weggegangen bin. Wann immer das auch war.

Ich starre auf ihre Hände, die sie im Schoß gefaltet hat. Die Hände einer alten Frau, fleckig und zerfurcht. Keine Ringe. Ein bisschen Farbe auf den kurzen Nägeln, ohne Klarlack, sehr nachlässig.

Die Schwester, sage ich zu meiner Tochter, indem ich auf ihre Hände starre.

Soll ich die Schwester holen?

Ich schüttele den Kopf. Ich weiß nicht, wie ich es sagen soll. Ich weiß nicht, wie ich um das bitten soll, was ich will. Die Schwester wüsste es. Die Schwester wüsste, was ich will. Ich möchte es meiner Tochter sagen, aber ich kann nicht. Verdammt.

Sie hat meine Hand gehalten, sage ich.

Meine Tochter beugt sich vor und nimmt meine verschrumpelte alte Hand in ihre verschrumpelte alte Hand. Sie drückt sie vorsichtig und streichelt sie. Ihre Hände sind größer als meine, aber sie bewegen sich leicht und grazil. Es fühlt sich sehr angenehm an. Danke, sage ich.

Sie sieht nicht zu mir her. Sie hat den Kopf erhoben. Draußen ertönen laute Alarmglocken. Eine Stimme sagt etwas über den Lautsprecher. Weiterhin Alarmglocken. Geschrei und Getrampel. Was hat das zu bedeuten? Ich bekomme Angst. Was ist los?, frage ich.

Harriet ist vollkommen ruhig. Wie kann sie nur so ruhig sein? Na komm, Mutter, sagt sie. Sie streichelt weiter meine Hand. Es ist eine Brandschutzübung, mach dir keine Sorgen.

Alarmglocken.

Das ist nur ein Test, Mutter. Es besteht keine Gefahr, sagt sie. Wie kann sie nur so etwas sagen?

Der Geruch von Rauch hing über dem ganzen Hafen. Der geschwärzte Rumpf lag zur Seite geneigt, und das Wasser klatschte dagegen. Unzählige Menschen standen da und weinten. Ruby hielt sich an meinem Arm fest. Sie wusste wohl schon Bescheid über Montgomery. Das erste Mal, dass ich sie weinen sah. Nicht das letzte Mal. Harriet war weit weg, auf der Universität, mit ihrem Koffer voller Kleider. Und ich, ganz mit Schuld erfüllt. Wurde Montgomerys Leiche je gefunden?

Wasser hat mich immer angezogen; ich starre hinein wie andere Leute ins Feuer. Ich verliere mich gern im Auf und Ab des warmen Schoßes dieser Welt. Wir stammen alle aus dem Wasser, oder nicht? Ruby sagte einmal, das käme daher, dass ich im Sternzeichen Krebs geboren sei, einem Wasserzeichen. Meine Vorliebe für Wasser sei Teil meiner Zukunft. Ich würde im Wasser sterben, sagte sie. Das war eine Vision meines Todes. Ruby hatte lauter so verrückten Scheiß im Kopf – Verzeihung, Unscheiß. Verzeihung, Ruby. Du kennst Ruby, oder? Klar kennst Du sie.

Ruby war ein Luftzeichen. Ich glaube, das war es. Mit einem Lächeln sagte sie mir, dass sie bei ihrem Ende davonsegeln würde. Wir lachten bei der Vorstellung, dass Ruby mit imaginären Flügeln schlagen und wie ein Vogel krächzen würde. Das war vor dem Feuer, bevor sie zu einem Schatten ihrer selbst wurde. Bevor ich sie im Stich ließ.

Ihre Ladyschaft wünscht dich zu sprechen – und zwar sofort.

Wie kann man die Boshaftigkeit beschreiben, die in ihren Worten lag? Sie spuckte sie mir geradewegs ins Gesicht. Echten Gefühlen gegenüber war ich immer hilflos. Ich starrte sie an. Ja, Miss Parker, sagte ich und legte mein Staubtuch weg.

Sie ist im kleinen Salon. Lass dein Tuch nicht auf dem Tisch liegen, du nichtsnutziges Gör.

Ja, Miss Parker.

Draußen schien die Sonne. Ich weiß das, weil sie den Staub, den ich beim Wischen aufwirbelte, im Licht tanzen ließ. Die Morgensonne, nicht die am Nachmittag. Ich weiß nicht, welcher Wochentag es war. Kein Donnerstag. Donnerstags hatte ich den halben Tag frei.

Wo willst du denn hin? Zum Salon geht's da lang.

Zur Abstellkammer, um mein Tuch aufzuräumen, sagte ich.

Hast du nicht zugehört? Sie will dich sofort sprechen.

Sie drehte mich um und schubste mich in Richtung der Treppe. Parky hatte Freude daran, mich anzufassen. Sie war größer als ich.

Können Sie das Staubtuch für mich halten?, fragte ich.

Sehe ich aus wie ein Dienstmädchen? Natürlich nicht.

Die Uniform hatte keine Taschen. Was soll ich denn dann mit meinem Tuch machen?, fragte ich.

Parker wurde noch wütender. Kannst du nicht einmal das kleinste Problem allein lösen, du kanadischer Bauerntrampel?, fragte sie verächtlich.

Wer ist hier kanadisch?, fragte ich empört.

Heute kann ich darüber lachen, damals nicht. Ich hatte mich selbst nie anders als Englisch wahrgenommen. Vergiss nie, dass du in Gloucestershire geboren bist, sagte Mama immer zu mir. Kanada war die grausame und gefühllose Stiefmutter.

Ich lebte im Glauben, ich sei Schneewittchen und hätte jenseits des Ozeans ein brillantbesetztes, angestammtes Geburtsrecht. Ich hing am Mutterland mit der ganzen Kraft einer Waise. Wie seltsam.

Parker begleitete mich zum Salon, was sie ganz schön aus der Puste brachte. Ihr Gesicht war knallrot. Leidenschaft und ein schlechtes Herz. Sie klopfte an die Tür und blieb dann stehen, während ich allein eintrat. Lady Margaret stand nicht vom Schreibtisch auf. Saß nur da, ganz beherrscht, und spielte mit dem kleinen, goldenen Manschettenknopf.

Sie haben nach mir geschickt, Mylady?, fragte ich.

Und jetzt hast Du nach mir geschickt. Und ich habe Angst und ein schlechtes Gewissen, genauso wie bei Mylady.

Wenn ich Du wäre, würde ich Rose Rolyoke all die Jahre übelnehmen, die sie anderen gedient hat und nicht Dir. Mama, den Rolyokes, Robbie, Harriet und all meinen Kunden.

Ein Leben voller Service. Klingt gut, oder? Aber ich bin nicht gut. Nicht wirklich. Ich bin gar nichts, nicht wirklich, nicht im Moment, klein und überfordert von Alarmglocken, die draußen losgehen, und Menschen, die auf und ab rennen.

Mama, Mama.

Über meinem Kopf die Stäbe des Vogelkäfigs. Sie schwingen und glänzen im Licht. Schöne Vögel. Schön schön. Und wie sanft und leise sie tschilpen.

Draußen all dieser Lärm.

»Na komm«, sagt Mama. »Na komm, meine Schöne«. Sie meint mich.

Und das Licht geht aus.

Eine Sekunde der Stille, dann geht das Hin- und Hergerenne im Dunkeln weiter.

Wo sind die Vögel, frage ich mich. Ich kann sie nicht mehr sehen.

Allzu sehr sorge ich mich nicht. Aber ich bin ein bisschen hungrig. Ich fange an zu weinen.

»Na komm«, sagt Mama. Und hält mich.

Das Haus war klein und unscheinbar, in sich zusammengesunken zwischen den beiden Nachbargebäuden wie ein erschöpftes Kleinkind zwischen seinen Eltern. So klein, dass es nicht einmal einen richtigen ersten Stock hatte, nur eine Treppe hinauf in ein einzelnes Zimmer. Sind Sie sicher, dass Sie nicht etwas Größeres wollen?, fragte der Immobilienmakler mit den großen Ohren.

Robbie schaute mich an.

Wir haben fünftausend Dollar, sagte ich.

Mehr Geld, als ich je zuvor besessen hatte, und ich war nicht bereit, auch nur einen Cent davon zu verschwenden. Ich hatte den Barscheck in der Tasche meines Ausgehkleids entdeckt. Hellblau, mit Knöpfen auf der Vorderseite und am Kragen hochgeschlossen. Ich hatte es bei Macilheeny in der Market Street in Philadelphia entdeckt, an einem sonnigen Nachmittag im Frühherbst, während die Fliegen gegen die großen, westwärts gewandten Fenster mit den dunklen Holzrahmen brummten. Macilheeny bediente uns sogar persönlich, ein Charmeur mit schiefem Grinsen und scharfen Augen, der sich tief vor Mr. Rolyoke verbeugte.

Gefällt es dir, Rose?, fragte er mich, während Macilheeny mir den Ärmel geradezupfte.

Es ist wunderschön, sagte ich.

Na wunderbar. Wir nehmen es.

Mr. Rolyoke zückte seine Geldbörse. Macilheeny wedelte beinahe mit dem Schwanz.

An diesem Vormittag – nein, es muss einen Tag vorher gewesen sein –, am Tag, bevor wir das Kleid kauften, stand ich vor Lady Margaret im kleinen Salon und hörte mir Dinge an, die ich nicht verstand.

Du musst von hier weg, sagte sie.

Ich nickte, wusste aber nicht, warum.

Du wirst ihn nie wieder sehen, sagte sie.

Warum nicht? Ist er tot?, fragte ich entsetzt.

Sie antwortete nicht. Ich fragte noch einmal, denn ich ärgerte mich ziemlich. Wenn er tot war, musste ich das wissen. Gab es denn einen Unfall?, hob ich an.

Es gab eine schwerwiegende Fehlkalkulation, mein kleines Flittchen – und zwar auf deiner Seite. Du verlässt auf der Stelle mein Haus!

Damals war ich – gerade erst – neunzehn? Keine Ahnung, wovon sie redete. Ich fühlte mich seltsam, hatte mich den ganzen Tag seltsam gefühlt, fragte mich, ob ich womöglich eine Grippe ausbrütete. Die Schwester des neuen Mädchens hatte gerade eine hinter sich; es hatte sie ganz schön erwischt, sagte das neue Mädchen.

Ja, Mylady, sagte ich. Jetzt, wo es keine Rolle mehr spielte, hatte ich keine Probleme mit der richtigen Anrede. Jetzt, wo es nicht mehr nötig war.

In meinem Rücken plötzlich eine willkommene Stimme.

Verzeihung, sagte Mr. Rolyoke, indem er das Zimmer inmitten einer Wolke Pfeifenrauch betrat, mir und seiner Frau zulächelte und mit einer Handbewegung Parker fortschickte, die er vor der Tür beim Lauschen erwischt hatte.

Warum erinnere ich mich nicht an Einzelheiten der Nacht, in der wir zusammen waren? Der Nacht, die das Kind gemacht hat. An einen geflüsterten Gruß erinnere ich mich, aber die Liebe, die Zärtlichkeit und das Auseinandergehen sind verschwunden. Am nächsten Morgen erwachte ich aus einem Traum, erfüllt, doch mit dem Gefühl von Schwere auf mir, von Furcht und unerinnertem Verlust. Und es war mein Geburtstag.

Wie war er? Ich weiß es nicht. Wie war Robbie? Gutmütig und liebenswürdig, er mochte das Lachen, und mich, kein Denker oder Macher, auch kein Träumer, was nicht wirklich viel übrig lässt, stimmt's? Er war nett und – bevor ich ihn geheiratet habe – reich. Habe ich ihn deshalb geheiratet? Weil er nett war? Weil er reich war? Weil ich schwanger war und er einfach zur Stelle? Lauter gute Gründe. Nein. Ich habe ihn nicht wegen guter Gründe geheiratet. Das war alles im Service inbegriffen.

Dr. Sylvester schaute besorgt drein. Harriets Hand lag auf meinem Arm. Ich lächelte den Doktor an. Wie viele richtig gutaussehende Männer trifft man schon im Leben?

Mrs. Rolyoke, sind Sie bei der Sache?

Ja, Doktor, sagte ich.

Mutter, geht es dir gut?

Alles in Ordnung, sagte ich zu meiner Tochter, ein wenig derber als beabsichtigt. Warum sind wir so oft derb zu denen, die uns lieben? Liegt es daran, dass wir kein Mitleid vertragen oder sie nicht enttäuschen wollen? Weil sie sich zu viel Sorgen machen, oder zu wenig? Ich habe nur nachgedacht, sagte ich zu Harriet.

Ja, Mutter.

Sie war sauer auf mich. Vielleicht sprach ich deshalb so derb mit ihr – eine Schicht Frustration liegt unter der Anteilnahme, und die Frustration ist von dunklerer Farbe und lässt sich nicht so leicht übermalen.

Fahren Sie fort, Doktor, sagte ich. Ich höre zu.

Er drehte mir das Gesicht zu, aber ich wusste, dass er immer noch mit Harriet redete.

Die medizinischen Tests sind alle negativ, sagte er. Blutbild, Harnuntersuchung, Elektrolythaushalt – alles vollkommen normal. Keine Diabetes oder Veränderung der Schilddrüse, keine Nieren- oder Leberkrankheit.

Er warf einen Blick in seine Unterlagen und nickte.

Der BSG-Wert ist negativ, fuhr er fort, das heißt, es gibt keine Behinderung des Blutflusses ins Gehirn. Es gibt keinen Vitaminmangel, Blut-, Harn- und Rückenmarksdurchleuchtung sind ungetrübt. Keine endokrinen Abweichungen.

Er sah zu mir auf. Sieht so aus, als sei ich ziemlich gesund, sagte ich.

Sie sind vom Körper her ein richtiges Prachtexemplar, liebe Rose, bestätigte er.

Schau an. Ich lächelte. Sie selbst sind auch nicht von schlechten Eltern, sagte ich zu ihm, aber er lachte nicht. Lächelte nicht einmal. Offenbar nicht an Komplimente gewöhnt. Harriet sah aus, als täte ihr etwas weh.

Was ist los?, fragte ich.

Wie lange kann das jetzt her sein – wohl nicht allzu lange. Vielleicht einen Monat. Vielleicht ein Jahr. Neuerdings kollabiert mir die Zeit wie ein Klappstuhl. Oder wie eine Straßenkarte – wenn du sie nicht richtig zusammenlegst, hast du nichts als ein falsch gefaltetes Durcheinander. So ist das jetzt mit mir und der Zeit.

Robbie hatte keine Ahnung von dem Barscheck. Mein Alter mag dich, sagte er, als ich ihn herauszog und ihm zeigte, in unserem Hotelzimmer bei den Niagara-Fällen.

Warum kann ich mich nicht besser an Robbie erinnern? Ein ruheloser Mann, der jünger aussah, als er war. Liebenswürdig, fahrig, überraschend gut in Buchhaltungsfragen. Gekräuseltes, rötliches Haar wie so viele aus seiner Familie mütterlicherseits: Ich habe eine alte Fotogravur von einer Ainslie-Großtante gesehen, die vom Hals aufwärts exakt wie Robbie aussah.

Mir gefiel das kuschelige Haus in der Waverley Road, aber ich sagte Nein zu dem Immobilienmakler. Zu teuer, sagte ich. Er fragte, was wir zahlen könnten. Ich sagte es ihm.

Aber das ist ja viel weniger, sagte er.

Robbie stieg die Treppe hinauf. Ziemlich düster sah es da oben aus, vom sonnigen Wohnzimmer aus betrachtet. Das schwache Rumpeln der Straßenbahn zwei Blocks nördlich klang wie entferntes Donnergrollen. Vom vorderen Fenster aus konnte ich die Straße bis ganz nach unten überblicken, bis dahin, wo die Straße aufhörte und der Strand anfing. Lake Ontario, das Gewässer, das mir so vorkam, als würde ich es schon ewig kennen. Ich war bereit, diesen Ort zu meinem Zuhause zu machen. Könnten Sie nicht Ihr erstes Angebot überdenken, Ma'am?, fragte der Immobilienmakler. Ich weiß, dass die Besitzer sehr gern verkaufen würden. Könnten Sie nicht ein zweites Angebot machen?

Schau her, Rose, sagte Robbie und streckte von oben den Kopf herunter, zwischen den gedrechselten Holzstäben des Geländers durch. Er machte ein Gesicht wie ein kleiner Junge oder ein Wasserspeier, wie er da die Zunge herausstreckte und mich anstrahlte. Ich lächelte zu ihm hinauf.

Nur ein paar hundert Dollar mehr, sagte der Makler. Bitte, Ma'am.

Nein, sagte ich.

Bitte, Mrs. Rolyoke.

Nein.

Ein Seufzer von jenseits des Schleiers, der sich ab und zu über mich legt. Es gelingt mir nicht, den Schleier beiseite zu schieben, doch vereinzelt dringt die Außenwelt zu mir herein.

Wenn Sie nichts essen, werden Sie sich elend fühlen, und das wollen wir doch nicht, oder?

Jetzt ist da eine Öffnung in der Dunkelheit, als würde des Nachts ein Polizist mit einer Taschenlampe vor einem auftauchen. Ich sehe, wie meine Lieblingskrankenschwester, die mit den streng gebundenen grauen Haaren und der schönen Nase, mir einen Löffel entgegenstreckt, mit irgendetwas drauf, das ich essen soll.

Oh, hallo, sage ich.

Hallo, Mrs. Rolyoke.

Was ist das?, frage ich.

Milchreis.

Sie macht Witze. Ich weiß, wie Milchreis aussieht, und das hier ist keiner. Genaugenommen gibt es zwei Arten von Milchreis, und dies hier ist keine von beiden. Meine Mama machte Milchreis immer auf dem Ofen, einen dünnen Schleim mit Milch und Zucker und manchmal einem Ei zum Verdicken. Er schmeckte herrlich, nach all dem gekochten Kohl – na ja, das war natürlich keine Kunst. Mein Daddy ging immer in die Scheune, ohne den Milchreis ganz aufzuessen. Mama und ich steckten dann über dem Tisch die Köpfe zusammen und teilten uns den Rest, ein Löffel für mich und ein Löffel für sie. Ihrer war größer als meiner.

Und es gibt noch eine Art, Milchreis zu machen, eine raffinierte und vornehme Art, im Backofen, mit Rosinen und Dörrpflaumen und mehreren Eiern und Zimt obendrauf. So einen machte Parker manchmal für Mr. Davey, den Chauffeur, wenn er etwas für sie besorgt hatte. Ich frage mich, ob sie ihn auch zubereitet hätte, wenn er nichts für sie besorgt hätte. Er teilte immer mit mir, und ich erinnere mich an das Staunen, das ich empfand angesichts dieser Vollendung in gekochter Form. Ich versuchte, Parker ein Kompliment zu machen, aber sie schnaubte nur und drehte sich weg.

Nein, sage ich zu meiner Krankenschwester. Ich drehe den Kopf weg. Genau wie Parky, nur dass mein Gesicht nicht rot ist und ich nicht platze vor lauter Selbstekel. Ich mag Milchreis, sage ich.

Dann essen Sie ein bisschen.

Sie versteht nicht. Was ich meine, ist, dass ich Milchreis mag und das hier kein Milchreis ist.

Bitte, sagt sie.

Ich hasse es, wenn sie betteln. Ich mache eine Nein-nein-Bewegung mit dem Kopf, hin und her, tick-tack wie eine Uhr, hin und her.

Robbie war völlig vernarrt in das Haus. Er mochte die Gegend; die anderen Häuser ganz nah und friedlich, und in der Kühle der Sommerabende saßen die Leute draußen auf der Veranda. Er liebte den Geruch des Sees und des heißen Straßenpflasters, und dass fremde Sommerfrischler mit ihren Picknickkörben und Sonnenschirmen vorbeispazierten. Im Winter mochte er die Stille, die geräuschlose Kälte, die Wälle aus Eis, die sich rund um das Seeufer auftürmten. Am meisten gefiel ihm, um den Block zu gehen, seine lächerliche Pfeife zu rauchen, an der er nie richtig zu ziehen lernte, Harriets Kinderwagen vor sich herzuschieben, den Leuten zuzulächeln, die ihm bekannt vorkamen, und dann wieder heimzukommen. Stets begann er zu strahlen, sobald er von irgendwoher auch nur einen flüchtigen Blick auf unser Haus werfen konnte. Rosies Haus, wie er es immer nannte. Aber er selbst hing auch sehr daran. Vielleicht hatte er auch noch nie etwas für sich allein gehabt.

Es stimmt, die Dachrinnen hingen ziemlich schief, und die Abflussrohre, die wir eingefügt hatten, passten nicht richtig, deshalb konnte man in einem richtigen Unwetter auf eine solide Wasserwand blicken, die sich vom schrägen Dach herab in unseren nach hinten ansteigenden Garten ergoss.

Nicht viel Platz für Blumen: ein paar Meter Rasen hinten, vorne noch weniger. Ich hob die Beete aus und setzte – das war neu für mich – Samen und Zwiebeln, die ich gekauft hatte. Beim Ausräumen des Kellers war ich auf ein Buch über die viktorianische Blumensprache gestoßen, *Liebesbriefe aus einem viktorianischen Garten*, ein schmales, fleckiges Bändchen, das nach Ziegelstaub und Moder roch und ein gezeichnetes Herzspannkraut auf dem Umschlag hatte. Ich fand heraus, dass Herzspannkraut *heimliche Liebe* bedeutet – ein ungemein starkes Bild. Ich las das Buch ein ums andere Mal, das einzige Buch in meinem Leben, das ich mehr als einmal gelesen habe, und stieß in meinem Inneren ganz überraschend auf eine stille, jedoch unübersehbare Begeisterung über mein intuitives Verständnis dieser strengen, eigenwilligen und dabei sehr reduzierten Sprachform. Blumen sind auch still und geduldig und durch nichts von ihrem festgelegten Ziel abzubringen. Man kann sie leicht beschädigen, aber ihnen den Garaus zu machen, ist so gut wie unmöglich. Harriet zu stillen, hatte vielleicht zu meiner damaligen Verfassung beigetragen. Lange Phasen des Wachseins, mit nichts zu tun, als einfach da zu sein. Zu lieben. Ich weiß noch, wie ich dachte, dass gemeinsam mit der Milch Liebe aus mir herausfloss und mein Baby erfüllte. Und es drehte sich zur Seite und schlief ein, so voll war es mit Liebe. Sie rülpste Liebe und weinte Liebe und erbrach Liebe über ihre nagelneue Spieluhr, die ihr Mama und Bill zur Geburt geschenkt hatten. Robbie war gerade von der Arbeit nach Hause gekommen und schien sich über die Schweinerei zu freuen. Er hasste diese Uhr, die zu jeder Stunde die ersten Töne eines dieser Disney-Trickfilme abspielte. Als Harriet ihren Daddy anlächelte, der in seinem Anzug vom Vorjahr in der Tür des Kinderzimmers stand, fing er an zu glucksen.

Ich vermisse dieses Glucksen von Robbie. Ich habe länger ohne ihn gelebt als mit ihm, aber dennoch vermisse ich ihn. Wann immer ich darüber nachdenke, fühle ich mich schuldig. Ich hätte ihn mehr lieben sollen.

Warum schüttelst Du den Kopf? Was weißt Du schon von der Sache?

Eis auf meinen Lippen. Na, da fällt mir jetzt aber etwas ein. Eissplitter. Ich weiß noch, wie ich dem Wagen die ganze Dale Road entlang gefolgt bin bis zu den McAllisters, die eine Kühlbox hatten. Holzspäne, der Geruch von Nässe und ein Pferd. Das Pferd hieß Bix; den Namen des Mannes habe ich vergessen. Er sägte ein großes Stück Eis ab und trug es mit einer Greifzange oder in seiner Schürze, die Arme darum geschlungen wie um ein Baby, ein kleines Eisbaby. Und sobald er weg war, stibitzten wir – also Gert, Jack und ich – die Eissplitter vom Wagen. Die würden ja so oder so schmelzen, oder etwa nicht?

Meine Familie hatte keine Kühlbox. Wir benutzten die hintere Speisekammer als Lagerraum. Ich weiß noch, wie Jack und ich – Moment mal, wo kommen eigentlich diese Erinnerungen her? Ich habe schon ewig nicht mehr an Jack Dupree gedacht. Er war ein kräftiger, gesunder Junge, mit drahtigen Muskeln und dichtem, dunklem Haarschopf, mit Schultern, die jeden Sommer so braun wie Kirschholz wurden, aber das liegt natürlich ganz schön viele Sommer zurück. Ziemlich genau fünfundsiebzig. Er muss längst tot sein. Nicht, dass ich bedeutend besser dran wäre.

Oh, Jack. All der Spaß, den wir nie hatten. Ich erinnere mich an einen Zettel von ihm, Frühjahr achte Klasse. *Hinter der Scheune*. Und das war alles. Als ob es in der Gegend nicht dreißig Scheunen gegeben hätte. Aber ich wusste, welche er meinte, genau wie er wusste, dass ich verstand. Dreizehn Jahre alt, voll konzentriert auf Provinzen und Hauptstädte und Christoph Kolumbus. Und auf einen Zettel, der im Atlas steckte – *Hinter der Scheune*. Ohne Uhrzeit. Aber ich wusste, welche Zeit gemeint war, und welche Scheune, und ich ahnte auch, was er machen wollte. Und soll man das glauben? Ich wollte hin. Ich habe es ihm nie gesagt. Ich hätte ihm zu gerne gesagt, dass ich kommen wollte. Zur Scheune kommen und mit ihm zusammensein wollte. Aber ich wusste, ich konnte es nicht. Hatte nichts damit zu tun, dass ich ein braves Mädchen war, ich wusste einfach, ich konnte nicht. Deshalb habe ich mich aber noch lange nicht besser gefühlt. Es tat mir immer noch leid. Einsicht ist nicht einfach.

Du weißt das, oder? Du weißt alles. Vielleicht kannst Du es Jack ja erklären. Ich kriege es nicht hin, glaube ich.

Treffen wir eigentlich Dr. Sylvester bald wieder?, frage ich Harriet.

Ich muss husten. Meine Seite tut weh. Harriet wischt mir den Mund ab. Die Alarmglocken läuten immer noch.

Dr. Berman ist jetzt da, sagt sie. Keine Sorge, Mutter.

Ich vermisse Dr. Sylvester. Er ist so ein gutaussehender Mann. Findest du nicht, Liebes?

Ich weiß, dass *du* das findest, Mutter.

Und seine Stimme, sage ich. Mit der Stimme hätte er im Radio auftreten können. Er hat so wunderbare Geschichten erzählt. Erinnerst du dich an die Geschichten, die er mir erzählt hat, Harriet?

Meine Tochter betrachtet mich mit dieser Mischung aus Zuneigung und Wut, wie wir sie uns für die geliebten Kranken aufbewahren. Kannst du dich wirklich an sie erinnern, Mutter?

Oh ja, sage ich. Eine handelte von einer Fluglinie. Und eine andere von einer Eishockeybahn. Und wieder eine andere von einem Mann mit einem Hündchen, das verlorenging. Oder einem Auto, das zusammenbrach. Irgendetwas hatte er, und dann hatte er es plötzlich nicht mehr. Sehr gute Geschichten, so wie der Doktor sie erzählte. Erinnerst du dich an sie, Harriet?

Sie seufzt, schüttelt den Kopf. Eine schwierige Zeit in ihrem Leben, die Sechziger. Man fühlt sich nicht alt, aber alle behandeln einen, als sei man es, und man fragt sich, ob sie vielleicht recht haben. Ich weiß noch, wie ich über diesen jungen Mann, diesen Jimmy Carter redete und alle über mich lachten.

Wen hältst du denn für jung, Harriet?, frage ich sie. Sie starrt mich an. Versteht die Frage nicht. Unseren Premierminister Trudeau?, frage ich. Den Russen mit den Augenbrauen – nicht Nikita Chruschtschow, den anderen. Ach herrje. Zuerst sehen die Eishockeyspieler jung aus, dann die Polizisten, dann die Männer in der Zeitung. Dann muss man sich einen neuen Planeten aussuchen.

Mutter, Dr. Sylvester hat dir die Geschichten nicht erzählt, um dir eine Freude zu machen. Sie waren Teil der Gedächtnistests.

Ich nicke mit dem Kopf. Ja, manchmal hat mein Gedächtnis offenbar Löcher. So wie der Eimer in dem Lied. Kennst du –

Ich erinnere mich an das Lied, Mutter.

Sie schaut weg. Ich habe das Lied wahrscheinlich schon einmal erwähnt. Wir sangen es die ganze Zeit. *Ein Loch ist im Eimer, Karl-Otto, Karl-Otto, ein Loch ist im Eimer, Karl-Otto, ein Loch.* Ich weiß nicht, was dann kommt, aber das Lied hört so auf, wie es angefangen hat, mit einem Loch. Wie alles andere, das ich kenne – und ich auch, vermutlich. Ich fühle mich, als sei ein Loch in meinem Eimer, und der gute Karl-Otto kann nicht das Geringste daran ändern.

Die Alarmglocken dröhnen immer noch.

Selbstsüchtig. Das ist man, wenn man alt ist. Das Einzige, wofür man sich interessiert, sind die eigenen Gefühle, Schmerzen, Erinnerungen. Und wie einsam man ist. Und wie anstrengend die anderen alten Leute sind. Man hat die Nase voll von alten Leuten, von kranken Leuten, von dem ganzen Mitleid. Leider braucht man jede Hilfe, die man kriegen kann. Man kann sich nicht um sich selbst kümmern. Nicht mal alleine auf die Toilette gehen. Man ist wieder ein Baby, ein greinendes, sprudelndes Was-auch-immer.

Worüber lächelst Du? Das ist Shakespeare, oder? Du brauchst Dich nicht über mich lustig zu machen. Ich habe nie die Hochschulreife erlangt – na und? Du bist genauso schlimm wie Harriet, mit ihrer Oboe und ihrer Anthropologie. Aber ich war so stolz auf sie. Ich habe geweint, als sie quer über die Bühne ging, um sich ihren Händedruck abzuholen. Ich habe jedem, der in dieser Woche in den Laden kam, eine Kamelie geschenkt – *überragende Leistung*.

»Sind Sie sicher, Madam?«

»Ja, ja, vollkommen sicher.«

Mama ist aufgebracht. Ihre Hände sind kalt.

»Steward, wissen Sie – haben Sie meinen Mann gesehen?«

»Nein, Madame. Das habe ich nicht. Soll ich nach ihm suchen?«

»Ja, bitte.«

Mamas kalte Hände machen mir Angst.

»Na, komm, mein Liebling. Mama ist doch bei dir.«

Ich habe mich als Mutter nie vollständig gefühlt. Das hat nichts mit Erfüllung zu tun oder mit der eigenen Leistung. Ich fühlte mich nie ganz, wenn ich da mit meinem Baby im Kinderwagen die Straße entlangging, um Schweinekoteletts oder Wäscheklammern zu kaufen. Es gab einen Teil von mir, der nicht wirklich war, der unablässig suchte, aber nicht finden konnte. Und während der eine Teil, mein Äußeres, mit Prohibition und elektrischem Strom und den Gewerkschaften beschäftigt war und damit, wie lange die Depression wohl dauern und ob Robbie seine Arbeit als Buchhalter behalten würde, fragte sich mein Inneres unablässig, ob ich wirklich war, echt war. Was war das denn überhaupt, eine Mutter? Was war eine Ehefrau? Eine Tochter? Manchmal schien es mir, als sei ich keines von diesen Dingen.

Einmal bin ich nach Cobourg zurückgekehrt. Nein, zweimal. Wie konnte ich das vergessen? Das erste Mal wohnten wir bei Mama, Harriet und ich. Ich weiß noch, wie ihr Atem dampfend durch den Schal kam, den ich ihr um den kleinen Kopf gewickelt hatte. Damals war sie noch nicht einmal ein Jahr alt, sie kam im Frühling zur Welt, zu Hause, und sie wand sich hin und her. Ein süßer Knirps, sagte mein Stiefvater. Bill holte uns am Bahnhof ab mit seinem großen Überlandwagen, in dessen Seitenfenster ein riesiger Adventskranz aus Stechpalmen hing. Genau, es muss kurz nach Weihnachten gewesen sein. Ungewöhnlich kalt fürs südliche Ontario.

Mama und Bill wohnten jetzt im Logwood-Haus in der King Street; es war ein großes Anwesen mit einer geschwungenen Einfahrt. Das Dach brauchte neue Schindeln und die Außenmauern mussten verputzt werden. Ich wusste über solche Dinge Bescheid, weil unser Haus sie auch brauchte. Es war ein solides Anwesen, nicht schön, aber würdevoll. Mama stand auf der vorderen Veranda und begrüßte uns. Ihr Atem dampfte auch. Sie hatte einen Pelzumhang gegen die Kälte. Sie war jetzt eine vornehme Dame. Genau wie ich. Wir hatten beide gut geheiratet.

Es war ein furchtbarer Besuch. Robbie war geschäftlich in Montreal, hatte sich gleich nach Weihnachten aufgemacht und wurde erst in zwei Wochen zurückerwartet. Aber das war nicht das Furchtbare. Das Furchtbare war Mama. Die ganze Zeit, ich weiß nicht, wie ich es sagen soll, und vielleicht habe ich es auch falsch gesehen, aber es kam mir vor, als würde sie sich ständig mit mir vergleichen. Wir hatten beide erst vor kurzem geheiratet, in besser gestellte Familien hinein. Wir führten beide ein besseres Leben als jemals zuvor. Wir hätten uns füreinander freuen sollen. Aber das taten wir nicht. Ich hatte keine Ahnung, warum.

Die Alarmglocken läuten. Ich huste. Ich sehe das Gesicht meiner Tochter. Für einen Moment sieht sie aus wie früher, als sie klein war und neugierig. Soll ich dir erzählen, wie es war, als du zur Welt gekommen bist?, frage ich.

Was hast du gesagt, Mutter?

Es war mitten in der Nacht, sage ich, und dein Vater hat geschlafen. Und auf einmal ist in mir drin etwas passiert, deshalb habe ich ihn aufgeweckt.

Was?

Ich weiß nicht, was passiert ist, sage ich. Auch der Doktor wusste es nicht genau. Aber es war an der Zeit, dass du geboren wurdest, mein Engel.

Ich sehe immer noch Robbies Gesicht vor mir, so betroffen wie fürsorglich. Was ist das?, fragte er dauernd. Was ist das da auf dem Bettlaken? Soll das da sein? Oben in deinem kleinen Zimmer. Dem einzigen Zimmer im ersten Stock.

Er gehörte in dieses Haus. Er hatte nie in all diese Anwesen in Philadelphia oder Cobourg gehört. Er gehörte in die Waverley Road. Du weißt, dass man zu sagen pflegt, jemand hätte einfach keine Chance. Zu arm, zu krank, zu traurig. Zu viel an der Backe. Nun, Robbie war reich, gesund und glücklich, aber er hatte einfach keine Chance. Bis er mich heiratete, ein Dienstmädchen, und von seinem Erbe weglief und jeden Tag zur Arbeit ging und von dort in ein kleines Haus mit Garten heimkehrte, das Beste, was ihm jemals widerfahren war, wie er sagte. Dies war die Chance, die er nie gehabt hatte.

Wir starrten auf das Bettlaken. Ungläubig.

Ruf den Arzt an, sagte ich ihm.

Hast du Schmerzen?

Nein, sagte ich.

Aber das ist Blut. Soll das da sein?

Nein, sagte ich.

Kann Harriet mich hören? Sie schiebt ihren Stuhl von meinem Bett weg, damit sie sich ausstrecken kann. Der Plastikbecher voller Eissplitter steht neben ihrem Ellbogen. Die Alarmglocken läuten. Ihre Augen sind in sich gekehrt, als würde sie eine Geschichte hören, die sie schon kennt, oder als hätte sie gerade in eine zweifelhafte Tomate gebissen.

Bill Scanlon war ein guter und liebevoller Mann. Ein Bankier, wie Onkel Brian. Ob Mama sich dessen bewusst war? Er war ganz anders als Onkel Brian. Ich saß beim Essen links von Bill und hörte ihn sagen, was für ein schöner Tag das gewesen sei, was für wunderbare Weihnachtsferien. Sie hatten von achtundvierzig Familien Glückwunschkarten bekommen, sagte Bill. War das nicht ein schönes Zeichen des Respekts für einen Zugezogenen wie ihn?

Mama bat ihn, ihr den Gewürzständer zu reichen, und er warf das Salzfässchen um. Sofort nahm er ein bisschen von dem verschütteten Salz und warf es über seine linke Schulter. Mama seufzte. Das ist wirklich ein schönes Salzfässchen, bemerkte ich, denn ich wollte sie aufmuntern.

Sie rümpfte die Nase. Nur vernickelt, natürlich, sagte sie. Ich nehme an, du hast zu Hause eines aus Silber.

Ich lächelte und wusste nicht, was ich sagen sollte. Dank sei – also, dem Himmel sei Dank, dass Harriet in dem Moment auf die Idee kam zu weinen. Wir hatten sie in einer Wiege in dem kleinen Raum neben dem Wohnzimmer. Die gute Stube, sagte Mama dazu. Als ich durch die Tür ging, sah ich plötzlich ihren Gesichtsausdruck: verbittert, wütend, neidisch. Ich fühlte mich unwohl. Ich wusste, über wen sie sich aufregte, und warum.

Natürlich über mich. Aber nicht, weil ich alten Philadelphia-Geldadel geheiratet hatte. Nicht, weil mein Schwiegervater Herrscher über ein angeschlagenes Imperium war, wie die Zeitungen das formulierten. Sie hasste mich wegen Harriet. Weil ich ein Baby hatte und sie nicht.

Dr. Wilson wohnte gleich um die Ecke. Seine Kinder boten immer an, den Rasen zu mähen oder die Einfahrt freizuschaufeln. Ich hörte seine Stimme im Eingang unten, er redete auf Robbie ein, der vollkommen hysterisch klang. Machen Sie Wasser heiß, sagte der Doktor. Seien Sie ein guter Junge. Wir können alle eine Tasse Tee vertragen. Hemd und Hose trug er über dem Pyjama. Er lächelte freundlich zu mir herunter, fragte, wie es mir ginge.

Kommt das Baby?, fragte ich. Es soll doch erst in zwei Wochen soweit sein – das haben Sie mir gesagt, Doktor.

Vielleicht habe ich mich geirrt. So etwas kommt schon mal vor, sagte er.

Es gab nicht sonderlich viel Blut. Ich fragte, ob das gut sei.

Ich weiß nicht, sagte er.

Und ich habe irgendwie keine Schmerzen. Überhaupt keine, sagte ich.

Er nickte und ging für einen Moment weg, um sich die Hände zu waschen.

Also, nicht allzu starke Schmerzen, sagte ich, als er zurückkam.

Seine wenigen Haare waren zerzaust und ganz steif von der Pomade vom Vortag. Er musste sich dringend rasieren. Er hatte eine knollige Nase und eine Brille. Seine Hände waren warm.

Aber ich wollte noch nicht herauskommen, sagte Harriet und sah von ihrem Suppenteller auf. Diese Unterhaltung muss am Esstisch stattgefunden haben, nur wir zwei, während Robbie im Nordatlantik war und den Krieg gewann. So stand es in der Zeitung.

Nein, du bist nicht gleich herausgekommen, sagte ich. Und zog in Erinnerung daran eine Grimasse. Noch nicht.

Robbie zeigte uns Fotos von der *HMCS Stadacona*, seinem ersten Urlaub in der Navy. Ist sie nicht wunderschön, sagte er. Klare Linien, schlanker Bug, kann praktisch innerhalb ihrer eigenen Länge wenden. Ich konnte fast nicht hinsehen vor lauter Angst. Fünfundzwanzig Knoten Höchstgeschwindigkeit, erklärte er mir, 2800 Tonnen Wasserverdrängung. Wahnsinn, sagte Harriet, und betrachtete die Bilder. Auf dem Bild war der Seegang höher als das Schiff, heftig und bedrohlich. Wo bist du, Vater?, fragte sie. Irgendwo unter all diesem herumspritzenden Wasser, sagte er und lachte.

Neunzehnhundertvierzig. Es war, als hätte ich einen Fremden im Haus, einen Mann, den ich noch nie gesehen hatte und nie wieder sehen würde. Aber kein Abenteuer. Und nicht romantisch. Ich hatte Angst wie noch nie.

Habe ich darauf gewartet, dass er stirbt? Ist es das? Oder habe ich darauf gewartet, dass er doch noch zum Daddy wird?

Natürlich wurde er es nicht. Er hatte nie Gelegenheit dazu. Aber er wäre es auch nicht geworden, da bin ich mir sicher. Er schien im Krieg viel mehr zu leben, nicht weniger. Er berichtete uns vom Krieg, wenn er daheim war, was nicht oft passierte – immer nur eine Woche, nach drei oder vier Geleitschutzfahrten hintereinander.

Ich habe die ganze Zeit Angst, sagte er mir, als wir im Frühjahr im Park spazieren gingen, es roch nach Hund und neuem Wachstum, Harriet war in der Schule. Wir haben alle Angst, vom Käpt'n angefangen bis ganz nach unten. Aber wir haben eine Aufgabe zu erledigen, und die Aufgabe wird einfach wichtiger als die Frage, wie man sich fühlt. Verstehst du das?

Ich sagte Ja.

Bei Alarm renne ich so schnell wie möglich nach achtern auf meinen Posten, überprüfe alle Wasserbomben, weise den Männern ihre Aufgaben zu und mache dem Leutnant auf der Brücke Meldung. Und dann warte ich. Und die Zeit vergeht beim Warten. Das Warten wird zur Aufgabe. Ich habe Angst, die Männer auch, aber selbst das Warten ist wichtiger, als Angst zu haben. Ich mag es nicht, wenn sie Witze erzählen, um sich das Warten zu erleichtern. Ich möchte nicht, dass die Zeit schneller vergeht. Ich möchte meine Aufgabe besser bewältigen.

Wie entschlossen, wie ernsthaft er war. Mit der tief ins Gesicht gezogenen Mütze und der Zigarette im Mundwinkel sah er aus wie auf einem Rekrutierungsplakat. Mein Robbie. Er wusste, was er war. Er wusste, was er zu tun hatte. Ich konnte den Sog einer Uniform verstehen. Mädchen mögen Männer mit festen Überzeugungen. Ich legte den Arm um ihn und drückte ihn an mich. Er blickte zu Boden, ganz überrascht. Solche Gesten war er von mir nicht gewohnt. Dann legte er seinen Arm um mich und wir gingen weiter, Arm in Arm, jeder für sich allein mit seiner Angst.

Keine Angst vor Feuer oder davor, lebendig begraben zu sein. Keine Angst vor Unfall oder Krankheit oder einem Sturz aus großer Höhe. Keine Angst vor Kugeln, nicht einmal nach dem, was letztes Jahr passiert ist. Vielleicht ein bisschen. Ich hatte noch nie eine Pistole gesehen. Wie enttäuschend, wie mickrig. Und dieser arme Junge, der sie hielt, sie zitterte in seiner zitternden Hand, fast noch ein Baby, trotz der ganzen schlimmen Ausdrücke, ich konnte es an der Not erkennen, die ihm ins

Gesicht geschrieben stand. Und an den Tränen, die zu laufen begannen, als ich sagte, Oh, du armes Ding. Das Gegenteil von gefährlich, sowohl die Waffe als auch der, der sie in der Hand hielt, wobei die beiden einen natürlich töten können.

Keine Angst vor Seilen oder dunklen Orten, auch nicht vor Schlangen. Keine Angst davor, blind zu werden oder verrückt – was vermutlich gleich viel wert ist.

Keine Angst vor Wutausbrüchen. Lady Margaret Rolyoke stand in der Tür ihrer hässlichen Sommer-Villa, die ich so gut kannte, ein brodelnder Kessel des Verletztseins und der Enttäuschung und der Empörung. Natürlich redete sie nicht mit mir. Warum bist du gekommen?, wollte sie von ihrem Sohn wissen.

Das war mein zweiter Besuch daheim in Cobourg, an einem warmen Tag im Frühsommer. Hinter Lady Margaret, an der Fliegentür, ein neues Dienstmädchen, eine Hübsche. Sie starrte uns an. Ich kannte das Gesicht, aber nicht ihren Namen. Sie hingegen erkannte mich. Alle kannten mich – das wurde mir klar, als ich aus dem Zug ausstieg. Ich war das Mädchen aus dem Dorf, das mit Rolyoke Junior durchgebrannt war. Der Sohn des Stationsvorstehers nannte mich Ma'am, was mich freute und schockierte. Er war so alt wie ich.

Ein Pferd mit Wagen wartete hinter uns, darauf das Gepäck für ein paar Nächte. Leichter Regen fiel aus einem silbrig grauen Himmel. Ein schreiendes Kind, ein stehendes Pferd, ein bestes Kleid, in das ich endlich wieder hineinpasste, jetzt, da das Baby ein Jahr alt war. Lauter deutliche Hinweise.

Der Park des Anwesens sah wunderschön aus. Die Blumenbeete waren gut in Schuss – durch harten Einsatz von Adam. Ich konnte Narzissen und Holunderblüten sehen – *Barmherzigkeit* und *Aufmerksamkeit*, würde ich sagen.

Harriet strampelte. Robbie stand ganz ruhig. In seinen Augen ein Blick, den ich damals nicht wahrnahm, an den ich mich aber später erinnerte. Angespannt, besorgt, entschlossen. Robbie sagte, Ich dachte, du würdest vielleicht gern deine Enkelin sehen. Sie kann schon gehen.

Lady Margarete sah nicht her. Sah das Kind nicht an, das ich im Arm hielt. Sah nicht in meine Richtung. Starrte nur auf ihren Sohn mit ihren Augen voll Feuerstein. Diese Frau kommt mir nicht ins Haus, sagte sie und fuhr fort, indem sie sich endlich mir zuwandte, *Du* – eine bösartige Harpyie, die Worte mit aller Kraft ausgespuckt, die Wangen fleckig wie eine seltene Salzwassermuschel, den Finger in weit tödlicherer Absicht auf mich gerichtet als der arme Räuber seine Pistole – *du kommst mir nicht ins Haus.*

Dann wieder zu ihrem Sohn. Diese Frau – ich, klarerweise – ist böse!, sagte sie und klang dabei wie der große Prohibitionsprediger Billy Sunday. Sie darf hier nicht herein.

Robbies Gesicht fiel zu wie eine Tür bei Sturm, aber er rührte sich eine ganze Weile nicht, während das Dienstmädchen nach wie vor so entsetzt wie fasziniert zuschaute. Man braucht immer ein bisschen, um sich zu verabschieden, oder nicht? Zumindest glaube ich, dass Robbie genau das tat – sich verabschieden.

Ich wusste nicht, was in ihm vorging. Als wir wieder auf dem Wagen saßen, war sein Gesicht schlaff und verschlossen. Vermutlich dachte er, das Enkelkind würde die Haltung seiner Mutter verändern. Wissen sie denn, dass wir kommen?, hatte ich gefragt, bevor wir losfuhren. Er schnallte nur den Koffer fest und sagte, ich solle mir keine Sorgen machen.

Ich wusste nicht, was jetzt in ihm vorging. Man will die Menschen doch verstehen, wissen, was sie antreibt, was sie bewegt, wo sie hingehen, wenn sie weggehen. Das war kein Problem bei diesem kleinen Räuber, wie hieß er gleich, Jack, Joe, etwas in der Art. Nicht Jack. Es kommt mir wie eine Ewigkeit vor, dabei war es erst letzte Woche – letztes Jahr, meine ich. Robbie ist mehr als ein halbes Jahrhundert tot, und doch kommt es mir vor, als sei er erst gestern gestorben.

Joe, der Räuber, litt Höllenqualen. Die ganze Zeit, unter dem Schock der kriminellen Handlung, in der Anspannung des Augenblicks, in seinem Inneren, die reine Höllenqual. Das war so klar zu erkennen wie im Fernsehen. Vielleicht, weil ich eine alte Frau war und selbst Höllenqualen litt.

Du armes Ding, sagte ich zu ihm, und er rollte sich ein wie eine Blume bei Sonnenuntergang. Die Waffe sank nach unten. Ich kann dir kein Geld geben, sagte ich zu ihm, ich habe keines. Tut mir leid, sagte ich. Hinter ihm die blinkende Leuchtreklame am Laden an der Ecke, der vorbeifahrende Verkehr, ansonsten nur die leere Nacht.

Ich dachte an Ruby, an all die Dinge, die ich für sie nicht getan hatte.

Ich wohne hier ganz in der Nähe, sagte ich. Möchtest du vielleicht mit raufkommen und eine Tasse Tee mit mir trinken?

Es tut mir leid, sagte ich zu Robbie. Es tut mir leid wegen deiner Mutter.

Er nickte.

Ich frage mich, wo dein Dad ist, sagte ich.

Er schaute mich an, und seine Augen waren leer.

Als ob er überhaupt nicht da wäre. Was sollen wir jetzt machen, Rosie?, fragte er. Ein kleiner Junge, dem klar wird, dass von zu Hause weglaufen heißt, nie mehr zurückzukommen. Wo sollen wir hin?, fragte er.

Ich bat den Wagenführer, uns ins Hotel Arlington zu bringen.

Wir fuhren mit einem Ruck los, und Robbie, der neben mir saß, legte den Arm um meine Schultern. Unterhalb der müden Augen war sein Gesicht eine grinsende Maske. Ich will nicht wissen, wie ich aussah.

Tut es weh, ein Kind zu bekommen? Ich weiß nicht mehr, wie oft Harriet das gefragt hat. Wer hätte bei all dem Interesse ahnen können, dass sie nie selbst eines haben würde? Na gut, wer außer mir? Wollte sie denn eines? Hat sie versucht, eins zu bekommen, und es hat nicht geklappt? Weshalb runzelst Du die Stirn? Ich bin ihre Mutter, darf ich nicht ... nein, vermutlich nicht. Geht mich nichts an. Wobei ich das Wort *unfruchtbar* hasse. Das ist so wissenschaftlich – macht aus einer Frau ein Stück Geografie.

Du runzelst immer noch die Stirn. Warum?

Schau Dir Harriet doch an, sie ist aufgewachsen mit Suppe auf dem Tisch und Rollschuhen an den Füßen. Konnte die Schule besuchen, so lange sie wollte. Was hätte ich darum gegeben, bis zweiundzwanzig zur Schule gehen zu dürfen. In dem Alter, in dem sie ihren Abschluss machte, hatte ich schon ich weiß nicht wie lange hart gearbeitet. Und was hatte sie gemacht? Hatte etwas über die Ureinwohner von Samoa sowie über Arktur im Sternbild Boötes gelernt und eine Beethoven-Symphonie in einem Konzert für die stolzen Eltern gespielt.

Es tut mir leid. Ich weiß, das klingt kleinlich. Es ist nur so, dass der Großteil meines Lebens mit Serviceleistungen noch und nöcher ausgefüllt war.

Hat Robbie mich geliebt? Hat er? Es sah so aus. Er sagte, ja.

Aber hat er wirklich? Es gibt niemanden, den ich fragen kann, nichts, worauf ich den Finger legen kann, um zu sagen, ja, er hat.

Und ich weiß nicht einmal, ob ich ihn geliebt habe.

Ich verstehe das nicht, murmelte Dr. Wilson.

Was ist? Gibt es vielleicht ein Problem?, keuchte ich zwischen den Wehen.

Kein Problem. Überhaupt keins. Der Doktor lächelte mich freundlich an.

Geht es dem Säugling gut?, fragte ich.

Aber sicher, dem Säugling wird es gut gehen, wenn er herauskommt. Oder sie. Der Doktor nahm einen Schluck kalten Tee.

Robbie kam wieder rein. Er war schon eine Weile am Reinundrausgehen. Das gefällt mir nicht, sagte er. Sie sollte im Krankenhaus sein.

Dr. Wilson sah sehr betroffen aus. Tut mir leid, mein Junge, sagte er.

Der Doktor hatte Privilegien, wie er das nannte, am General Hospital, und ich hätte eigentlich dort sein sollen, aber Toronto wurde gerade von einer Grippewelle heimgesucht und es gab keine freien Betten mehr. Dr. Wilson bot an, mich in ein anderes Krankenhaus zu bringen, aber er warnte mich auch, dass er in dem Fall nicht die Geburt betreuen könne. Und außerdem wäre es teurer, fügte er an. Robbie verschluckte sich, sagte, es spiele keine Rolle, wir würden alles zahlen, um mich nicht in Gefahr zu bringen.

Das hat er doch gesagt, oder? So war er wenigstens von der Art her. So ist er mir in Erinnerung.

Dr. Wilson lachte und sagte, ich sei nicht in Gefahr. Sollte ich ins Krankenhaus gehen, würde ich mich am ehesten noch mit der Grippe anstecken. Nichts als elende Löcher, diese Krankenhäuser, sagte er. Voll mit kranken Menschen, wissen Sie. Mein Rat an all meine Patienten ist, gesund zu bleiben, sagte er. Immer schön Abstand halten von den Krankenhäusern.

Und so kam ich zu Hause zur Welt, sagte Harriet mit einem Glitzern in den Augen, an einem stürmischen Frühlingsmorgen, um fünfzig Dollar Gebühren zu sparen.

Na hör mal, sagte ich.

Und ich war ein wunderschönes Baby.

Das warst du allerdings, sagte ich.

Und kahl.

Ja. Ein kerngesundes kleines Mädchen, mit Augen in der Farbe des mit Sternen übersäten Dämmerlichts, und mit Dellen in der Schädeldecke von den Fingerspitzen des Doktors.

Und mein Vater war da.

Das war er, sagte ich. Also, im anderen Zimmer, wo er Tee trank und rauchte und alle paar Minuten wissen wollte, ob es endlich vorbei sei.

Ich bin froh, sagte Harriet, dass ich geboren bin.

Das bin ich auch.

Blute ich wieder?, fragte ich den Doktor, als alles vorbei war.

Nein. Er sah lächelnd auf mich und das Baby herunter. Die sauberste Geburt, die ich je erlebt habe. Sie beide haben das wirklich großartig gemacht.

Sie war auf meinem Bauch eingeschlafen, das kleine Mädchen ohne Namen.

Was war das dann vorher für ein Bluten?, fragte ich gähnend.

Wenn ich es nicht besser wüsste, begann Dr. Wilson.

Hmmm?

Also, als ich Sie untersucht habe, um zu sehen, ob Sie schon geweitet sind …

Die Augen fielen mir zu. Ich versuchte mich zu konzentrieren.

Es war nur ein Häutchen, sagte er.

Und Häutchen bluten?, fragte ich.

Oh ja, sagte er. Wenn sie kaputtgehen. Und jetzt ruhen Sie sich erstmal aus.

Als sie hörte, dass wir in der Stadt waren, im Hotel – und Neuigkeiten wie diese verbreiten sich ja mit Schallgeschwindigkeit –, lud Mama uns zum Abendessen ein. Sie hätte uns auch eingeladen, bei ihr zu übernachten, aber Bills Brüder von der Ostküste waren zu Besuch.

Robbie saß neben Mama, die nervös und extrem aufgeregt war, tatsächlich einen der berühmten Cobourger Sommergäste in ihrem eigenen Haus bewirten zu dürfen. Die reichen Amerikaner verbrachten den Sommer immer in einer Art verbotener Stadt, feierten und speisten unter sich, ließen sich selten im Zentrum blicken und schon gar nicht bei öffentlichen Veranstaltungen.

Und hier war der Sprössling einer reichen Yankee-Familie, einer von Cobourgs oberen Vierhundert – wobei es in Wahrheit vermutlich nicht mehr als vierzig waren, oder was denkst Du? Vierzig Familien von Rang und Namen –, hier an ihrem Esstisch. Sie fühlte sich so erwählt wie nichtswürdig, gesellschaftlich erfüllt und doch voller Zweifel.

Robbie war nervös, irritiert durch die Erinnerung an den Zorn seiner eigenen Mutter, darauf bedacht, sich gut zu verhalten, aber unsicher, was von ihm erwartet wurde. Natürlich, sagte Mama ein ums andere Mal, ist Philadelphia viel großstädtischer als Cobourg. Wir haben uns so gefreut, Sie und Ihren Vater dort zu treffen, bei der Hochzeit.

Robbie lächelte mechanisch, nickte, aß sein Fleisch mit der größtmöglichen Freude.

Natürlich ist dieses Lamm von hier – und doch frage ich mich, ob man in punkto Zartheit in den besseren Kreisen Philadelphias da mithalten kann, sagte sie.

Robbie erinnerte sie daran, dass wir jetzt in Toronto wohnten. Aber ich erinnere mich, gab er zu, dass das Frühjahrslamm, das wir am Rittenhouse Square gegessen haben, nicht so delikat war wie das, das es im Sommer in Cobourg gab.

Es war eigenartig, zu hören, wie er Mama mit Mrs. Scanlon anredete.

Was habe ich dir gesagt, Liebes? Mama lächelte mir quer über den Tisch zu. Ich versuchte zurückzulächeln. Ich sprach gerade mit einem von Bills Brüdern. Mit welchem, weiß ich nicht mehr. Es gab drei Brüder, und sie hatten die Angewohnheit, abwechselnd ihre Taufnamen und ihre Spitznamen zu verwenden. Man konnte nie genau wissen, wer jetzt Moe war oder Peter oder der dritte, dieser Arthur. Oder Hundefresse oder Flachdach oder, wie hieß er gleich, Knott der Herr? Na ja, Hundefresse war leicht zu merken, weil der Ärmste genauso aussah. Und es machte ihm nichts aus. Nenn mich Hundefresse, sagte er zu mir, wenn ich ins Stolpern geriet.

Meinen Stiefvater nannten sie Red. Wobei er längst nicht mehr rot war, sondern grau. Aber man kriegt ja Spitznamen auch nicht, wenn man alt ist. In der einen Sekunde bist du auf dem Spielplatz Frank oder was auch immer, und in der nächsten bist du Hundefresse, und das war's dann. Adieu Aufsichtsrat. Adieu politische Laufbahn. Niemand gibt seine Stimme einem Senator Hundefresse, geschweige denn Premierminister Hundefresse. Sogar Abgeordneter Hundefresse wäre eine hoffnungslose Angelegenheit. Mach dich selbstständig oder verlass die Stadt so schnell du kannst. Zieh in die Fremde und fang nochmal von vorne an.

Da saßen wir also, rund um eine improvisierte Festtafel, Mama, Robbie und ich, dazu die Scanlons mit den vielen Namen. Ich fühlte mich wie mitten in einem russischen Roman – was weiter ist, als ich es im wirklichen Leben je geschafft habe.

Bill war der Jüngste in der Familie, der Einzige, der studiert hatte, nicht im Familienunternehmen arbeitete und von der Ostküste weggezogen war. Seine Brüder machten sich dauernd lustig über ihn, aber sie mochten ihn auch sehr. Sie waren gern zu Besuch bei ihrem schwarzen Schaf. Unfassbar, der kleine Red hat eine Enkeltochter, sagten sie, und lachten aus vollem Hals. Bill schien das nichts auszumachen. Wenn ich an Bill zurückdenke, der tot ist seit ich weiß nicht wann, kommt es mir vor, als hätte ihm rein gar nichts etwas ausgemacht. Bei Mutters Begräbnis waren seine ersten Worte an mich, Wie schön, dich zu sehen, Rose. Ist das nicht ein herrlicher Tag? Er war nicht selbstvergessen wie der arme Daddy, nicht vollauf beschäftigt mit etwas unerträglich Bösem. Viel stoischer, fest entschlossen, die Gegenwart zu genießen und die Vergangenheit ohne Murren zu ertragen. Ein blindes Auge für Komplikationen vielleicht, mit einer Brille, die die feineren Schattierungen des Lebens herausfilterte. Meine Mutter sah königlich aus, bewegte sich langsam und wie einstudiert, bestellte das Dessert, als würde sie das Parlament eröffnen. Das Dienstmädchen – ja, sie hatte ein Dienstmädchen, Bill sagte, sie sollte zeit ihres Lebens keine schwere Arbeit mehr verrichten, und abgesehen davon konnten sie es sich leisten – war eine von hier, an die ich mich von früher erinnerte. Ich versuchte, ein Gespräch mit ihr anzufangen, aber sie war jetzt reserviert und scheu.

Sie sind hier wirklich sehr gut zu mir, sagte sie ganz schnell, mit gesenktem Kopf. Ich bekomme genug zu essen und kann sogar für meine Familie etwas mit nach Hause nehmen.

Wie geht es der Familie, Janet?, fragte ich. Sie hatte einen Bruder, eine Schwester, eine Mutter, die hart arbeitete, und einen Vater, der das nicht tat.

Es geht ihnen gut, ähm, sagte sie, denn sie wusste nicht, wie sie mich anreden sollte.

Alle drei Brüder – sie waren irgendwie im Import und Export tätig, hatten bis vor kurzem gute Geschäfte gemacht, nichts bewegte sich nach oder von Halifax, ohne dass sie daran verdienten, aber der Handel lief dieser Tage insgesamt eher verhalten –, alle drei waren gut zu mir. Und warum auch nicht? Ich war jung und hübsch, und es war Frühling. Als Harriet zu weinen anfing, kam einer – Arthur oder Moe, ich weiß nicht mehr, welcher – zu mir. Buschi-Buschi, sagte er zu dem Baby und kitzelte es unter dem Kinn. Harriet hörte auf zu weinen und bewegte seinen Finger hin und her. Moe – ich denke, er war es – sah zufrieden aus.

Wie winzig sie ist, sagte er.

Wie winzig. Wie winzig die Hand vor mir ist. Blassrosa Halbmonde, winzige Fältchen, glatte, weiche Haut, Grübchen auf den Knöcheln. Wem gehört sie? Ist es meine? Kann dieses wedelnde, formlose Ding, dieser blässlich schwebende Klecks aus Bewegung und Gefühl, tatsächlich ein Teil von mir sein?

»Kommen Sie«, sagt die Stimme aus der Leere darüber. »Kommen Sie.«

»Nein«, sagt Mama.

Und das Geräusch von fließendem Wasser.

Robbie war an diesem Abend deutlich wacher als ich. Meister Hundefresse ist ein interessanter Zeitgenosse, sagte er zu mir, als wir uns fürs Bett fertigmachten.

Ich sagte nichts.

Weißt du, die Scanlons haben ihre Schäfchen im Trockenen. Hundefresse und seine Brüder kontrollieren so ziemlich das gesamte Lagerwesen in den östlichen Provinzen, sagte er.

Harriet lag in einer kleinen Wiege neben dem Bett. Sie schlief noch immer. Diese winzigen Hände.

Das Hotelzimmer war klein. Robbies Augen folgten mir, als ich mich auszog.

Wie geht es dir, Rose?, fragte er.

Ich war müde und ein wenig gereizt. Ich entschuldige mich nicht dafür; ich wette, Deine Mutter war auch gereizt, als Du abgestillt wurdest. Oder etwa nicht? Gib es zu.

Zwei Einzelbetten im Zimmer. Robbie saß im Nachthemd auf meinem Bett. Sein eigenes unberührt. Wir hatten kein Licht an, aber es war wie am helllichten Tag hier drin, was an der neuen elektrischen Straßenbeleuchtung vor dem Fenster lag.

Weißt du, Rose, sagte er. Ich habe mit Dr. Wilson gesprochen.

Was ist mit Dr. Wilson?, fragte ich.

Robbie sah verlegen aus. Also, der Doktor sagte, wir beide … also, du und ich, hätten …

Und er brach ab. Was hätten wir?, fragte ich. Harriet würde in ein paar Stunden Hunger kriegen und ich wollte jetzt schlafen.

Nein, warte. Das muss später gewesen sein, oder? Als wir ein zweites Kind wollten und es probierten und nichts passierte und Robbie zum Arzt ging, und der sagte –

Viel später.

In dieser Nacht im Hotel Arlington sah Robbie so süß und aufgeregt aus, dass meine schlechte Laune wie eine Seifenblase zerplatzte, und ich lächelte und zog ihn zu mir ins Bett. Seine großen, weißen Hände zitterten, und sein Atem roch nach Tabak und dem Sherry aus diesem Nichts, das als Dessert gereicht wurde. Er war so zärtlich – aber das war er ja immer.

Als Harriet aufwachte und schrie, hielt er eine ganze Minute lang still. Schmeckt komisch, sagte er und setzte sich auf. Ich schob ihn zur Seite.

Helles Licht in einem dunklen Schlafzimmer. Ich erinnere mich an eine Nacht, in der der Mond tief am Horizont stand, in Form und Farbe eines Schneeballs. Netter Gedanke, das mit dem Schneeball, aber die Nacht war so heiß, dass ich spürte, wie mir der Schweiß herunterrann. Ich stand am Fenster und starrte hinaus auf den Mond, die Scheune, den harten Erdboden, das verdorbene Getreide. Ich hörte, wie ein Küchenstuhl umfiel, als mein Daddy aufstand. Ich hörte einen Moskito an meinem Ohr und scheuchte ihn verärgert weg. Ich wollte die Stille hören. Die Federn in der Matratze nebenan quietschten und klagten sich gegenseitig ihr Leid, als er sich niederlegte. Eine Minute danach begann er langsam, laut und regelmäßig zu schnarchen. Ich entspannte mich, hüpfte auf mein Fensterbrett und flüsterte hinaus in die fruchtbare Stille des Sommers. Ich liebe dich, flüsterte ich. Ich liebe dich ich liebe dich ich liebe dich so sehr.

Ich liebe dich auch, Rose, sagte er. Nein, das stimmt nicht.

Du bist viel zu gut für mich, Rose, sagte er.

Nein, bin ich nicht.

Macht es dir etwas aus, wenn ich Rose zu dir sage? Ich denke, er fragte das mit seiner ruhigen, ausgebildeten Stimme. Manchmal klang er wie ein Radioansager, und manchmal wie der Lehrer in der Schule von Precious Corners, nur mit dem Anflug eines Akzents, weil er ja nicht von hier war.

Natürlich nicht. Und zu dir sage ich David, oder? Lass mich für dich sorgen, Leutnant David Godwin. Du bist verwundet, stimmt's? Hier, lehn dich an mich, sagte ich.

Den Arm in die warme und leere Luft ausgestreckt, ging ich langsam über die blanken Dielen zu meinem einsamen Bett und stützte dabei meinen unsichtbaren Geliebten.

Ich verbrenne. Genauso fühlt es sich an. So heiß. So trocken. Meine Augen gehen wie wild auf und zu, und ich sehe nichts als eine Wüste aus Licht. Ich liege auf dem Rücken. Menschen schweben über mir, wie Geier. Geht weg, sage ich. Liebe ist ein flüchtiger Traum, eine Erinnerung an gar nichts. Der arme Jack, der Geliebte, den ich nie hatte. Und der arme David, der Geliebte, den es nie gab.

Die Geier weinen. So sehen sie nicht aus in der Tierschau. Ich bin durstig.

Ich öffne die Augen. Harriet hält mir ein Glas Wasser hin. Ihre Hand zittert. Arme Harriet – sie ist nicht mehr so jung, wie sie einmal war. Ich nehme das Wasser.

Wie geht es mit dem Einbinden voran?, frage ich sie.

Sie runzelt die Stirn. Mutter?

Du weißt schon – oh, ich habe schon wieder das Wort vergessen –, mit dem, was du da machst. Wie geht es mit dem Bluestone-Fall?, frage ich.

Was ist mit dem Bluestone-Fall?

Wie geht es damit?, frage ich.

Mutter, der Bluestone-Fall liegt eine Ewigkeit zurück.

Ich bin durstig, sage ich.

Sie gestikuliert. Dann trink dein Wasser.

Danke.

Sie lächelt mich an. Wie kann sie mich nur anlächeln? Ich

bin ein dummes und vergessliches altes Weib. Ungeschickt noch dazu. Verzeih, sage ich und wische mir mit der freien Hand den Mund ab.

Schon in Ordnung, Mutter.

Das ist es auch, oder? Wir lächeln uns gegenseitig an. Das haben wir lange nicht mehr gemacht, aber man kann leicht wieder damit anfangen.

Ermitteln, sage ich. Das ist das Wort, das mir nicht einfallen wollte. Ermitteln.

Ihr Gesicht verdüstert sich. Denkt sie an diese Bluestone-Sache zurück? In einem Bericht über den Fall hat eine Zeitung sie als Wundertäterin bezeichnet.

Früher habe ich ermittelt, Mutter, sagt sie leise. Ich habe damit aufgehört – erinnerst du dich nicht?

Doch, natürlich, sage ich.

Hundefresse!, rief ich so laut, dass jeder in der Hotellobby es hören konnte. Er wurde rot. Flachdach! Knott der Herr! Was habt ihr denn da?, fragte ich.

Sie lächelten und streckten die Hände aus, wie drei Hallodris, die ein- und dieselbe Revuetänzerin zum Essen einladen wollen. Aber die Geschenke waren nicht für mich.

Happy birthday to you, sangen sie zusammen, happy birthday to you, happy birthday, liebe Harriet – sie hielten das Wort aus und schauten hinunter auf den Kinderwagen –, happy birthday to you.

Robbie kam mit unseren Fahrkarten vom Schalterbüro zurück. Er gab den Scanlon-Brüdern die Hand. Leute, das wäre aber nicht nötig gewesen, sagte er.

Ihr Geburtstag war doch schon. Sogar schon vor ein paar Wochen, sagte ich.

Die Disney-Uhr von Mama und Bill war auf den Tag genau angekommen.

Dann sind wir also ein bisschen zu spät dran, sagte Hundefresse. Das stört sie doch sicher nicht.

Ich hob Harriet aus dem Kinderwagen, um ihren Quasi-Onkeln zu danken, und sie bekam drei Küsschen und fing an zu weinen.

Wir haben die Geschenke erst zu Hause geöffnet. Eines war ein hölzernes Schiff, das zweite ein Kissen, bestickt mit einem Bild von König George. Wir haben sie lange aufbewahrt. Das Schiff nahm Harriet gelegentlich herunter, als Robbie auf See war und kämpfte. An das dritte Geschenk kann ich mich nicht mehr erinnern.

3 Darbringung

Ich war so stolz auf Harriet, wie sie da von mir wegging mit ihrem Hut und ihrem Cape. Wie erwachsen sie aussah, wie reif. Kaum zu glauben, dass sie noch ein kleines Mädchen war. Tschüssie, Mutter, sagte sie. Über die Schulter hinweg, während sie sich von meiner Hand losmachte, begierig, wegzukommen und mit ihren Freundinnen spielen zu können, bevor die Schulglocke läutete. Tschüssie, Harriet. Spiel vorsichtig. Wissen Sie, sie hatte schon immer gute Manieren, sagte ich zu ihrer Lehrerin. Sehr höflich und gesittet. Ich habe versucht, ihr beizubringen, sich wie eine richtige Lady zu benehmen.

Ihre Lehrerin war selbst noch ein Mädchen, gerade mit der Schule fertiggeworden und mit Überbiss. Nein, es war ein glatzköpfiger Mann mit weitem Umhang. Ich frage mich, was die kleinen Kinder von ihm hielten. Ihre Tochter strengt sich wirklich an, Mrs. Rolyoke, sagte er. Sie müssen sehr stolz auf sie sein.

Oh, das bin ich. Das bin ich. Sie ist so erwachsen.

Kaffee und Kuchen auf dem Rasen, mit Kanonen und Glocken, furchtbar lauten Dingen, wenn sie losgingen – also, nicht die Kanonen. Aber die Glocken gingen los, oben am Turm. *Herr, du bist unsre Zuflucht für und für.* Welche Uhrzeit das wohl sein sollte?

Wie ich höre, möchte sie Anwältin werden. Ist das richtig?

Ich nickte und biss in mein Kuchenstück. Anwältin. Als sie noch klein war, haben sie und ich zu Hause immer Schule gespielt, sagte ich zu dem glatzköpfigen Mann. Ich war keine gute Schülerin. Sie hat mir immer mit dem Riemen gedroht.

Kaum zu glauben, oder? Aber sie drohte mir tatsächlich, dieses eigenartige, schlichte Mädchen, mit funkelnden Augen. Und den Händen einsatzbereit in der Luft. Dann kauerte ich mich nieder und versprach, meine Aufgaben beim nächsten Mal besser zu erledigen, und sie ließ mich zufrieden. Das war doch sie, oder? Nicht Parker, mit dem Kochlöffel in der Hand. Komisch, wie die Bilder verschwimmen. Bis heute spüre ich das Beißen dieses Löffels am Hinterteil. Parky machte es Spaß, dorthin zu schlagen. Nicht nur mich, auch die anderen Mädchen. Die hübschen. Ich vermute, es war die naheliegendste Stelle. Bück dich über den Tisch, sagte sie mit ihrer schneidenden Stimme. Und ich – also, einmal zumindest sagte ich Nein.

Robbie war auch stolz auf sie. Was für ein großes Mädchen du schon bist, sagte er, wenn er von seinem Buchhaltungs-Job heimkam und alles aus dem Kindergarten wissen wollte. Was für schöne Zahlen du schreibst, so sorgfältig, sagte er. Das hatte sie wahrscheinlich von ihm; ich war nie besonders sorgfältig beim Schreiben. Aber Harriet reihte die Dinge immer schön aneinander. Ich war so stolz auf sie. Genauso wie – seltsam, jetzt wollte ich schon Robbie sagen, aber er war ja damals schon tot –, genauso wie Geoff.

Sie müssen Harriets Vater sein, sagte der glatzköpfige Mann mit Umhang. Trank seinen Tee, schaute uns über die Schultern. Und Geoff lächelte und schüttelte den Kopf. Nur ein Freund der Familie, sagte er.

Und was für ein Freund. Er hatte mich den ganzen weiten Weg nach Kingston gefahren, mehr als drei Stunden, nur weil ich ihn gebeten hatte. Und er sah gut aus in seinem konservativ geschnittenen dunklen Anzug. Ein bisschen behaart, aber durchaus vorzeigbar.

Das ist Wein-Rose, oder?, sagte ich und deutete in die Ecke des Gartens. Der Mann mit dem Umhang wusste es nicht. Ungemein passend zu den Abschlussprüfungen, sagte ich zu ihm. Sie steht für Genius und Poesie. Hat auch eine schöne Farbe, sagte ich. Ich ging näher hin, um sie genauer zu betrachten. Geoff biss in sein Sandwich. Der Mann mit Umhang drehte sich weg, um mit irgendwelchen anderen Eltern zu reden. Die Glocken fingen an zu läuten und spielten eine Disney-Melodie.

Nein, sagte ich, nein nein nein.

Und Harriet kicherte und ließ die Hand sinken. Was ist neun mal zwölf?, fragte sie mit ihrer hohen, aber strengen Stimme. Hätte einer von uns das gewusst? Ich glaube nicht. Du bist ja eine komische Mutter, sagte sie. Und dann brach die Treppe zusammen.

Wir waren natürlich in Sicherheit, im Kinderzimmer, das jetzt ein Schulzimmer war, oben im ersten Stock. Vom oberen Absatz spähten wir hinunter, auf dem Bauch liegend, während der Staub sich aus der Lücke erhob, die einst unsere Treppe gewesen war.

Harriet kicherte. Acht Jahre alt und in Sicherheit bei ihrer Mutter. Ich konnte das staubige Sommerlaub riechen und sah irgendwo unten eine Leiter liegen. Keine Angst, sagte ich. Dein Vater wird uns schon hier runterholen.

Ich habe keine Angst. Also, Mutter, was ist die Hauptstadt von Asien?

Ich weiß nicht, sagte ich.

Ich hörte Geräusche in Parkys Zimmer, gedämpft aber doch regelmäßig, klopfte und öffnete die Tür, weil ich in einer Zeitschrift eine Geschichte von einem Mann gelesen hatte, der sich vor Verzweiflung erhängt hatte, und man hörte nichts als das Schlagen seiner Absätze gegen die Wand, und dann hörte das Schlagen auf, und man fand ihn und es war zu spät.

Nein nein nein, sagte ich, und Parky sah auf. Diesmal hatte sie nicht mich in der Mangel, sondern ein neues Mädchen, schön wie eine Puppe, mit zarten Gliedmaßen und Gesichtszügen, und sehr zerbrechlich. Mich wundert, dass sie überhaupt eine Stelle als Dienstmädchen gekriegt hatte. Sie sah krank und schön aus, als würde sie nicht lange standhalten auf dieser Welt.

Du kennst sie. Solche wie die triffst Du reihenweise.

Nichts verraten, sagte sie. Bitte nichts verraten.

Parker fluchte vor sich hin, ohne zu mir zu sehen, ihr Gesicht so rot wie Amaryllis, *furchtsam* und *stolz*. Die Hände am Pumpen wie Herzmuskeln.

Nichts verraten, flüsterte das neue Mädchen noch einmal und zog sich den Unterrock herunter. Sonst verliere ich meine Arbeit.

Sie brach ab, legte die Hand auf den Mund und hustete laut. Armes Ding.

Oh, sagte ich. Und ging.

Oder was hättest Du an meiner Stelle gemacht?

Durch den aufgewirbelten Staub hindurch konnte ich undeutlich den Eingang erkennen. Das Telefon war in der Küche. Wir konnten nichts tun außer warten. Harriet und ich versuchten, wie der hängende Mann in der Geschichte an die Wände zu schlagen. Eine Wand des Zimmers grenzte an das Haus südlich von uns. Waverley Road 115, zwei Witwen und eine Katze.

Niemand antwortete. Ich weiß nicht einmal, ob sie zu Hause waren. Mutter, schau. Das da ist unser Wohnzimmer. Sieht es nicht komisch aus von hier oben?

Ja, das tut es, sagte ich. Abgeschnitten von der Welt, mit nichts als einem Bett und einer tragbaren Schreibtafel, verspürte ich weder Hunger noch Durst, noch die Panik eines Tiers in der Falle. Ich war in Sicherheit. Meine Tochter war in Sicherheit. Ich beugte mich vor, legte meine Arme um sie und drückte sie fest an mich.

Das Telefon klingelte in der Küche.

Möchtest du weiter in das Loch hinunterschauen, fragte ich, oder willst du Schule spielen?

Harriet kroch zurück und kniete sich hin. Schule, sagte sie. Das Telefon klingelte weiter.

Als ich einhängte, konnte ich Robbies Stimme immer noch in meinem Ohr hören, wie einen weit entfernten Zug. Dann kam Harriet aus der Schule heim und ließ die Fliegentür zuschlagen. Schau, Mutter!, schrie sie, ließ Schulranzen und Pullover fallen und zeigte mir einen kleinen schwarzen Koffer mit Metallverschlüssen.

Harriet, Liebes, du musst –

Nein, schau!

Eine verblüffende Komplexität herrschte da in dem Koffer, schwarz und silber, in blauen Samt gebettet. Ob Apparat oder Schmuck, konnte man nicht recht sagen.

Das ist eine Oboe, Mutter. Der Musiklehrer hat mich dafür ausgewählt. Mich!

Ihr erstes Jahr am Royal-Park-Stift, neunte Klasse. Mein kleines Mädchen wuchs schnell heran. Sie hatte noch kaum Freundinnen, aber sie war ohnehin lieber für sich. Und natürlich keine Jungs. Hätte sie mich nur etwas mit ihren Haaren machen lassen, aber sie war immer beschäftigt, und es war ihr gleichgültig, wie sie aussah. Unglaublich, wie hart sie arbeitete.

Schau, Mutter, so setzt man sie zusammen. Und das Blatt steckt man hier hinten rein. Siehst du?

Ich nickte, ohne wirklich aufzupassen.

Und so bläst man hinein. Ich meine, so.

Mit ihren heruntergedrückten Fingern und aufgeblasenen Backen sah sie ziemlich lächerlich aus. Es kam kein Ton heraus. Das Ende des Instruments bebte wie ein – na, wie irgendwas halt. Sie nahm das Blatt aus dem Mund, um Luft zu holen.

Dein Vater hat gerade aus Halifax angerufen, sagte ich. Er hat eine Woche Urlaub. Morgen kommt er nach Hause.

Hurra! Dann holte sie noch mehr Luft. Wird er zum Abendessen da sein?, fragte sie.

Ich denke schon, sagte ich.

Können wir Makkaroni mit Käse machen?

Ich denke schon.

Gut.

Und ihre Backen wurden wieder dick.

Ist Harriets Vater auch hier?, fragte ein anderer teetrinkender Professor, jünger als der erste, dafür mit älterem Umhang.

Harriets Vater – also, mein Mann – kam ums Leben. Während des Krieges, sagte ich.

Eigenartig, das so zu formulieren: während des Krieges, und nicht im Krieg. Als hätte Robbie den Dienst verweigert oder etwas in der Art. Er war bei der Navy, sagte ich.

Der junge Mann mit Umhang runzelte teilnahmsvoll die Stirn. Wie tapfer von Ihnen, sagte er.

Von mir? Ich verschluckte mich an meinem Tee. Tapfer von mir?

Er nahm meine Hand. Allein, zu Kriegszeiten, sagte er. Nur Sie und Ihre Tochter. Ohne die geringste Ahnung, wo Ihr

Mann gerade war. Ohne die geringste Ahnung, wie er sein Leben verlor.

Oh, das wussten wir, sagte ich. Wir haben ihn ja hier zu Hause beerdigt.

Mutter? Mutter? Harriet kam angerannt. Sie lief gleichmäßig, eine gute Atmung – vermutlich von der ganzen Oboe-Spielerei. Nicht so wie ich. Ich lief immer mit einer gewissen x-beinigen Würde, mit der ich zwar die Herzen zum Schmelzen brachte, aber jedes Wettrennen verlor. Jetzt kann ich natürlich überhaupt nicht mehr laufen, mit meiner Trompete. Verdammt, wie heißt das nochmal? Es tut so weh, als würde ein Zug das Bein rauf und runterfahren. Mutter?, rief Harriet.

Ich öffne die Augen. Bist du noch da?, frage ich. Sie antwortet nicht. Oder bist du schon wieder hier?, frage ich. Ich kann mich nicht erinnern, dass sie sich verabschiedet hat.

Geht es dir gut, Mutter? Du hast gestöhnt.

Die Schmerzen im Bein, sage ich.

Was war das?, fragt sie. Sie kann mich nicht hören.

Die Schmerzen, sage ich.

Arme Mutter.

Harriet hat ein Tuch um den Kopf. Beim letzten Mal hatte sie kein Tuch, oder? Vielleicht ist das doch ein neuer Besuch.

Und dein Vater, sage ich. Mir ist eingefallen, wie die Treppe herunterkrachte und wir oben gefangen waren. Und dein Vater hat uns mit einer Leiter befreit, die den zwei alten Damen aus dem Nachbarhaus gehört hat.

Sie hört mir gar nicht zu.

Ich versuche zu schlucken, kann aber nicht. Meine Kehle zieht sich zusammen wie das Innere einer Tasche ohne Luft. Ich taste nach einem Getränk. Harriet hält es mir hin, und ich nehme einen Schluck. Genau genommen stimmt das nicht. Ich kriege gar nichts ab. Aber ich fühle mich nass. Ich schaue nach unten.

Oh, Mutter, sagt sie.

Ich bin vorne ganz nass. Ist das nicht Trinken, wenn man das mit dem Mund macht? Verflucht nochmal, man sollte doch meinen, dass eine Fähigkeit wie Trinken vorhanden ist, wann immer man sie nötig hat.

Tut mir leid, sage ich. Sie reicht mir das Glas erneut. Konzentrieren, konzentrieren. Ich habe es. Das ist ja schon mal was. Ein Wort zieht durch meine Erinnerung, so wie die Wolken, die am Fenster meiner Wohnung vorbeizogen. Orange.

Gut gemacht, sagt sie und nimmt mein Glas. Dann sagt sie noch etwas anderes.

Verzeihung?, sage ich.

Sie bückt sich. Keine Sorge, sagt sie. Sie werden bald da sein.

Sie ist ganz nah bei mir. Ihr Atem riecht auch nach Orange. Die Klingel ist laut, sagt sie. Oder etwa nicht?

Kannst du sie hören?, frage ich.

Natürlich, sagt sie. Du nicht?

Mir fällt ein Stein vom Herzen, sage ich.

Sie setzt sich auf.

Es klingelt nicht immer. Dies muss derselbe Besuch sein.

Gehst du dann bald?, frage ich.

Wie bitte? Verzeih, Mutter, ich kann dich nicht hören.

Ich wiederhole meine Frage. Ich spreche laut und deutlich, damit sie mich versteht.

Ein Vollkornmuffin, sagt sie. Und Saft. Außerdem hattest du noch Pudding.

Ich lehne mich in die hochgestellten Kissen zurück.

Ich habe heute mit Dr. Wilson geredet, sagte Robbie.

Ach ja?

Komisches Thema, dachte ich, und komischer Zeitpunkt noch dazu. Zehn Uhr abends, wir beide im Dunkeln ausgestreckt auf meinem Bett. Ach ja?, fragte ich.

Ich habe ihm gesagt, dass wir gern noch ein Kind hätten. Er erzählte mir etwas von Zyklen – also, ähm, deinen Zyklen.

Ich sagte nichts.

Und dann sagte der Doktor, dass eine Menge Paare dieses Problem hätten, aber wir hätten schon ein Kind und müssten es einfach weiter versuchen. Ich machte einen Witz – na ja, über ...

Seine Stimme verlor sich. Ich sah hinunter ans Ende des Bettes. Mein nacktes Knie wirkte ziemlich weiß, fast gespenstisch, neben dem dunklen Baumwollstoff meines Nachthemds. Ich drehte den Kopf zur Seite und spähte nach dem anderen Knie. Es sah ebenfalls gespenstisch aus, nur dass das Nachthemd auf dieser Seite ein wenig höher gerutscht war. Robbies Gesicht nur Zentimeter von meinem. Sein Körper auf meinem, zwischen meinen gespreizten Knien. Er schaute auf mich herab. Ist alles in Ordnung, Rose? Tue ich dir weh?

Oh nein, sagte ich.

Als ich mich von Dr. Wilson verabschiedet habe, habe ich einen Witz gemacht über ... also, über das, was wir hier tun, sagte Robbie und schob sich gegen mich. Das Bett ächzte und mein Nachthemd rutschte ein bisschen höher.

Er hielt in der Bewegung inne. Sein Gesicht nur Zentimeter von meinem.

Wir machen es falsch, Rose, sagte er.

Die automatischen Türen der Warden Grace Villa öffneten sich langsam. Die Lobby war hell, mit vielen Fenstern und einem weißen Steinboden mit kleinen bunten Splittern drin. Hier saßen offenbar alle im Rollstuhl. Ich mit meiner Gehhilfe fühlte mich da richtig sportlich.

Die Tür glitt hinter mir zu und ich befand mich zur Abwechslung mal in einer warmen Umgebung. Anderswo fing ich meist an zu frieren. Ich lächelte dem Mann zu, der mir am nächsten saß. Er starrte ins Nichts, durch die dicksten Brillengläser, die mir je untergekommen waren. Mit so einer Brille wäre ein normaler Mensch in der Lage, den Stern Pluto zu erkennen, oder tanzende Engel. Ein alter Mann in Strickjacke und Pantoffeln. Hallo, sagte ich und schenkte ihm mein schönstes Lächeln. Er ignorierte mich. Vielleicht war ich nicht weit genug entfernt.

Komm jetzt, Mutter, sagte Harriet.

Bin schon da, sagte ich.

Mein Zimmer – das erste Zimmer, das ich hatte – war grün gestrichen. Die Vorhänge waren hauchdünn. Sie flatterten vom Gebläse der Heizung. Ich sah ihnen die ganze Nacht beim Flattern zu, und am nächsten Morgen hatte Dr. Sylvester meinen Namen vergessen.

Mrs. – sagte er und brach ab, und in seinem jungen, freundlichen Gesicht stand dies eine Mal ein ungewohnter Zweifel. Na ja, ich wusste, wie er sich fühlte. Mir geht es die ganze Zeit so. Wie geht es Ihnen, sagte er dann teilnahmsvoll. Er wollte es wirklich wissen.

Die Schwester, die ihn begleitete, war die böse – schwarzes Haar und Flecken im ganzen Gesicht. Sie hielt einen neuen gelben Ordner mit mir drin.

Sie hat geweint, sagte die Schwester. Die ganze Nacht.

Das tut mir leid, sagte der Doktor, und es war ihm ernst damit. Das stimmt doch, oder? Der Ordner war jetzt in seiner Hand, und er schaute kurz hinein und sprach mich dann mit meinem Namen an. Rose, sagte er, setzte sich neben mich und nahm meine Hand. Seine Hände waren kalt, das weiß ich noch.

Wo ist meine Tochter?, fragte ich.

Sie brauchen nicht zu weinen, Rose. Sie werden eine Weile bei uns sein, also ist es besser, Sie gewöhnen sich daran. Joan hier möchte, dass es Ihnen gut geht. Sie ist Ihre Freundin.

Ich fragte mich, was er mit »eine Weile« meinte.

Kann ich dann heim, fragte ich und vergaß, wie der Tag nach diesem Tag hieß. Kann ich dann heim am … Mittwoch?

Der Doktor stand mit einer langsamen und geschmeidigen Bewegung auf, und die Vorhänge taten es ihm nach und bauschten sich ein wenig. Dahinter schien hell die Sonne, und ein paar von diesen Zirruswolken huschten über den Himmel. Oh, Robbie, dachte ich, so wie ich das immer tue, wenn ich solche sehe. Pass gut auf dich auf, mein Liebling. Was nicht sonderlich viel Sinn machte im Jahr 1941, als er tausend Meilen weit weg von mir war, und noch weniger jetzt, da er nicht mehr lebte.

Wer schläft hier?, fragte ich und zeigte quer durchs Zimmer.

Momentan niemand. Morgen wird jemand Neues kommen, sagte Joan. Sie lächelte dem Doktor zu. Dann mir. Denken Sie nur, Sie werden eine Mitbewohnerin haben.

Die glauben wirklich, man ist blind.

Wem gehören dann diese Pantoffeln?, fragte ich. Und zeigte auf den Fußboden unter dem anderen Bett.

Joan hob sie schnell auf.

Möchten Sie etwas zu trinken?, fragte Dr. Sylvester.

Dann hörte ich die Durchsage. *Guten Morgen. Heute ist Donnerstag, der siebte Juni*, kurze Pause, dann fuhr die Stimme fort, *1997. Die Gymnastik beginnt in zehn Minuten in der Halle.*

Morgens war es immer am schlimmsten. Kalt und müde von der Nacht, ein ganzer Tag zu bewältigen, bevor ich wieder kalt und müde sein durfte. Daddy schnarchte nebenan, Onkel Brian schnarchte auf der Liege. Ich habe schon lange nicht mehr an die Liege gedacht. Man konnte nachts auch darauf schlafen. Mein Onkel wohnte vier Jahre lang bei uns und hatte nie ein eigenes Zimmer. Ich frage mich, wo er seine Kleider aufbewahrte. Und Mama und ich gingen auf Zehenspitzen, sorgfältig darauf bedacht, die Männer nicht zu wecken, machten den Ofen an, zitterten, während das Holz zu brennen anfing, husteten in unsere Ärmel. Mir kommt es vor, als hätte ich andauernd eine laufende Nase und schmutzige Taschentücher gehabt. Normalerweise verließ ich das Haus, bevor Daddy aufwachte und stöhnend und würgend in die Küche wankte und darauf wartete, dass Mama eine Schüssel fand, in die er sich erbrechen konnte. Er hat nie gezittert; ich weiß nicht einmal, ob ihm überhaupt kalt war. Manchmal ging er barfuß, die Zehennägel dick und gelb und gekrümmt. Gerts Haus war nur eine Meile entfernt. Dort hatten sie heißes Wasser. Wenn wir uns dann Richtung Schule aufmachten, fühlte ich mich sauber.

Ich mache die Augen nicht auf. Sie sind die ganze Zeit offen. Aber jetzt kann ich Harriet sehen. Hallo, sage ich.

Mutter, wie geht es dir?

Morgens ist es immer am schlimmsten, sage ich. Sie lächelt dieses Lächeln, das mir sagt, ich habe wieder einmal nichts kapiert. Vermutlich ist es nicht Morgen. Nur dass mir das scheißegal ist.

Wo warst du in dieser Nacht?, frage ich.

In welcher Nacht, Mutter?

Als ich kam in dieses Land. Ich meine, dieses Haus. Warden Grace Villa. Ich habe die ganze Nacht geweint. Als ich kam in dieses Land – das ist ein Lied, oder? Als ich ... verdammt.

Na komm, Mutter.

Ich mache den Mund zu. Hab gar nicht gemerkt, dass ich laut geredet habe. Mein Leben spielt sich dieser Tage größtenteils in meinem Kopf ab. Ich muss die Worte also ausgesprochen haben, anstatt sie nur zu denken. Verzeihung. Unscheiße. Unverdammt.

Ich war ganz allein, sage ich, an einem fremden Ort mit einem toten Menschen. Kein Wunder, dass ich geweint habe.

Mutter?

Der Arzt war nett, aber er ist erst am nächsten Morgen gekommen. Die ganze Nacht allein, wie eine alte Flasche, die man an der Gepäckaufbewahrung abgibt.

Na komm, Mutter.

Ich meine, Tasche, sage ich.

Ja, Mutterherz.

Du hast keine Ahnung, wovon ich rede, oder?

Ja, Mutter. Du hast recht.

Arme Harriet.

Hey, ich möchte ein paar Rosen, sagte sie. Ich hatte sie schon mal gesehen hier im Viertel.

Welche Farbe?, fragte ich.

Rot – was gibt es sonst noch für welche?

Wie ignorant manche Leute sind. Sie war eine erwachsene Frau, etwa gleichgroß wie ich, gut angezogen, mit langem Haar, das sich unbequem um ihren Kopf wand, und einem Hütchen obendrauf.

Ich hatte den Laden gerade erst eröffnet, deshalb begann ich zu erklären. Den Unterschied zwischen knallrot und tiefrot und burgunderrot, zwischen Knospen und Blüten und rosa und gelb und Maréchal Niel und Multiflora. Sie hörte genau zu. Sie hatte ein gutes Zuhör-Gesicht, verzog kaum eine Miene. Kleines, spitzes Kinn und harte Augen.

Welche würden Sie als Geschenk für mich auswählen, sagte sie.

Für Sie? Eine Moschus-Rose, sagte ich, ohne zu zögern. Sehen Sie? Ich zeigte ihr welche. In der Sprache der Blumen steht die Moschus-Rose für *launische Schönheit*, sagte ich. Ihr kleines, verkniffenes Gesicht öffnete sich schlagartig und sie begann laut zu lachen. Ich merkte, wie ich auch lächelte. Ich hatte meinen Laden jetzt seit einer Woche und nach Lächeln war mir nicht oft zumute gewesen.

Launische Schönheit? Ich nehme ein Dutzend, sagte sie. Hey, rauchen Sie?

Sie hielt mir die Schachtel hin. Ich schüttelte den Kopf. Sie zündete sich eine an und schaute sich um.

Seit wann haben Sie geöffnet? Noch nicht lange, stimmt's?

Ich nickte. Sie musterte mich argwöhnisch.

Wie viel verschiedene Rosenarten haben Sie?

Ich antwortete wahrheitsgemäß. Zwei, sagte ich.

Launische Schönheit und was noch?

Die andere bin ich – ich heiße Rose, sagte ich.

Sie lachte und wollte gar nicht mehr aufhören. Sie streckte die Hand aus.

Ich bin Ruby. Sie lachte und blies mir dabei den Rauch ins Gesicht.

Robbie trank so gut wie gar nicht. Er schüttelte immer den Kopf, wenn ich ihm beim Essen nachschenken wollte. Ich fiel fast von der Parkbank, als er neben mich glitt und sagte, Lassen Sie uns was trinken gehen.

Ich habe nie sonderlich viel über die Städte gewusst, in denen ich wohnte. Cobourg kannte ich so gut wie gar nicht, obwohl ich nur ein Stück außerhalb wohnte. Das Einzige, was ich von Toronto kannte, waren die Strände im Osten, wo unser Haus war, und auch mein Laden. Und viel später dann meine Wohnung. Vom Hörensagen kannte ich andere Gegenden der Stadt: Rosedale, Sunnyside, Hogg's Hollow. Die waren gar nicht weit entfernt – eine Straßenbahnfahrt oder zwei, eine Stunde oder zwei –, aber ich bin nie hingefahren. Das hätten genauso gut Filmstädte sein können, Babylon oder Shangri-La. Ich weiß noch, wie ich im Dunkel des Kinos die Stirn runzelte, als ich Cary Grant und Katherine Hepburn in Philadelphia zusah. Dort war ich auch gewesen – um genau zu sein, hatte ich in einem Haus gearbeitet, das so ähnlich war wie das im Film, nur mitten im Zentrum und nicht draußen auf dem Land. Aber ich kannte die Stadt nicht besonders gut. Zwei Winter lang habe ich dort gewohnt, und ich glaube nicht, dass ich je weiter nördlich als bis zur New Street kam, wo der Metzger sein Geschäft hatte, bei dem Lady Margaret einkaufte – der, dessen Lammbraten nicht so gut war wie der in Cobourg. An meinem halben freien Tag ging ich in der Regel zu Fuß zum Busbahnhof bei der Independence Hall, zahlte meine fünf Cent und fuhr mit der 4er-Bahn zum Harbor Park. Ich sah den Schiffen zu und nahm dann den Bus zurück. Nicht im Traum dachte ich daran, jemand Bekanntes zu treffen, und so war es auch. Zumindest, bis Robbie auftauchte.

Wie bitte?, fragte ich. Oh, hallo, Sir.

Etwas trinken, Rose. Kommen Sie, das ist Ihr freier Tag. Und nennen Sie mich Robbie.

Ich bin fast von der Bank gefallen, das kannst Du mir glauben.

Fünf mal neun ist fünfundvierzig. Sechs mal neun ist sechsundfünfzig. Nein, ist es nicht, aber verdammt soll ich sein, wenn ich es weiß. Im Grunde glaube ich, ich habe es noch nie gewusst.

Mutter?

Seltsame Dinge geschehen im Lande der Mitternachtssonne, wenn die Männer nach Gold schürfen, sage ich. *There are strange things done 'neath the midnight sun* … das macht genau vierundfünfzig.

Oh je, sagt sie. Arme Mutter.

Früher wusste ich noch, wie das ging. Jeder musste es in der Schule aufsagen. Musstest du das Gedicht auch lernen, Harriet? Seltsame Dinge geschehen im Lande der Mitternachtssonne, wenn die Männer –

Mutter? Geht es dir gut?

Ich setze mich mühsam auf. Natürlich geht es mir gut, sage ich. Sieben mal neun ist dreiundsechzig. Acht mal neun ist … Es geht mir sogar blendend, sage ich. Aber du, du siehst müde aus, Harriet. Möchtest du dich ein bisschen hinlegen?

Einen ziemlich grauen Nachmittag sieht man durch die Fensterscheiben dieses Zimmers mit seinen zwei Betten und seinen zwei alten Damen – drei alten Damen, wenn man Harriet mitzählt, die auf einem Stuhl neben meinem Bett sitzt, in der Hand eine Zeitschrift mit dem Bild einer Prinzessin drauf.

Bist du sicher, dass es dir gut geht?, frage ich.

Ja, Mutter.

Dass ich nicht lockerlasse, scheint ihr auf die Nerven zu gehen. Sie faltet die Zeitschrift zusammen. Das Gesicht der Prinzessin ist oberhalb des Lächelns abgeschnitten, und plötzlich sieht sie traurig aus.

Weißt du, was acht mal neun ist?, frage ich.

Endlich hören die Alarmglocken auf. Über den Lautsprecher sagt eine Stimme ... na ja, irgendetwas halt. Harriet hebt ruckartig den Kopf und lässt die traurige Prinzessin fallen.

Die alte Dame im anderen Bett setzt sich kerzengerade hin und öffnet den Mund, um loszukreischen, man könnte meinen, sie hat noch nie in ihrem Leben eine Durchsage gehört. Sie ist kurzatmig, deshalb klingt ihr Angstgeschrei nicht wirklich laut. Jemand klebt ein Stück gelbes Papier an unsere Zimmertür und läuft gleich weiter. Schon den ganzen Tag laufen Menschen am Gang auf und ab. Der Lautsprecher sagt, wir sollen uns nicht – weiß der Himmel, was, nicht sorgen, vermutlich, normalerweise sagen sie, wir sollen uns keine Sorgen machen. Ich erinnere mich an einen Vortrag, den ich in der ersten Woche im Gemeinschaftsraum gehört habe, eine ernste junge Frau, die uns sagte, wir sollten uns keine Sorgen machen, sich zu sorgen sei an sich schon gefährlich. Es gab genug anderes, das einem Sorgen machen konnte, selbst wenn man gesund war.

Robbie und ich spazierten den ganzen Nachmittag im Harbor Park herum. Es war der erste der zwei freien Nachmittage, die ich jede Woche nacheinander hatte, und es kam mir vor, als hätte ich Urlaub von meinem normalen Ich. Vielleicht ging es ihm ähnlich; vielleicht hatte er auch nicht so oft den halben Tag frei. Er hielt mich am Arm und zeigte mir die Schiffe, die nach England oder Südamerika auslaufen sollten, die gerade beladen und darauf vorbereitet wurden, dreitausend Meilen Ozean zu überqueren, mit nichts darin als grauem Wasser und ein paar schwimmenden Nussschalen voller frommer Wünsche.

Sein Auto hatte er an der Straße geparkt. Er gestand, dass er meiner Straßenbahn zum Park gefolgt war. Da musste ich mich an seine Gegenwart und seine Zuneigung schon gewöhnt haben. Ich weiß noch, wie ich dachte, da hätte ich mir glatt fünf Cent sparen können.

Und morgen ist Ihr Geburtstag? Tatsächlich? Herzlichen Glückwunsch, Rose. Ich möchte Ihnen noch etwas schenken, sagte er. Darf ich Sie auf ein zweites Getränk einladen?

Ich habe nicht Nein gesagt. Ich habe auch nicht nein gesagt, als die Jungs in der Schule mir Süßigkeiten oder Äpfel geschenkt haben, oder geschnitzte Stöcke in der Form langer dünner Hunde oder langer dünner Pferde. Ich sagte Danke.

Ich sollte Ihnen etwas Richtiges schenken, sagte er. Vielleicht finde ich etwas Nettes zum Anziehen. Wenn ich es nicht vergesse, sagte er.

Er brachte mich heim, ging mit mir bis zum Dienstboteneingang und sagte, Guten Tag auch, Parker. Die daraufhin ein seltsames, unechtes Lächeln aufsetzte. Ich ging nach oben, um mich umzuziehen, und in dieser Nacht – es muss in genau dieser Nacht gewesen sein – hörte ich es an meiner Türe klopfen. Ein kaum hörbares Kratzen, wie eine Maus hinter der Wandvertäfelung.

Was ist denn falsch, fragte ich meinen Ehemann, an dem, wie wir es machen?

So kriegt man keine Babys, flüsterte Robbie zwischen meinen nackten Knien.

Warum nicht?

Dr. Wilson hat es gesagt.

Du hast ihm von uns *erzählt*? Robbie! Wie ungemein peinlich mir das ist!

Habe ich ungemein peinlich gesagt? Vielleicht auch eher äußerst unangenehm. Aber mit Sicherheit war es mir sowohl äußerst unangenehm als auch ungemein peinlich.

Ich konnte Robbie nicht mehr spüren. Zumindest nicht wie sonst, an mich gedrückt, eine Strumpfbandnatter im warmen Sommergras, so neugierig wie gleichermaßen auf der Hut. Er machte irgendetwas mit seiner Hand.

Was tust du denn da?, fragte ich.

Erinnerst du dich an das Blut, kurz bevor Harriet zur Welt kam?, fragte er und schob sich auf mich, bis sein Mund ganz dicht an meinem Ohr war. Das Blut auf dem ... äh ... Laken, sagte er.

Ich nickte nur. Ich konnte sein unrasiertes Kinn an meiner Wange spüren.

Der Doktor hat gefragt, was wir ... zusammen gemacht haben. Und als ich es ihm schilderte, hat er ... hat er gesagt, wir haben es falsch gemacht, Rose. Völlig falsch.

Ich schwieg. Ich war außer mir vor Angst. Er weiß Bescheid, dachte ich. Dr. Wilson weiß, was wir zusammen machen. Schweißtropfen auf meiner Stirn. Und ich schämte mich dafür, dass wir es falsch machten.

Rose?

Ja?, flüsterte ich zurück.

Spürst du es, wenn ich – das hier mache?

Harriet richtet mich im Bett auf, ein ungewöhnlicher Blickwinkel. Es geht mir akut. Nein, falsch. Ich versuche, mitzukriegen, was um mich her vorgeht, während ich auf meiner Zungenspitze fieberhaft nach dem Wort suche. Nicht akut.

Schwestern legen Decken auf die Betten und verschwinden wieder. Der Lautsprecher sagt, wir sollen uns keine Sorgen machen. Machst du dir Sorgen?, frage ich Harriet. Sie schüttelt den Kopf.

Es ist nur eine Übung, sagte sie. Nichts, was einen sorgen müsste.

Sie klingt wie mein Zahnarzt.

Feuer! Feuer! Hilfe, Mike. Hilfe!

Das ist die alte, traurige Frau auf der anderen Seite des Korridors. Arme traurige Frau, jeden verdammten Tag ruft sie nach Mike. Habe ich das wirklich zu Dir gesagt? Dann eben – unverdammten. Jeden einzelnen Tag. Mike ist ihr Sohn, er ist letztes Jahr ums Leben gekommen, hatte einen Autounfall. Er hat die Operation überstanden und ist dann im Aufwachraum gestorben. Am Tag, nachdem ich das erfahren hatte, kam sie in unser Zimmer und fragte, ob wir wüssten, wie die Operation ihres Sohnes verlaufen sei. Sie hatte so viel Hoffnung im Gesicht, dass ich nicht wusste, was ich antworten sollte. Er war so ein kräftiger Junge, sagte sie. Immer nur Ärger auf dem Spielplatz. Unglaublich, wie oft er genäht werden musste. Aber was konnte eine Mutter schon tun, ein Mann ist nun mal ein Mann, wie soll man ihn denn bremsen. Männer sind Raubvögel, sie müssen aufsteigen, sagte sie uns, und wir nickten. Einer der Ärzte brachte sie wieder in ihr Zimmer. Wenige Sekunden danach gellte ein Schrei der nackten Verzweiflung durch das ganze Gebäude. Sie hatte es erfahren. Ein weiteres Mal, und genauso schmerzhaft wie beim ersten Verlust, hatte sie erfahren, dass ihr Sohn gestorben war.

Ich muss oft an diese arme Frau denken. Jedes Mal, wenn sie vom Tod ihres Sohnes erfährt, bricht sie zusammen. Immer ist es wie beim ersten Mal, und wer wüsste besser als ich, wie grausam es ist, einen geliebten Menschen zu verlieren – schau an, jetzt will ich Dir erzählen, wie das ist. Dabei weißt Du das doch, oder?

Aber ich kann nicht verstehen, warum sie es ihr immer wieder sagen.

Robbie sollte befördert werden und bekam in dem Zusammenhang auch eine Lebensversicherung. Deswegen war er eigentlich bei Dr. Wilson gewesen. Das ist Teil der Firmenpolitik bei *Maple Leaf*, sagte er beim Abendessen und lächelte mir über einen Strauß Blumen hinweg zu, den er auf dem Heimweg gekauft hatte. Gelbe Schwertlilien und Begonien, ich sehe diese Komplementärfarben immer noch vor mir – *Kummer und Leidenschaft* und *dunkle Gedanken*.

Wo hast du diese Blumen gekauft, fragte ich, und wie viel hast du dafür bezahlt?

Wir haben etwas zu feiern, sagte er zu mir, und zog aus einer braunen Papiertüte eine Flasche Whisky. Die Leute kaufen so viele *Maple Leaf*-Produkte wie seit Jahren nicht, sagte er. Die Firma hat in den letzten drei Quartalen ständig Gewinn gemacht. Die Depression ist vorüber, sagte er.

Das gleiche meldeten auch Radio und Zeitungen. Wobei sie das all die Jahre gemeldet hatten und vor der Bäckerei Zimmerman dennoch immer hungrige Menschen herumlungerten. Harriet mochte es, dort gemeinsam mit den ausgemergelten Männern und Frauen zu warten und den Geruch frischgebackenen Brotes einzuatmen. Und jedes Mal war sie enttäuscht, wenn wir nicht bis zur Ausgabe bleiben konnten. Die Frauen lächelten stets über sie; die Männer fanden es unmöglich.

Robbie wurde befördert, weil es ihm gelungen war, die Buchhaltung neu zu organisieren, was sich für mich, als er es mir erklärte, ziemlich nach Bezahlt und Unbezahlt anhörte, aber ich bin auch keine Geschäftsfrau. Meine eigene Buchhaltung im Blumengeschäft war ein Trauerspiel.

Was ist mit Harriet?, fragte ich.

Sie kann uns nicht hören. Sie schläft.

Nein, nein, ich meine – was ist mit ihrer Geburt? Da haben wir es ja wohl kaum falsch gemacht.

Das habe ich den Doktor auch gefragt. Er sagte, dass es schon eine Schwangerschaft geben kann, wenn man es so wie wir macht. Aber nicht oft. Er hat gesagt, dass diese Art von – Robbie flüsterte mir das Wort ins Ohr, sein Atem roch nach Whisky – *Sex* das Blut erklären würde. Normalerweise kommt das Blut, wenn man … wenn eine Frau … es das erste Mal macht.

Oh.

Nicht bei der Geburt.

Oh.

Spürst du das hier?, fragte er.

Wie kann ich das Gefühl beschreiben, das mich erfüllte, als er aus dem kleinen Zimmer nach oben schlich, meinem Zimmer, die Tür hinter sich schloss, ohne dass ein Geräusch entstand, und sich lautlos davonmachte. Ich lag in einer Art Glorienschein. Im Grunde war es, als hätte ich die ganze Zeit in Captain David Godwins Armen gelegen. Seinen echten Armen, meine ich, nicht den eingebildeten, die meinen Jungmädchenträumen entstammten und machten, dass mir ganz heiß wurde. Ich fühlte mich geheimnisvoll und vollkommen, keine Frage, gleichzeitig aber auch, als hätte ich … etwas verloren. Da war so viel, das verstanden werden wollte. Irritiert und wie entrückt war ich, als sei ich Teil eines größeren Ganzen. Ich hatte nicht den Wunsch, es ein zweites Mal zu tun. Es war nicht, als würde ich am Gipfel des Mount Everest herumspazieren oder als würden um mich herum Sterne zur Erde fallen. Es war nichts, was hätte wiederholt werden können, und um ehrlich zu sein, weiß ich auch nicht, ob wir es je wiederholt haben. Haben wir es richtig gemacht? Woher sollte ich das wissen? Ich weiß nur, dass wir es mit Sicherheit nicht falsch gemacht haben. In meinem ganzen Leben ging es mir nie besser. Ich hatte Angst, war durcheinander, aber alles fühlte sich richtig an.

Ein lautes Klopfen an der Tür, mitten in der Nacht. Nicht Robbies Klopfen, abgesehen davon hatte er ja einen Schlüssel.

Mrs. Rolyoke?

Eine dienstliche Stimme, kaum zu verstehen durch den Nebel des Schlafes. Blendende Lichter von der Straße vor dem Haus. Es ist dunkel.

Mrs. Robert Rolyoke?

Ja?, fragte ich, indem ich in den Hausmantel schlüpfte und nach draußen spähte.

War das meine Stimme? Es klang eher wie die von Mama.

Ja?

Etwas Furchtbares ist geschehen, sagte die unpersönliche Stimme von ganz weit her. Viel weiter als nur von der anderen Seite der Eingangstür.

Was gibt es? Ist etwas mit Robbie – meinem Mann? Geht es ihm gut?

Meine Stimme.

Sie müssen sich auf das Schlimmste gefasst machen, Ma'am. Es hat leider einen Unfall gegeben.

Soldaten, die weit vom Schlachtfeld entfernt sterben. Verkehrsunfälle, die mitten im Krieg passieren. Soldaten auf Urlaub, die selbst dann noch Opfer von Zufall und menschlichem Versagen sind. Sie sterben durch rücksichtslose Autofahrer, eifersüchtige Ehemänner, Straßenräuber. Sie rutschen im Badezimmer aus, werden von tollwütigen Hunden gebissen, erliegen tödlichen Krankheiten. Sie verfangen sich in Maschinen, verbrennen, stürzen aus großer Höhe oder bei hoher Geschwindigkeit und sind tot.

Ein Polizist mit rundem, gerötetem Gesicht saß in unserem Wohnzimmer auf dem Chesterfieldsofa und hielt mit beiden Händen seine Kappe, während er mir erzählte, was mit Robbie passiert war. Ein äußerst bestürzter Polizist. Ich war vermutlich vollkommen geschockt und rätselte, ob ich ihm eine Tasse Tee oder etwas Härteres anbieten sollte. Wie reagiert man denn, wenn jemand schlechte Nachrichten bringt?

Der Polizist berichtete mir Folgendes.

Robbie und sein junger Freund Sam überquerten an diesem Donnerstag um zehn Uhr abends die Queen Street vor der City Hall. Sam war zum Essen bei uns gewesen – er war ein Kamerad von Robbie, zweiter Leutnant zur See, genau wie er. Ein netter junger Mann aus einem Nest in den Prärie-Provinzen, der ein bisschen was von Toronto sehen wollte, bevor es wieder zurück aufs Schiff ging. Er hatte einen zweiten Teller Makkaroni mit Käse gegessen, auch vom Dosenfleisch hatte er Nachschlag gekriegt. Harriet hatte ihn während des Essens keine Sekunde aus den Augen gelassen, sie war vierzehn und schwärmte genau wie alle anderen von James Mason und Lew Ayres. Sam erinnerte sie wohl an den netten Dr. Kildare aus den berühmten Arztfilmen.

Die Queen Street war um zehn Uhr abends wie leergefegt, bis auf ein einzelnes Auto, an dessen Steuer ein sehr betrunkener Mann saß. Das Auto stand auf der Straße, und der Mann versuchte, eine Tür zu schließen, die sich nicht schließen lassen wollte. Er probierte es mit heruntergekurbeltem und mit geschlossenem Fenster, doch immer, wenn er die Tür zuschlug, ging sie wieder auf, und er purzelte aus dem Wagen. Robbie und Sam – mit vollem Namen hieß er Sam Howe, bei Kriegsende war er Kapitän zur See und Träger einer Tapferkeitsmedaille – warteten auf eine Straßenbahn Richtung Osten. Sie betrachteten das Schauspiel von der Haltestelle an der Ecke aus und applaudierten, wie Sam dann bei Robbies Begräbnis berichtete, als der namenlose Betrunkene es schließlich schaffte, die Tür von außen zuzumachen. Als er merkte, in welcher Lage er sich befand, rannte er um den Wagen herum, doch die Tür auf der anderen Seite – die einzige außer der Fahrertür – war abgeschlossen. Er fluchte ausgelassen, rannte zurück, öffnete die Fahrertür, stieg ein, zog die Tür hinter sich zu und plumpste heraus, als sie wieder aufging. Der Mann lag auf der Straße und hielt sich vor Lachen die Seiten.

Robbie und sein Freund beschlossen zu helfen. Sam setzte sich in den Wagen und startete den Motor. Dann stieg er heraus und verfrachtete gemeinsam mit Robbie den Mann auf den Fahrersitz. Dann schlugen sie die Tür zu und traten zurück, als der Wagen mit einem Ruck anfuhr. Eine erfolgreiche Aktion, nur dass Robbies Mantel in der geschlossenen Tür eingeklemmt war. Und genau wie der Wagen, bewegte auch er sich vorwärts und schlug an die Scheibe, um den Mann auf sich aufmerksam zu machen. Was ihm nicht gelang. Also versuchte er, den Mantel auszuziehen, während er immer noch neben dem schlingernden, von Fehlzündungen erschütterten Wagen herlief, erst langsam, dann schneller, mein armer Robbie. Und Sam stand mitten auf der Straße und sah ihm mit offenem Mund hinterher.

Es riecht nach Rauch, sage ich zu den Schwestern. Es sind zwei, sie bewegen sich schnell.

Die, die näher bei mir ist, nennt mich Meine Liebe und sagt, ich solle ganz ruhig bleiben. Sie erinnert mich an Rote Beete, mit ihrem runden, dunklen Gesicht und Haaren, die wie Triebe auf dem Kopf sitzen.

Die Schwestern packen das Bettlaken der schreienden Frau am Kopf- und Fußende und machen eine Hängematte daraus. Sie hört auf zu schreien. Sie tragen sie weg.

Ich rufe nach Harriet. Sie ist ganz in der Nähe. Antwortet aber nicht.

Die Schwestern kommen zurück und gehen zum nächsten Bett, da taucht der Doktor auf. Nicht Dr. Sylvester, der andere Doktor.

Er sieht gut aus, wenn er so ernst ist, fast so wie Dr. Kildare. Der Teint ist vielleicht ein bisschen dunkler. Was tun Sie da?, fragt er.

Die Patientinnen rausbringen, sagt die Schwester mit dem Beete-Kopf.

Wie war nochmal Ihr Name?, frage ich den Doktor. Er lächelt mir kurz zu.

Ich bin Sanjay, sagt er. Wenn er das sagt, muss es wohl stimmen. Er hat Millionen Dinge zu tun. Wir müssen uns beeilen, sagt er, wenn wir alle im Transportbus unterbringen wollen.

Harriet macht einen Schritt nach vorn, mit gerunzelter Stirn. Berührt den Doktor an der Schulter. Wo unterbringen wollen?

Was tun Sie hier? Der Doktor sieht sie an, als würde er sie zum ersten Mal sehen. Fast ein romantischer Blick, trotz des Eherings. Und ich fürchte, sie ist auch ein bisschen zu alt für ihn. Harriet ist nicht an romantische Blicke gewöhnt. Ich hoffe, sie weiß damit umzugehen.

Sie sollten das Gebäude umgehend verlassen, sagt er. Nehmen Sie den Ausgang am südlichen Ende des Parkplatzes.

Das ist also keine Übung, sagt sie.

Er schüttelt den Kopf. Es gibt ein kleines Problem, sagt er.

Auf einmal kommt ein Monster ins Zimmer, und Harriet fängt an zu schreien.

Bluestone, habe ich in den Telefonhörer gesagt. Was hast du mit diesem Mister Bluestone zu schaffen?

Ach, Mutter, wenn du nur wüsstest.

Dann sag es mir. Ich bin bei Ruby. Komm doch zum Essen. Du kannst uns beiden alles über die Sache erzählen.

Durchs Telefon konnte ich hören, wie brüchig die Stimme meiner Tochter war. Kämpfte sie etwa immer noch darum, Anwältin zu werden? Nein, damals hatten sie die Bestimmungen schon geändert. Sie arbeitete für dieses Revisionsgericht, diese »Anwälte der letzten Hoffnung« – eine Organisation, die klang, als stamme sie aus Südafrika. Komm vorbei, sagte ich. Ruby macht Bohnen mit Speck. Das war doch immer eins deiner Lieblingsessen. Und zum Nachtisch gibt's eine ganz neue Eissorte.

Das muss im Frühherbst gewesen sein. Eine herrliche Jahreszeit. Offene Fenster und ein Lüftchen, das sich an den glühenden Autodächern aufgewärmt hat, bevor es in die Wohnung hereingeweht kommt. Rubys Hutgeschäft unter uns war geschlossen. Im Hintergrund dudelte das Radio – ich weiß nicht mehr, was gerade lief. Eines dieser Lieder, die man den ganzen Sommer mitsingt und dann komplett vergisst.

Ach Mutter, ich würde ja gern, aber ich bin verabredet.

Jemand Neues?, fragte ich, und gleich darauf, Verzeih, das geht mich ja nichts an. Wenn du willst, kannst du aber gern danach vorbeikommen. Ihr beide, fügte ich an.

Danke, Mutter. Aber eher nicht – das wird zu spät.

Im Radio lief jetzt ein anderes Lied.

Der Begräbnisgottesdienst war gut besucht – etliche Leute von *Maple Leaf*, darunter ein alter Mann, der mir versicherte, wie sehr sie alle Robbie geschätzt hatten. Das war das Wort, das er benutzte. Ich bedankte mich. Und Dr. Wilson, der hinten saß bei den alten Damen, die dort wohnen – zumindest waren sie bei jedem Begräbnis, an dem ich je teilgenommen habe. Und Sam in seiner Uniform eines zweiten Leutnants zur See. Er saß neben uns, jung und ansehnlich und unter Zeitdruck. Gleich nach der Kirche musste er wieder nach Halifax. Harriet hielt seine Hand und schluchzte mechanisch.

Am Grab waren wir dann nur zu viert, ich, Harriet, der Pfarrer und der Mann vom Beerdigungsinstitut. Es war windig und feucht, aber es regnete nicht. Ich erinnere mich an den Geruch der frisch aufgeworfenen Erde. Als ich mich umdrehte, um einen Blick auf den See zu werfen, sah ich ihn. Wie lange er wohl schon dastand? Er trug einen alten schwarzen Anzug, der an seinem schlanken, hoch aufgerichteten Körper herumflatterte wie eine Flagge an ihrem Mast. Er kam langsam auf uns zu, während wir die Asche und den Staub und die Übergabe des Leichnams hinter uns brachten. Sein Kopf war unbedeckt; den Zylinder hatte er in der Hand.

Er stand neben dem klaffenden Erdloch, und auf einmal sah ich, wie alt er war, wie alt er schon immer gewesen sein musste. Er sprach kein Wort. Weißes Haar wehte ihm um den Kopf. Durchsichtige Haut. Sein Blick war forschend und suchend, der blauweiße Blick eines Raubtiers. Er sah durch mich durch, als würde er die lose aneinandergeklebten Gedanken- und Gefühlsfragmente durchforsten, diese Schmierzettel meiner Seele, auf der Suche nach – ja, nach was? Ich weiß es nicht; ich hatte noch nie gewusst, an was er gerade dachte. Aber es war ein tröstliches Gefühl. Er streckte die Hand nach Harriet aus, die heulend neben mir stand. Sie trug eine Baskenmütze, und ihre Haare bauschten sich ringsherum auf, als sei seine Hand eine Windböe. Sie blickte für einen Moment auf, die Augen klar und glänzend vor Kummer, schaute dann wieder auf den Sarg.

Amen, sagte der Pfarrer. Amen, sagte Harriet. Ich warf eine Handvoll Erde in das Grab. Lebwohl, Robbie, sagte ich.

Ein grässlicher, missgebildeter Kopf, Augen so groß wie Untertassen und eine Schnur, die aus dem Mund hängt – das Monster erinnert mich an irgendetwas. Eine menschliche Fliege? Es fällt mir nicht ein. Angst kriege ich jedenfalls keine. Es ist eher ein angenehmes Gefühl. Der Rest des Monsters erinnert mich an einen Arzt, ein weißer Mantel über einem teuren Anzug. Vertraute Hände, weich, ausdrucksvoll, kalt. Die Hände von Dr. Sylvester.

Ich lächle ihm zu, aber er winkt den anderen Doktor zu sich auf den Gang und fängt an, mit ihm das Verhalten bei Notfällen zu besprechen. Was sagt das Anstaltsprotokoll?, fragt er. Was steht da über Triage?

Klingt wie etwas, das man als Hobby betreibt, oder? Mit Nadeln, Stäben und speziellen Triage-Scheren.

Alle städtischen Krankenhäuser haben ein Protokoll, sagt Dr. Sylvester hinter seiner Monster-Maske. In denen steht, welche Patienten bei einem Notfall gerettet werden, und welche Patienten man eher ...

Ich spitze die Ohren. Harriet, sage ich.

Mach dir keine Sorgen, sagt sie. Ihre Augen sind ganz schmal, und auf einmal kommt sie mir viel größer vor als ich. Meist muss ich mir extra in Erinnerung rufen, dass sie nicht mehr dreizehn ist und Angst hat; nach dem Begräbnis konnte sie wochenlang keine Straße überqueren, und wer wollte ihr das verdenken? Mach dir keine Sorgen, Mutter, sagt sie. Wenn es sein muss, trage ich dich hier eigenhändig raus.

Das mit dem Tee habe ich von Lady Margaret und Mr. Rolyoke übernommen. Sie tranken jeden Nachmittag ihren Tee, meist gemeinsam. Ich gewöhnte mich an den Geruch, und außerdem bekamen wir in der Küche auch immer eine Tasse, dazu Brote mit Butter und Marmelade. Wie sehr ich die Beerenmarmelade liebte, die es im Sommer immer in Cobourg gab. All die verschiedenen Beeren waren aus der Gegend, und die Marmelade schmeckte wunderbar, so fruchtig, dass sie fast schon wieder bitter war.

Möchten Sie noch etwas Tee?, fragte ich den verstörten Polizisten. Er hatte die Tasse, die ich ihm eingeschenkt hatte, noch gar nicht angerührt.

Nein, Ma'am. Vielen Dank.

Sicher?

Ja, Ma'am. Er verdrehte seine Mütze zu einer Brezel.

Ganz wie Sie wünschen. Fahren Sie bitte fort, sagte ich mit bemerkenswerter Gefasstheit, nur dass ich das Bild zerstörte, indem ich die Zuckerdose umwarf und dann auf die Sauerei starrte, während mir die Hand zitterte wie ein loser Fensterrahmen bei Sturm.

Er bemerkte es nicht, sein Blick war nach unten gerichtet.

Und dann, Ma'am, hat der Verstorbene – Leutnant Rolyoke – Ihr Gatte, Ma'am – dann hat er gemerkt, dass sein Mantel in der Tür klemmte und dass er ihn nicht so ohne Weiteres losmachen konnte. Aber er hat es geschafft. Das hat der andere Offizier – Leutnant Howe – ausgesagt, und wir haben auch den Mantel ein Stück entfernt in der Queen Street gefunden – er klemmte immer noch in der Wagentür, Ma'am, fügte er leise an.

Ja, sagte ich.

Leutnant Howe hat gesagt, dass Ihr Mann, nachdem er fast einen Block weit gerannt war und sich aus dem Mantel geschält hatte wie ein ... ein Schlangenmensch, dass also Ihr Mann sich von dem Fahrzeug befreite, welches daraufhin in bedenklicher Weise noch weitere fünfzig Meter zurücklegte, dann auf den Bordstein geriet und in eines der großen Schaufenster des Eaton-Kaufhauses krachte. Ihr Mann blieb stehen, wahrscheinlich um Luft zu schöpfen, und wurde von einem Wagen überrollt, der in die entgegengesetzte Richtung fuhr. Es tut mir leid, Ma'am. Ich möchte Ihnen meine ... aufrichtige Anteilnahme aussprechen.

Der Polizist sah mich nicht an. Er stand auf, sagte erneut, wie leid es ihm tue, setzte die Mütze auf und ging.

Mein Mann starb während des Krieges, habe ich Ruby gesagt. Was hätte sie wohl gedacht, wenn ich ihr das Grab auf dem Woodbine-Friedhof gezeigt hätte, am Hang, nach Süden gerichtet? Von seinem Grab aus konnte man den See überblicken – wenn man denn so wie ich aufrecht dastand. Ob er wohl etwas sehen konnte? Robert Rolyoke, 1910–1944. Rund um den Stein pflanzte ich Schwarze Maulbeere – *ich werde dich nicht überleben.*

Ich wusste nicht, was ich sagen sollte, als Ruby mit dieser Kreuzfahrt ankam. Wahrscheinlich habe ich erstmal auch gar nichts gesagt. Wahrscheinlich war ich viel zu verblüfft. Dann sagte ich Nein, und zwar mit Nachdruck.

Ich habe noch nie eine Kreuzfahrt gemacht, sagte ich. Zumindest kann ich mich nicht daran erinnern. Ich bin als Baby aus England hergekommen, aber seither bin ich nicht einmal in ein Ruderboot gestiegen. Und allein der Gedanke an Robbie, auf diesem riesigen Ozean, ganz alleine im ...

Ich bin nicht wirklich zusammengebrochen, schließlich war er lange genug tot, aber trotzdem sah ich wohl etwas bestürzt aus. Ruby legte mir die Hand auf den Arm. Hey, sagte sie. Im Hey-Sagen war sie schon immer gut gewesen.

Hey, Rose, komm schon.

Und was ist mit Harriet?, fragte ich.

Mit Harriet habe ich schon gesprochen. Sie findet es großartig.

Ich weiß nicht.

Das wird toll, sagte sie. Die Großen Seen im Herbst. Wir gondeln zwischen den Tausend Inseln herum, während die Sonne untergeht und die Band spielt – und außerdem sind diese Schiffe immer voll mit Männern.

Ruby!

Aber es stimmt. Du solltest ein bisschen mehr ausgehen, Rose. Sicher, du bist eine Witwe mit einer Tochter, die studiert, aber du bist trotzdem noch eine schöne Frau. Es ist eine Sünde, dass du den ganzen Tag in einem abgeranzten Blumenladen herumhängst.

Er ist überhaupt nicht abgeranzt, sagte ich.

Oder auf Geoff Zimmerman, den Bäcker, wartest. Was willst du, ein Brötchen im Backofen?

Ruby!

Sie kicherte.

Geoff ist sehr nett, sagte ich. Er hat Harriet und ihre Freundinnen immer bei sich proben lassen. Und die Armen lieben ihn. Du weißt doch, wie er ihnen während der Depression immer geholfen hat, sagte ich.

Klar, er ist ein Heiliger, aber er ist nun mal sechzig, und außerdem extrem behaart. Auf einer Medaille würde er sich viel besser machen, findest du nicht?

Mein Geschäft ist nicht abgeranzt, sagte ich. Es ist hell und voller Farben. Und ich treffe den ganzen Tag lang Männer.

Männer, die Blumen für jemand anderes kaufen. Bei einer Kreuzfahrt triffst du Männer, die Blumen für dich kaufen wollen! Männer, die gern Spaß haben.

Ruby! Meinst du das ernst?

Jetzt mach dich mal locker, Mädchen. Werde erwachsen und fang an, dich zu amüsieren!

Aber ... was ist mit dir? Du bist doch verlobt, sagte ich. Oder nicht? Was ist mit Montgomery?

Dessen Bild ich immer sah, wenn ich bei ihr war, ein ziemlich flottes Bild im Silberrahmen, ein junger Mann mit Fliegerjacke und Schnurrbart, der eine Zigarette rauchte. Sah aus wie ein Filmstar, bis auf die Nase, die sich stark nach links orientierte. Deutlich sichtbar, wenn man ihm gegenüberstand, auf dem Bild nicht so sehr, denn es war mehr von der Seite her aufgenommen.

Rubys Mund wurde eine schmale, rote Linie. Sie schaute weg.

Monty und ich sind nicht ... also, wir hatten gestern einen Riesenstreit.

Das tut mir leid, sagte ich.

Er schrie herum und ich schrie herum und er stampfte aus der Wohnung und ich zertrümmerte einen Teller. Das Letzte, was er sagte, war, dass er eine Kreuzfahrt macht. Ohne mich. Da habe ich gesagt, dass ich eine Kreuzfahrt ohne *ihn* mache, sagte sie.

Das tut mir leid, sagte ich.

Weshalb? Er ist ein Mistkerl. Monty Belinski. Kannst du dir mich als Ruby Belinski vorstellen?

Den Nachnamen höre ich zum ersten Mal, sagte ich.

Ich weiß nicht, was ich machen soll, sagte Harriet.

Wir trafen uns zum Mittagessen in einem kleinen Restaurant in der Bloor Street, direkt um die Ecke des Museums. Harriet ließ ihre Anrufe von der Zentrale entgegennehmen, und ich ließ einen hoffnungslosen Fall von jungem Mann für ein paar Stunden nach meinem Laden sehen. Hoffnungslos im Hinblick aufs Geschäftliche, nicht auf das, was Dich ohnehin nicht interessiert. Nicht dass er vor lauter Verzweiflung nicht schlafen konnte, aber er vergaß immer, die Mehrwertsteuer zu addieren, egal, wie oft ich es ihm erklärte. Es sind nur ein paar Prozent, sagte ich, aber es macht doch einen Unterschied. Ja, Mrs. Rolyoke, sagte er und strich sich die Haare aus der Stirn. Seine Haare waren länger als meine.

Ich stehe ein bisschen in der Schuld von Mr. Sherman, sagte Harriet. Ich habe lange bei ihm gearbeitet, und er hat sich alle Mühe gegeben, mir bei meinen idiotischen Aufnahmeprüfungen zu helfen. Aber die Kanzlei im Zentrum bietet mir bei

Weitem mehr Geld. Und ich hätte endlich mein eigenes Büro. Anwaltsgehilfen haben normalerweise kein eigenes Büro, sagte sie.

Macht Mr. Shermans Frau dir immer noch Schwierigkeiten?, fragte ich.

Sie verzog das Gesicht. Ja.

Ich kaute vorsichtig. Thunfisch, vermute ich mal. Wir saßen in einem altmodischen Diner, wo sie die Sandwiches noch mit Krautsalat und Essiggurke servierten. Harriet hatte ein Western Sandwich mit Ketchup. Die Sonne schien durch das große, verstaubte Fenster ins Restaurant und ließ die eine Ecke der Ketchup-Flasche wie einen Diamanten erstrahlen.

Mindestens einmal pro Woche ruft sie bei mir zu Hause an und will wissen, ob Mr. Sherman da ist, sagte Harriet. Ich habe keine Ahnung, woher sie meine Nummer hat. Sie steht nicht im Telefonbuch. Ich denke, ich muss sie wieder ändern. Gestern Abend rief sie an, und Brian ging ans Telefon. Mrs. Sherman sagte ihm, er solle auf der Stelle das Haus verlassen und heimkommen.

Wer ist Brian?, fragte ich.

Ach, nur ein Freund.

Wie nett, sagte ich.

Verzeihung, es hat mich einfach interessiert. In Harriets Alter – wie alt war sie damals, sechsunddreißig? Nicht gerade ein Frühlingslämmchen. Als ich so alt war wie sie, hatte ich eine Tochter, die im Blasorchester spielte.

Was soll ich deiner Meinung nach machen, Mutter?

Ich weiß nicht, sagte ich. Ich kenne Brian ja nicht. Womit verdient er sein Geld?

Ach, Mutter! Ich rede doch nicht von Brian. Bei Brian gibt es nichts zu entscheiden. Wir sind nur befreundet.

Sie hörte einfach nie auf mich. Sinnlos, ihr zu sagen, Verlasse Sherman und sein verrücktes Weib, geh in die Stadt und schau, dass du ein eigenes Büro kriegst. Harriet hätte so oder so gemacht, was sie wollte. Was kann eine Mutter am Schicksal ihres Kindes ändern? Was hat Deine Mutter getan? Sie hat sich Sorgen gemacht, stimmt's? Und sie hat gelitten. Und sie hat Deinen Leichnam beweint. Das ist, was Mütter tun.

Die Alarmglocken läuten immer noch. Ding-ding-ding, ding-ding-ding. Wenn man die Augen schließt, kann man sie fast mit dem Gebimmel verwechseln, das eine Straßenbahn anstelle einer Hupe macht. Oder mit dem Klang der Glocke, die die Lehrerin auf dem Spielplatz geschwungen hat, um das Ende der Pause anzukündigen und uns zurück zu unserem Neuner-Einmaleins zu schicken. Grinsende Bauernjungs mit rissigen Händen und viel zu großen Mützen, die miteinander rangelten und sich über die Mädchen lustig machten. Und Jack, der kleine, sensible Jack Dupree, der mir verstohlene Blicke zuwarf und mir Komplimente machte. Ich war wirklich gern in der Schule. Vielleicht nahm ich Harriet deshalb ihre lange Schulzeit übel, weil ich mir das eigentlich auch gewünscht hätte. Wie wütend ich war, als sie anfing, bei Geoff drüben zu proben. Aber zu Hause lässt du mich ja nicht üben, sagte sie ernst. Du hast gesagt, es ist ein ruchloses Unterfangen.

Und das habe ich auch. *Mea culpa*. Warum lächelst Du jetzt? Das hat Ruby immer gesagt. Es heißt so was wie, es tut mir leid, oder? Es tut mir leid, Harriet. Es war ein ruchloses Unterfangen, aber ich hätte den Mund halten sollen. Meine liebe Tochter, ich hätte dich bei deinem ruchlosen Unterfangen in Ruhe lassen sollen.

Ich war wütend, weil das Unterfangen bei Geoff stattfand,

wo es nach frischem Teig roch und nach Zimt, nach Butter, nach Nüssen und Rosinen. Du bist nach der Schule zum Üben in die Bäckerei gegangen, während ich mir Sorgen machte, weil wir irgendwie überleben mussten und ich einsam war.

Wäre ich mit Geoff auch einsam gewesen? Mit diesen behaarten, mehlbestäubten Armen, die er vor seinen breiten Schultern verschränkte? Sie spielt ganz ordentlich, die kleine Harriet, sagte er zu mir. Sie und ihre Freundinnen sind mir immer willkommen. Wenn sie spielen, geht der Teig besser.

Magst du Mr. Zimmerman?, fragte ich Harriet, als wir nach dem Abendessen den Abwasch machten. Sie war beim Abtrocknen immer sehr energisch, als könne sie von Tellern und Tassen auch noch das Muster abreiben.

Ja, er ist nett. Und er schenkt uns Kekse, wenn die Probe zu Ende ist.

Findest du, dass er gut aussieht?

Mutter!

Tut mir leid.

Hallo, sage ich, indem ich aus der Vergangenheit in die noch fernere Vergangenheit falle. Hallo, Daddy!

Na komm, sagt ein Monster.

Als Daddy frisch aus dem großen Krieg zurück war, hat er einmal für mich seine Gasmaske aufgesetzt. Das fand ich lustig. Ich habe ihn immer wieder gebeten, sie noch einmal aufzusetzen, aber er wollte nicht. Irgendwann habe ich aufgehört zu fragen.

Was ist los?, fragte ich. Was tust du?

Na komm, Mutter.

Das Monster hat Harriets Stimme. Zwei weitere Monster beugen sich über mich und halten mir ein Monstergesicht hin. Ich lächle und greife danach.

Na also, höre ich die gedämpfte Stimme der Schwester sagen. Das war doch nicht so schwer, oder?

Ich muss husten.

Dann also keine Kreuzfahrt – aber irgendetwas sollten wir machen, sagte Ruby. Wie wäre ein Ausflug mit dem Wagen? Hey, wir könnten rüber in die Adirondack-Berge.

Sie beugte sich über die Theke meines Ladens und wedelte mir mit einem Prospekt vor dem Gesicht herum. Ich sehe den Prospekt noch vor mir, er war so bunt wie der Herbst selbst.

Das ist nichts für mich, Ruby, sagte ich. Die Leute auf dem Bild segelten auf einem der Finger Lakes. Meine Hände schwitzten so sehr, dass ich sie mir am Kleid abwischen musste.

Komm schon, wovor hast du denn Angst?

Ich weiß nicht, sagte ich.

Hast du Angst um Harriet? Hör doch auf! Sie ist den ganzen Tag an der Uni. Sie kommt schon klar.

Ich weiß nicht, wovor ich Angst habe, sagte ich.

Also ich für meinen Teil will verdammt sein, wenn ich hier in Toronto bleibe und alten Weibern Hüte verkaufe, während Monty durch die Welt zieht und es sich gut gehen lässt.

Okay, sagte ich.

Okay? Okay was?

Lass uns wegfahren. Lass uns nach New York fahren, sagte ich.

Ein Kunde kam herein, er hatte schon fast eine Glatze und roch nach Whisky und Rasierwasser, außerdem noch nach Mottenkugeln. Eine Brille balancierte auf seiner Nasenspitze.

Wir fahren nach New York, sagte Ruby zu ihm und strahlte über beide Backen. Rose und ich fahren nach New York City. Ich kann kaum erwarten, Montys Gesicht zu sehen, rief sie und schlug dem armen Mann so fest auf die Schulter, dass er nach vorne taumelte und sich an der Theke festhalten musste.

Haben Sie vielleicht ein paar ... Gardenien?, murmelte er über die Theke gebeugt.

Heimliche Liebe.

Aber natürlich, antwortete ich ihm.

Etwas ist auf meinem Gesicht. Eine Maske. Damit Sie atmen können, sagt die Monster-Schwester zu mir – ich habe keine Ahnung, warum. Ich kann auch ohne das Ding atmen. Okay, sage ich. Meine Stimme klingt gedämpft. Genau wie ihre. Sie hebt eins meiner Laken, um eine Hängematte zu machen, damit man mich wegtragen kann. Ich sehe an ihr vorbei und sehe Dich, der Du genau wie die Schwester eine Maske aufhast. Die Glocken sind jetzt leiser als vorher.

Ich höre den anderen Arzt mit Harriet reden. Machen Sie sich keine Sorgen, Miss Rolyoke. Triage ist in den Betriebsbestimmungen der Warden Grace Villa nicht vorgesehen.

Harriet fragt nach dem Verhalten bei Notfällen.

Bei Notfällen, sagt der Arzt, ist unser Vorgehen so: Alle raus. Jeder wird gerettet.

Ich höre Vögel und Verkehrslärm, und immer wieder blendet mich die Sonne, während meine Hängematte hin- und herschwingt. Harriet!, rufe ich. Meine Stimme klingt eigenartig, ich höre sie deutlicher als sonst.

Na kommen Sie, sagt die Schwester. Ihre Stimme klingt auch anders.

Draußen. Ich bin draußen.

Harriet, bist du da?, rufe ich.

Keine Antwort. Ich muss wieder husten.

Jetzt bin ich wieder drin, unter einem Fenster. Das Bett pulsiert unter mir, und ich kriege Todesangst. Ich hasse es, unter meinem Bett einen Motor zu spüren. Ich hasse es. In einem Bett zu liegen und die Welt durch ein Fenster zu sehen, das sich bewegt, ist etwas, das mir das Rückenmark gefrieren lässt. Ich brauche Hilfe. Etwas stimmt hier nicht. Mama!, rufe ich. Mama, Mama!

Ich habe geträumt; ich weiß nicht genau, wann das war, aber ich hatte den Traum mehr als einmal und bin stets inmitten vollgeweinter Kissen aufgewacht und war allein.

In diesem Traum hatte Harriet, das kleine Mädchen, das mir zwischen den Beinen herumwuselte, das spielte, auf Töpfe schlug und das ABC lernte, in diesem Traum hatte sie das Haus verlassen, um am Fluss zu spielen – wobei ich mich frage, welcher Fluss das gewesen sein soll, denn wir hatten keinen in der Waverley Road. Hinter dem großen Haus am See gab es den Cobourg Creek, vielleicht war es der, an den ich mich erinnerte. Auf jeden Fall ging sie eines Nachmittags mit ihrer Freundin zum Spielen an den Fluss, und die Freundin kommt zurück und sagt mir, dass Harriet tot ist. Ich renne hinunter ans Ufer, und da liegt sie auf den Kieseln, die Haare noch im vorbeiströmenden Wasser. Tot. Und ich bin auf einmal, also im Traum bin ich auf einmal unendlich traurig. Und diese Traurigkeit bleibt, auch wenn im Traum Zeit vergeht. Ein Kalenderblatt folgt auf das andere, die Blätter an den Bäumen wachsen, verfärben sich, fallen ab. Ich bin von Schatten umgeben, bewege mich langsam, rede leise, lebe in Trauer. Ich kann es fast nicht ertragen, aber ich ertrage es trotzdem, einen Tag nach dem anderen. Und dann gehe ich hinunter ans Ufer – diesmal die östlichen Strände von Toronto, im Herbst so bunt wie menschenleer – und fange an, mich langsam aber sicher besser zu fühlen. Die Farben leuchten, die Boote werden schnittiger, die Brise riecht besser – alles an diesem Bild gewinnt an Intensität. Ich bekomme mein Leben wieder. Langsam kehrt es zu mir zurück. Und ich überblicke den Strand, merke, dass ich praktisch allein bin, und fange an zu beten.

Wir packten unsere Koffer, Harriet für das beginnende Semester, ich fürs Wochenende. Mein Handkoffer und ihr großer Reisekoffer warteten einträchtig neben der Haustür. Harriet und ich waren im Wohnzimmer und schauten auf die Straße. Wir redeten, was man eben so redet, wenn man jemanden erwartet: Freust du dich auf dein erstes – oder war das schon ihr zweites Jahr an der Uni? Freust du dich?, fragte ich. Sie nickte. Hast du nicht ein bisschen Angst?, fragte ich. Sie nickte. Wir warteten und warteten, die Abfahrtszeit kam immer näher, und schließlich rief ich bei Ruby an.

Wer ist dran?, fragte eine mir unbekannte Stimme.

Verzeihung, ich habe wohl die falsche Nummer gewählt, sagte ich, aber bevor ich auflegen konnte, hörte ich Ruby im Hintergrund.

Hey! Gib mir das Telefon, sagte sie, und dann, Rose? Bist du's? Tut mir leid, dass ich spät dran bin – hab verschlafen. Wie spät ist es? Ist das wahr? Kacke! Bin gleich da.

Mutter, hast du meinen Notenständer eingepackt?, rief Harriet.

Mh-hm, sagte ich.

Die Männerstimme am Telefon war nicht die von Monty gewesen. Monty hatte eine hohe, nasale Stimme, und die hier war rauer und tiefer gewesen.

Bin ich schön? Früher habe ich das geglaubt. Die Jungs in der Schule haben gesagt, ich sei schön. Die Mädchen waren immer neidisch – das klingt verrückt, aber es war so. Ich wusste es.

Und soll ich Dir noch etwas viel Verrückteres sagen? Es gefiel mir. Nicht nur, dass ich die Aufmerksamkeit der Jungs hatte, auch, dass die Mädchen neidisch waren. Ich fühlte mich besser dadurch, es war, als würden sie mich besser kennen als ich mich selbst. Ich fühlte mich nämlich keineswegs so, als müsste man mich beneiden. Robbie sagte mir, dass er mich schön fand. Mr. Davey auch, aber er tat es wie ein Gentleman, ohne Worte, nur durch die Art, wie er mir nachsah, mich anlächelte und aufstand, wenn ich ins Zimmer kam. Schön zu sein, war Teil meines Lebens. Und dann, nicht von heute auf morgen, aber doch in einer unaufhaltsamen Abwärtsbewegung, hörte ich auf, schön zu sein. Etwas, dessen ich mir immer sicher war, ein Teil meiner selbst, stimmte nicht mehr. Es gab keine Komplimente fremder Herren mehr, niemand pfiff mir auf der Straße nach, die neidischen Blicke schöner Frauen blieben aus. Es war, als würde man die Beweglichkeit in einem seiner Körperteile verlieren, es gibt ein Wort dafür, ich weiß das, weil das nächste Mal, dass jemand sagte, ich sei schön, also das nächste Mal nach New York, war in meinem ersten Monat in der Villa, und er sagte mir das Wort. Er hatte die Beweglichkeit in einem seiner Beine verloren.

Du bist ja vielleicht eine Schöne, flüsterte er. Das war nach dem Mittagessen, im Zimmer, wo man Karten spielen und Puzzle zusammensetzen und in die Ecke starren konnte. Du bist ja etwas ganz Besonderes, flüsterte er und kam zu mir herübergerollt, wie ich da allein und leicht wehmütig herumstand und mich auf meine Gehhilfe stützte. Ich wusste, wovon er sprach, und sofort – ich meine wirklich sofort – fühlte ich mich wieder schön. Kaum hatte das Kompliment seinen Mund verlassen, drehte ich mich auch schon mit der Anmut und dem Charme, die ich immer besessen hatte, zu ihm, um ihm dankbar, aber keineswegs überrascht zuzulächeln. Ich heiße Rose, sagte ich. Und das ist meine Tochter Harriet.

Sie wollte nicht mitkommen, aber ich bestand darauf. Es wird mir guttun, sagte ich.

Sollen wir nicht lieber ein bisschen hinausgehen?, schlug sie vor. Es ist warm und die Sonne scheint.

Ich wollte nicht hinausgehen. Ich hatte etwas vor. Der Gemeinschaftsraum, sagte ich. Es gibt dort Tee. Du magst doch Tee, Harriet. Und die Milch wird einem in silbernen Kännchen gereicht, sagte ich.

Ich weiß, sagte sie und seufzte.

Woher sie das nur weiß?

Am Nachbartisch gab es Streit, vier armselige Kartenspieler stritten sich darum, was jetzt Trumpf war. Ich *habe* aber Kreuz gesagt, da bin ich mir sicher, jammerte ein Mann mit Golfermütze und einem Hörgerät, das vor ihm auf dem Tisch lag.

Das war in der letzten Runde, sagten seine Mitspieler.

Jetzt legen Sie endlich eine Karte!, sagte eine dicke Frau mit funkelnden Augen.

Ich heiße Rose, sagte ich zu dem Mann im Rollstuhl, der mir Komplimente gemacht hatte. Und das ist meine Tochter Harriet.

Ist das wahr?, fragte er.

Ich glaube schon, sagte ich.

Du siehst aus wie Mavis, sagte er zu mir.

Und wie ist Ihr Name?, fragte ich ihn.

Ich bin Albert Morgan, sagte er. Erkennst du mich nicht? Ich bin's, Albert.

Ich bin neu hier, sagte ich zu ihm.

Du siehst aber aus wie Mavis, sagte er. Wie schön du bist. Würde ich nicht im Rollstuhl sitzen, würde ich mit dir tanzen gehen.

Und ich lächelte zu ihm hinunter, diesem nicht sonderlich krank aussehenden Mann in Bademantel und Pantoffeln. Er hatte einen ordentlichen Haarschopf, alles kreuz und quer gebürstet, als hätte er einen Wald auf dem Kopf oder ein ausgedörrtes Weizenfeld, in das zwei konkurrierende Winde gefahren waren. Seine Augenbrauen waren nicht geschnitten und hingen struppig herunter wie Uganda – nein, nicht Uganda, das ist ein Land. Wie Elfenbein. Nein, das stimmt auch nicht, aber irgendetwas in der Art. So sehr in der Art, dass ich niemals auf das richtige Wort komme. Buschige Augenbrauen hatte er, und außerdem Haare auf den schmalen, bleichen Handgelenken. Seine Beine waren auch schmal. Das eine zuckte nervös hin und her, in zart angedeuteten Tanzbewegungen.

Legen Sie eine Karte!, sagte die dicke Frau am Spieltisch.

Der Mann mit der Mütze saß neben ihr. Er ging nervös mit dem Daumen durch die Karten. Was ist Trumpf?, fragte er laut. Kreuz? Ist Kreuz Trumpf?

Das war beim letzten Spiel, sagten die anderen.

Würde ich nicht im Rollstuhl sitzen, würde ich mit dir tanzen gehen, sagte Albert zu mir.

Das ist aber nett, sagte ich.

Ich war ein ziemlich guter Tänzer. Ich habe Preise gewonnen. Aber dann habe ich in einem Bein die Beweglichkeit verloren.

Oh, sagte ich.

Die Muskeln sind atrophiert. Jetzt kann ich es überhaupt nicht mehr bewegen.

Ich habe nie viel getanzt, sagte ich.

Aber sicher hast du.

Ich lächelte. Nicht wirklich.

Aber sicher hast du, sagte er hartnäckig.

Harriet stand neben mir, die Hand auf meinem Arm. Kriegte den Mund nicht auf. Arme Harriet, der soziale Umgang war einfach nicht ihr Ding.

Warum habt ihr alle mehr Karten als ich?, beschwerte sich der Mann mit der Sonnenbrille. Das ist nicht fair, ihr habt alle vier Karten und ich nur drei.

Alle mal herhören, sagte ich, so laut ich konnte. Alle mal herhören hier im Raum. Und damit meine ich auch euch da, sagte ich zu den Kartenspielern.

Oh, Mutter, sagte Harriet.

Ruby war wirklich eine lustige Reisegefährtin, wie sie den Gepäckträger mit einer kleinen Trillerpfeife dirigierte und Harriet mit übertrieben vielen Tränen in den Zug nach Kingston setzte. In der Tat lächelte Harriet das erste Mal an diesem Tag. Und fragte, ob ich ihre Zahnpasta eingepackt hätte. Auf Wiedersehen, sagte ich. Du bist jetzt ein großes Mädchen. Das heißt nein, stimmt's?, rief sie über die Schulter, während sie die Stufen zum Waggon hinaufstieg. Ganz schön schlau, meine Tochter.

Komm jetzt, Rose, du Schlafmütze, wir müssen auch noch *unseren* Zug kriegen, rief Ruby und rannte davon. Ich folgte ihren schwingenden Hüften, so schnell ich nur konnte.

Es war ein schöner Septembertag, nicht außergewöhnlich, aber doch kostbar. Dinge können kostbar sein, auch wenn sie nicht außergewöhnlich sind. Schönheit und Tugend gibt es öfter als man glaubt; man braucht nur in einen x-beliebigen Vorgarten zu schauen.

Als wir auf unseren Plätzen saßen, mit Zeitschriften und

Kaffee von der *Buffalo & Erie-Eisenbahngesellschaft,* fragte ich Ruby geradeheraus, Wer hat heute Morgen das Telefon abgenommen?

Sie gluckste, ohne sich auch nur ein bisschen zu schämen. Das war Clark, sagte sie. Mein Klavierstimmer.

Aber Ruby, du hast doch gar kein Klavier.

Wer braucht ein Klavier, wenn er einen guten Stimmer hat?, fragte sie und wühlte dabei in ihrer Handtasche. Sehr sensible Finger. Die braucht er für seine Arbeit.

Ruby! Mir war, als müsste ich schockiert tun. Ruby war einfach glücklicher, wenn sie Leute schockieren konnte.

Hast du ein Streichholz?, fragte sie. Sieht so aus, als hätte ich meine vergessen.

Wenn du willst, schenke ich dir jeden Tag meine Aufmerksamkeit, sagte Albert, indem er zu mir hochlächelte und mit seinem gesunden Fuß auf den Boden tippte. Meine Aufmerksamkeit und noch einiges andere dazu.

Bitte, Mutter, sagte Harriet.

Die Blicke waren auf mich gerichtet, alle Blicke, jeder im Raum schaute zu mir her, und zwar so, wie man den Fernseher anschaut, wenn es nur ein einziges Programm gibt. Es gab gerade nichts Besseres als mich, deshalb schauten alle her. Sogar die Kartenspieler.

Guten Tag, meine Damen und Herren. Ich heiße Rose und bin neu hier. Ich habe eine kurze, aber doch wichtige Mitteilung zu machen.

Harriet stand neben mir, den Kopf gesenkt, das Gesicht mit leidender Miene eingefroren.

Ich möchte Ihnen meine Tochter Harriet vorstellen, sagte ich und drehte mich langsam nach steuerbord. Diese junge Dame hier. Sie wird mich ab jetzt besuchen kommen, und ich möchte, dass Sie wissen, wer sie ist. Schauen Sie genau hin, sagte ich in die Runde, wobei sich die Kartenspieler schon wieder ihrem Spiel zugewandt hatten. Albert sah mich mit gerunzelter Stirn an.

Aber du heißt doch nicht Rose, sagte er.

Komm jetzt, Mutter, sagte Harriet. Tränen in den Augen, sie wischte sie weg.

Du bist Mavis, sagte er hartnäckig. Er sah eigentlich gar nicht so schlecht aus. Für einen dürren Krüppel.

Harriet und ich fanden einen freien Tisch. Auf dem Tischtuch ein Fleck, aber das störte mich nicht. Oh, Mutter, Mutter, sagte sie. Wo bist du? Sie sah so traurig aus und blickte mich an, als seien meine Augen Fenster mit zugezogenen Vorhängen, und als würde sie versuchen, durch sie hindurch in mein Wohnzimmer zu schauen.

Ja hallo, sagte eine Dame im himmelblauen Mantel. Eine Fußmatte – nein. Sie beide habe ich ja schon lange nicht mehr gesehen, sagte sie.

Kennen Sie meine Tochter Harriet?, fragte ich sie.

Sie lächelte. Klar kenne ich Harriet, sagte sie. Sie stellen sie doch jedes Mal vor, wenn Sie hier hereinkommen.

Harriet lächelte säuerlich. Hallo, Fern, sagte sie. Eine freiwillige Helferin. *Das* war sie, diese Fern.

Möchtest du eine Tasse Tee, Mutter? Mit Milch aus dem silbernen Kännchen?

Ich hasse Tee, sagte ich.

4 Verkündigung

Das Klopfen an der Tür war leiser als ein Atemhauch am Fenster. Ich ahnte es mehr, als dass ich es tatsächlich hörte. Herein, sagte ich, und mein Flüstern kam mir vor wie das Getöse einer Kirchturmglocke. Meine Augen durchbohrten die pechschwarze Dunkelheit in meiner Kammer im zweiten Stock, denn ich wollte sein Gesicht sehen, seine Hand auf der Tür, ich wollte sehen, wie die Tür aufging. Aber ich sah nichts und hörte nichts, nur die Luft, die aus meinen Lungen strömte. In der nächsten Sekunde wurde ich glorreich überwältigt, als hätte ich es mit einem riesigen, liebeshungrigen Fabeltier zu tun. Vielleicht war ich auch ein bibbernder Badegast und tauchte meinen kalten, vernachlässigten Körper in heißes Wasser, so heiß, dass Schmerz und Wonne eins wurden. Ich wusste nicht, weiß auch heute nicht, was geschah. Haben wir gesprochen? In meiner Erinnerung gibt es weder ein Geräusch noch ein Bild, nur eine wundersame Reihe von Empfindungen, fast wie eine Art Gefühlskino. Wie lange es dauerte, weiß ich nicht, aber der Geruch danach war ziemlich stark. Rauch.

Jedenfalls hat er gesagt, ich sei schön. Ich kann es hören. Sogar jetzt kann ich es noch hören. Hat er sonst noch etwas gesagt? Ich weiß es nicht. Aber er hat gesagt, ich sei schön. Findest du wirklich?, fragte ich. Findest du mich wirklich schön?

Und am nächsten Morgen sah ich, dass die Sonne schien und auf meinem Ankleidetisch ein kleines Geschenk lag. Eingewickelt in Silberpapier, mit einem Schleifchen drauf und einer Grußkarte. Ein Geburtstaggeschenk.

Bist du vielleicht schön, Süße, sagte der Mann an der Hotelbar.

Der Schock muss mir im Gesicht gestanden haben wie bei einem dieser Geräte, mit denen man überprüft, ob im Kabel Strom fließt. Rubys Mund öffnete sich zu einem karminroten O, dessen Ränder in Zähne, Zigarettenrauch und heiseres Gelächter ausfransten.

Vorsicht, Orville, sagte sie.

Der Mann wirkte plötzlich wie ausgelöscht. Hab doch gesagt, dass ich Wilbur heiß, sagte er. Und darf ein Mann kein Kompliment machen, wenn eine ... ähm, schöne Frau wie Rose hier vor ihm steht? Nehmen wir noch einen, sagte er.

Gern, sagte Ruby und leerte ihren Manhattan – der perfekte Cocktail für unseren Ausflug, hatte sie dazu gesagt. Mehrmals bereits.

Ich habe nicht Sie gemeint, sagte der Mann, dieser Orville – schau an, jetzt mache ich das auch –, also Wilbur, der nette, angesäuselte junge Mann aus der Werbebranche. Ich meinte Rose hier, sagte er.

Sie wurde ernst. Rose ist in der Tat schön, sagte Ruby. Da haben Sie recht, Orville. Es freut mein Herz, dass Sie beide sich so gut verstehen.

Ich starrte Ruby an, aber sie lachte bereits mit dem Mann, der auf ihrer anderen Seite saß, einem Dicken mit knalligem Anzug und einem Drink in jeder Hand.

Hallo, Dad, sagte eine junge Stimme hinter Albert.

Er grunzte, ohne sich umzudrehen. Junior, sagte er.

Der Mann war eine jüngere Version von Albert, groß und schlank, mit einem länglichen Gesicht, großer Nase, aber ohne die Haare. Er war so gut wie kahl. Ich überlegte, wie Harriet ihn finden würde.

Wie geht es dir, Dad?

Gut.

Harriet war an diesem Tag nicht zu Besuch. Sie hatte versprochen, bald wieder vorbeizuschauen. Ich nickte Junior zu. Ein netter junger Mann mit Schuppen auf dem dunklen Jackett. Ich verstand nicht ganz, wie man Schuppen haben konnte ohne Haare. Albert stellte uns nicht vor, deshalb wandte ich mich zum Gehen. Ganz graziös auf meinem gesunden Bein, das andere zog ich hinterher. Albert hielt mich auf. Kam ganz nah hergerollt. Seine Augenbrauen fielen ihm in die Augen, weshalb sein Blick ernst und vorwurfsvoll wirkte. Ich lächelte ihm über die Schulter zu, überhaupt nicht kokett oder so, einfach mit einem Lächeln, das eine Frau einem Mann schenkt, wenn er mag, wie sie aussieht. Du weißt schon, was für eins.

Wohin gehst du, Mavis?, fragte Albert mich.

Ich heiße Rose, sagte ich. Wissen Sie das nicht mehr?

Was für ein dummes Mädchen du bist, sagte er zu mir. Ich drehte mich weg, um mein Lächeln zu verbergen. Ich fand es ziemlich aufregend, dass er Mädchen zu mir sagte. Es erinnerte mich an früher.

Oh, Dad. Oh, bitte. Junior machte einen Schritt nach vorne und griff nach dem Rollstuhl seines Vaters. Er lächelte mir zu, aber nicht so wie sein Vater. Es war ihm peinlich. Komm jetzt, Dad, lass uns gehen, sagte er und drehte den Rollstuhl weg.

Auf Wiedersehen, rief Albert mir über die Schulter zu. Bis bald, Mavis.

Tschüssie, sagte ich.

Willst du dich denn nicht von deiner Mutter verabschieden?, fragte Albert streng. Junior schob ihn weg, ohne zu antworten.

Am Kartentisch schrieb die dicke Frau gerade etwas auf einen Notizblock. Der kleine Mann nahm sein Hörgerät vom Tisch und klopfte darauf, so wie man auf ein Mikrophon klopft, wenn man wissen will, ob es funktioniert. Er jaulte auf. Es funktionierte. Die andere Frau zog eine Grimasse. Ein Gesicht ulkiger als das andere, dachte ich.

Das Lokal hieß Pierre's. Schmal und langgestreckt, mit einer Bar über die ganze Seite und gegenüber einer Reihe Sitzecken. Hinten eine Tanzfläche mit einer leisen Kapelle, vielleicht redeten aber auch nur alle zu laut. Der Barkeeper hieß Max. Er strich sich das Haar aus der Stirn, wenn er nicht gerade Cocktails mixte oder die Aschenbecher leerte. Wilbur erklärte Ruby und mir, womit er sein Geld verdiente. Ich hörte zu. Ruby flirtete mit dem Mann, der auf ihrer anderen Seite saß.

Wilburs Beruf bestand darin, Menschen, die Sachen kauften, in Gruppen zu unterteilen. Wenn wir wissen, was für ein Mensch Sie sind, sagte er und schaute mich an, dann wissen wir auch, wie wir Ihnen unser Produkt verkaufen können. Er lächelte mit seinen schönen Zähnen. Offenbar redete er gern über seinen Beruf.

Selbst so etwas wie … Schuhe, sagte ich auf der Suche nach irgendetwas, das ich nicht auf der Stelle kaufen wollte. Die Schuhe, die ich just an dem Tag bei Broad's in der Fifth Avenue gekauft hatte, brachten mich fast um.

Mögen Sie keine Schuhe?

Na gut, dann eben keine Schuhe. Ähm … Schraubenschlüssel, sagte ich. Oder einen Bohrer mit Aufsatz.

Aber wir würden Ihnen doch keine Schraubenschlüssel verkaufen wollen, sagte er. Wir würden doch unsere Zeit nicht mit Schraubenschlüsseln verschwenden. Wir würden versuchen,

Ihnen etwas zu verkaufen, das Sie wollen. Etwas, das Sie ohnehin kaufen würden. Nur dass Sie eben unser Produkt kaufen würden, und nicht das von jemand anderem.

Also etwa Lux-Seife, sagte ich, und nicht Palmolive.

Sein interessierter Blick gewann schlagartig an Tiefe. Es war ein Unterschied wie der zwischen einem gutaussehenden Mann, den man in der Ferne entdeckt, und einem gutaussehenden Mann, der näherkommt und einen um Feuer bittet. Welche Marke kaufen Sie denn, fragte er.

Die, die gerade am wenigsten kostet, sagte ich. Was ich aber ganz gut finde, ist die Werbung für … Ajax.

Ajax? Er schien seinen Ohren nicht zu trauen. Ajax? Das Donnern der Hufe wird lauter und lauter, und der weiße Ritter kommt immer näher … Im Ernst?, fragte er.

Ich nickte. Für mich ist er ein Mann, der weiß, was er will, sagte ich.

Er starrt vor Schmutz, murmelte er.

Aber er ist gerecht, sagte ich. Und hat einen weichen Kern.

Ruby redete mit einem Glatzkopf, der einen dicken Ring am kleinen Finger trug. Er wischte sich ständig die Stirn ab, und es gab eine Menge Stirn, die er abwischen konnte. Sein Ring glitzerte im Licht der Bar.

Verzeihen Sie, Rose, aber darf ich fragen, ob Sie über dreißig sind?

Ich schaute ihn an. Eine Frau beantwortet keine Fragen zu ihrem Privatleben, wobei ich mich geschmeichelt fühlte, dass darüber offenbar keine Klarheit bestand.

Ich bin über dreißig, sagte ich. Ich verstehe allerdings nicht, Mr. – ich meine, Wilbur –, was Sie das angeht.

Meine Agentur betreut Ajax, sagte er. In ganz Amerika. Ich bin sehr … ich gehe wirklich in meinem Beruf auf. Über dreißig

... soso, und Sie sind klarerweise unter fünfundvierzig. Und Sie sind ... alleinstehend?

Verwitwet, sagte ich. Es hatte eine Weile gebraucht, aber jetzt konnte ich damit umgehen; so stand es auch in meinen Papieren.

Er nickte. Verwitwet, zwischen dreißig und fünfundvierzig, murmelte er und begann ein bisschen herumzudrucksen. Besitzen Sie ... verzeihen Sie den privaten Charakter dieser Frage ... besitzen Sie eine eigene Waschmaschine?

Ich nickte. Er schloss die Augen. Kleine Schweißtropfen standen ihm auf den Lidern. Es war ziemlich warm in der Bar. Die Musiker hinten spielten eine träge, sinnliche Nummer.

Perfekt, sagte er. Einfach perfekt. Möchten Sie tanzen?, fragte er und beugte sich zu mir. Ich konnte sein Haar riechen.

Wilbur, sagte ich. So eine bin ich nicht.

Oh doch, Rose. Er machte die Augen auf. Statistik ist eine exakte Wissenschaft, sagte er.

War ich überrascht, als es an meiner Tür klopfte? Vermutlich hatte ich darauf gewartet, sonst hätte ich es nicht gehört, denn es war so leise wie Schneeflocken, die gegen die Holzverschalung wehen. Ich war wohl irgendwie Teil dieser Verschwörung. Ich muss gewusst, geduldet, irgendwann zu verstehen gegeben haben, dass seine Anwesenheit an der Tür meines Zimmers in dem Haus, in dem er wohnte, erwünscht war.

Mein neues Zimmer war nicht schön, nicht groß, nicht aufgeräumt, nicht besonders geeignet. Es befand sich im zweiten Stock am Ende des Ganges, neben der Besenkammer und gegenüber von Parkers kuscheliger, kleiner Höhle. Zuvor war hier ein Abstellraum für Möbel gewesen, und es roch immer noch nach vergammeltem Leder, nach Holz, nach Eichhörnchen. Das Fenster war klein und nur schwer zu öffnen, außerdem zeigte es nach Norden. Alle Turm-Mädchen wollten es haben. Das ist nicht fair, sagte Mrs. Porson mit ihrer kratzigen Stimme, dass Rose ein eigenes Zimmer bekommt. Sie ist noch nicht so lange hier wie ich!

Mund halten, sagte Parker. Mund halten alle miteinander. Ist ja nicht auszuhalten, ihr gackert ja wie ein ganzer Hühnerstall.

Wir waren in der hinteren Küche versammelt. Ich kann immer noch den Ruß der Lampen riechen. Und den der Feuerstellen. Und die Wichse, mit der wir Schuhe und Leder behandelt haben.

Aber Sie haben es doch *mir* versprochen, schmollte die kleine Maureen, Parkers Liebling. Sie haben es versprochen, sagte sie, wie sie da neben der kräftigen, matronenhaften Hauswirtschafterin stand und mit ihrem Kleinmädchengesicht zu ihr aufsah. Löckchen, Sommersprossen, die Figur rank und schlank wie die eines Jungen. Damals wollten wir alle wie Jungs aussehen und umwickelten uns mit Bändern und Hüllen, damit ja nichts umherbaumelte.

Sie haben es versprochen, Parky, sagte sie mit echtem Wagemut. Keine andere hätte sich getraut, sie mit Parky anzusprechen.

Rose kriegt das neue Zimmer, sagte Parker. Ende der Durchsage. Ich habe Anweisungen.

Ich schaute nachdenklich aus dem Fenster, weil mir eine Sonderbehandlung zuteil wurde und ich wusste, was vor sich ging. Weil ich es nicht wusste.

Das hintere Küchenfenster ging auf den Weg, der zu den Stallungen führte – zur Garage, sollte ich wohl besser sagen, obwohl dort auch noch Pferde standen. Mr. Davey verbrannte Abfall in einem großen Feuer. Es schneite, diese großen, dämlichen, überraschten Frühlingsflocken, die sich auflösten, sobald sie mit irgendetwas in Berührung kamen.

Anweisungen, krächzte Mrs. Porson. Von wem denn nur?

Anweisungen von Master Robbie, sagte Maureen, es war ein Flüstern, das gehört werden sollte.

Mund halten, sagte Parker erneut. Die Anweisungen stammen von Lady Margaret.

In dieser Nacht kam er zu mir. Ich hörte, wie er im Gang überall anstieß. Ich setzte mich im Bett auf und dachte, Das ist nicht richtig. Aber aufgeregt war ich, mit geschärften Augen, mein Herz raste herum wie eine Biene in der Flasche, das Fleisch kribbelte. Die Tür befand sich am falschen Platz. Was war hier los? Das neue Zimmer wahrscheinlich. Ich lauschte so aufmerksam wie ein Mäuschen um Mitternacht, wenn es die Eule über sich schweben spürt. Ich schluckte. Und fragte mich, wie es wohl sein würde.

Ich hörte, wie er vor sich hinmurmelte. Still, wollte ich rufen. Still, du Narr. Sie wird dich hören.

Der Türknopf drehte sich. Die Tür öffnete sich nach innen. Ich sah den Schatten, den die Gangbeleuchtung hereinwarf. Einen kauernden, gekrümmten Schatten, der sich stetig vorwärtsbewegte. War das denn richtig?

Er rief meinen Namen.

Mavis, rief er heiser. Ich bin es, Mavis.

Die Haare der Frau, die in dem Bus mit den Betten meine Nachbarin ist, also der Frau im Bett neben mir, haben die Farbe von Maine-Hummer. Gekochtem Maine-Hummer. Sie hat viele Haare und die bedecken das ganze Kopfkissen. Sie jammert wieder einmal. Darüber, dass ihre Nichten und Neffen sie nie besuchen kommen. Darüber, dass ihr Leben eine einzige Tragödie ist. Diabetes. Umweltverschmutzung. Die jungen Leute, die das, was sie haben, nicht zu schätzen wissen. Denen alles egal ist. Sie weiß, wovon sie redet. Babys, die zwanzigtausend Dollar kosten. Babys, die sterben, weil man sie vernachlässigt. Es ist furchtbar, die Welt ist furchtbar, und sie hält es einfach nicht mehr aus.

Die Schwester schwankt herüber zu uns und sagt, Na kommen Sie. Der Bus fährt recht scharf in eine Kurve, und ich verrutsche ein wenig in meinem Bett. Die Schwester schiebt mich wieder richtig hin. Die Frau neben mir jammert weiter.

Meine Tochter, sage ich, aber die Frau neben mir lässt mich nicht ausreden, sie ist wie ein Schnellzug, der schnurstracks bis zur Endstation fährt, ohne sich darum zu kümmern, ob unterwegs noch jemand zusteigen will.

Erzählen Sie mir nichts über Töchter, sagt sie. Meine Schwester hat Töchter, lauter undankbare Kröten. Tun den ganzen Tag nichts anderes, als sich zu beschweren.

Meine Tochter – sage ich.

Eine ist Beraterin für Familienplanung, sagt sie. Ist das zu glauben? Eine Nichte von mir ist Beraterin für Familienplanung!

Meine Tochter hat in einer Anwaltskanzlei gearbeitet, sage ich. Besitzansprüche, Testamente, Klageschriften, lauter solche Sachen.

Familienplanung, sagt sie. Sie erklärt den Leuten, wie sie nicht schwanger werden. Ich habe sie gefragt, wie sie das wohl macht. Was sagst du ihnen, wenn sie kommen und eine Abtreibung wollen?, habe ich gefragt. Ich dachte, das würde sie zum Schweigen bringen, aber weit gefehlt. Sie grinste so stolz wie Luzifer.

Meine Tochter ist gar nicht stolz, sage ich.

Und plötzlich fängt dieses alte Weib zu weinen an. Ich kann die schroffen, schmerzhaften Schluchzer hören, die von noch weiter unten kommen als die Krampfadern in den Fußgelenken. Von viel weiter unten. Mein ganzes Leben lang, sagt sie, habe ich mir Kinder gewünscht. Ich habe es versucht und wieder versucht, aber es hat nicht geklappt. Mein ganzes Leben lang.

Sie dreht sich weg. Ich weiß nicht, wie ich sie trösten kann. Kannst Du ihr helfen? Du bist doch da. Vielleicht hört sie auf Dich?

Und außerdem, wie kann das sein, dass manche Babys zwanzigtausend Dollar kosten und andere weggeworfen werden? Was ist das für eine Welt? Schau nicht so traurig, das ist keine Antwort.

Rose, Rose, sagte er.

Still jetzt.

Rose, Rose, ich will dich so sehr. Eine Witwe mit eigener Waschmaschine und Trockner.

Ja, Wilbur.

Seine Küsse fühlten sich komisch an. Nicht schlecht, aber falsch. Wenn es da einen Unterschied gibt. Wie er die Arme um mich schlang und mit mir tanzte, fühlte sich auch falsch an. Ich hätte niemals … ich meine, selbst, als Robbie noch da war, hätte ich …

Vielleicht lag es daran, dass es ein Hotelzimmer war. Ich hatte genügend Filme gesehen. Ich wusste, was in Hotelzimmern geschah. Und so wie ich Ruby kannte, konnte ich mir in etwa ausmalen, was gerade in unserem Hotelzimmer geschah. Wir waren in Wilburs Zimmer. Das gleiche Hotel, nur mit einer anderen Aussicht.

Aber – was sind denn das für zwei?, fragte er.

Was glaubst du denn? Nach was sehen sie aus?

Der gute Wilbur schien nicht viel Erfahrung zu haben.

Aber du gibst ihnen gar nicht den richtigen Halt. Frauen mit Kindern sollten Bügeldraht haben – mit einem Mieder dran. Nicht dass du ein Mieder bräuchtest, Rose, du bist ja schlank wie ein Weidenzweig.

Danke schön, sagte ich.

Aber du solltest doch mehr auf dein Profil achten. In einem passenden Oberteil mit Bügeldraht würdest du ganz schön was hermachen. Schau mal – etwa so.

Er zeigte mir, wie ich aussehen würde, indem er mir mit beiden Händen Halt gab.

Ich habe eines mit Bügeldraht zu Hause, sagte ich. Es ist unbequem.

Er zog mich hinunter aufs Bett.

Ich saß an meinem Schminktisch und bürstete mir die Haare. Viele waren nicht mehr übrig, aber mir war danach, sie zu bürsten. Die Schwester machte mein Bett. Mir ging es noch nicht richtig schlecht, deshalb hatte ich in der Villa ein Zimmer für mich. Harriet würde jetzt sicher bald wieder vorbeikommen.

Schneeflocken wehten gegen die Holzverschalung, klopften leise, wollten eingelassen werden. Wie Fingerspitzen. Mich fröstelte.

Mrs. Rolyoke?

Ja, Kindchen? Ich drehte mich vom Fenster weg. Die Schwester hielt einen Gürtel in der Hand. Gestreift und aus Porree – ich meine Frottee. Den Pyjamagürtel eines Mannes.

Gehört der Ihnen, Mrs. Rolyoke?, fragte sie.

Mir war klar, wie ich reagieren musste. Ich rührte keine Miene und sagte, Ich weiß es nicht.

Ich habe ihn gerade in Ihrem Bett gefunden.

Ich weiß nicht, wie er da hinkommt, sagte ich.

Er gehört Mr. Morgan, oder?

Diese ganze Szene war wie ein Traum. Ich wusste, dass ich das schon einmal erlebt hatte. Ich weiß nicht, Mylady, sagte ich.

Die Nachtschwester hat gesagt, sie hat ihn heute Nacht aus Ihrem Zimmer kommen sehen. Können Sie ... dazu etwas sagen, Mrs. Rolyoke?

Zu was?, fragte ich.

Ich sah sie so ausdruckslos wie möglich an. Und nach ein paar Sekunden ging sie weg.

Harriet war es furchtbar peinlich. Genau wie dem jungen Mann mit der Glatze, der neben ihr saß. Vermutlich konnte er das Shampoo gegen Schuppen nicht verwenden, weil er gar keine Haare mehr zum Waschen hatte.

Mir fiel ein, dass der junge Mann Alberts Sohn war. Albert sagte Junior zu ihm. Wir saßen auf einer Bank im Gemeinschaftsraum – ich, Harriet und Junior. Vor uns Albert, der vor- und zurückrollte wie eine dieser Enten in den Schießbuden.

Eine Menge Leute meinen, ich erinnere sie an jemanden, sagte ich. Weißt du noch, der eine, der dachte, ich sei Gene Tierney?

Bitte, Mutter.

Wir standen vor der Woolworth-Filiale in der Bloor Street, und er wollte ein Autogramm. Weißt du nicht mehr?

Doch, Mutter. Aber Mr. Morgan denkt nicht, du siehst aus wie seine Frau. Er denkt, du *bist* seine Frau. Und du scheinst seine Zuwendung … gutzuheißen. Du brauchst gar nicht den Kopf zu schütteln, Mutter, es ist so. Die Schwestern hier haben es gesehen.

Ich schüttelte den Kopf nicht, weil ich anderer Meinung war, sondern weil mir die Haare in die Augen hingen.

Das geht nicht, Mutter. Ich will, dass das aufhört.

Junior nickte zustimmend. Es bringt niemandem etwas, wenn Sie hier mitspielen, Ma'am, erklärte er mir. Für meinen Vater ist das kein Spiel. Es tut mir leid, das sagen zu müssen, aber es ist so. Er verwechselt einfach fremde Leute mit … meiner Mutter.

Das ist doch nicht so schlimm, sagte ich beschwichtigend. Ich verwechsle andauernd Leute. Erst gestern habe ich zu jemand Alpenveilchen gesagt, das können Sie jetzt glauben oder nicht. Die war vielleicht sauer. Ich sagte ihr, Alpenveilchen steht für Zurückhaltung und Bescheidenheit. Seien Sie froh, dass ich Sie nicht mit einer Akelei verwechselt habe.

Alle schauten recht betroffen aus. Ich versuchte, mich an das zu erinnern, was ich gerade gesagt hatte. Ging nicht. Ich musste über Albert lachen, der den Kopf zur Seite geneigt hatte und versuchte, mir unter den Rock zu schauen. Alberner Mensch.

Wieder der Albtraum. Die furchtbare Angst, ein Kind im Wasser verloren zu haben. Ich rannte den Pfad zum Ufer hinunter und dann am Strand auf und ab, spürte die Kiesel unter den Sohlen, hörte die Wellen schlagen. Ich schaute umher, bis meine Augen wund und gerötet waren, war außer mir vor Sorge, verstand nicht, was passiert war, ob vielleicht doch noch die Chance bestand, etwas zu ändern.

Mama Mama Mama.

Ich hörte den Schrei, leise, aber doch nachdrücklich. Hier bin ich, Harriet, schrie ich. Harriet, bist du das?

Und da lag sie, reglos, genau wie ihre Freundin mir gesagt hatte. Sie war tot, und das Wasser lief ihr aus dem Mund. Mama Mama Mama.

Und ich merkte, dass ich diejenige war, die rief.

Oh, Gott, das ist wunderbar. Oh, mein Gott, sagte er.

Oh, Orville, sagte ich.

Er hielt inne.

Ich meine Wilbur. Wenn Ruby nur nicht damit angefangen hätte.

Sag mir, was du denkst, sagte er. Sag mir, was ich machen soll.

Ich … weiß nicht, sagte ich.

Spürst du das hier?, fragte er.

Es war dunkel im Zimmer und ich konnte nicht sehen, was es war.

Und das? Er keuchte, und er war ganz verschwitzt.

Sehr schön, sagte ich höflich.

Eine Hand konnte ich spüren, die versuchte zu melken. Nichts mehr da seit Harriet, und das war schon eine ganze Weile her. Jetzt war sie an der Uni und studierte Politikwissenschaften. Wilburs andere Hand hatte sich im Dunkeln verloren und in den Bettbezügen, bis –

Hey, sagte ich.

Hast du das gespürt?

Aber ja.

Wilburs Stimme kam von ganz weit her. Hat's dir gefallen?

Ich gab keine Antwort. Er fuhr fort, seine Hand zu bewegen, wenn es das war, was er machte.

Ich befand mich in einer pechschwarzen Höhle der Gefühle und wurde ganz unvorbereitet von einer Spindel aus Licht durchbohrt, als die Sonne genau den richtigen Winkel traf. Ich gewahrte Pracht und Wunder, ganze Adern der Wonne. Wie lange hatten sie unbemerkt dagelegen? In mir befand sich großer Reichtum, und er war mein Eigentum.

Rings um mich her das Geräusch von Wasser, tropfend, klatschend. Ich war erfüllt von Sehnsucht. Das Wasser floss an den Wänden hinunter und sammelte sich zu meinen Füßen. Ich krümmte den Rücken, um tiefer einatmen zu können, und das Wasser fiel schneller und schneller, füllte die Höhle, trug mich hoch und immer höher. Meine Lungen dehnten sich, als wollten sie bersten. Ich spürte … ich spürte …

Wer, fragte Wilbur dann später, als der Zigarettenrauch sich Richtung Decke kräuselte, ist eigentlich David?

Da sah ich ihn vor mir, lächelnd, mit seinem Verband, so wie ich ihn 1925 kennengelernt hatte. Er war kein bisschen älter geworden. Na ja, wie sollte er auch?

Wilbur lag auf einen Ellenbogen gestützt. Die Haare hingen ihm jetzt feucht in die Stirn. Er strich sie nach hinten. Hast du mir nicht gesagt, dein Mann hieß Robert?

Doch, sagte ich.

Aha.

Ich hatte das Gefühl, als schuldete ich ihm etwas. David war … weit, weit vorher, sagte ich. Vor meinem Mann.

Er sagte nichts mehr.

Der Bus hält plötzlich. Ich höre die Bremsen zischen. Sind wir schon da?, frage ich. Sind wir daheim? Meine Stimme ist nicht die einzige. Wir sind wie eine Schar kleiner Vögel, die Münder nach oben gerichtet und aufgesperrt, wie um gefüttert zu werden. Flaumige Federn, tschilpende Stimmen. Klagend, hilflos, ängstlich. Arme kleine Vögel.

Die Schwestern lächeln, streicheln, trösten. Noch ein paar Stunden und wir können wieder zurück. Der ganze Löschschaum wird aufgewischt, und die Anwohner dürfen wieder in ihre Häuser. Machen Sie sich keine Sorgen.

Moment mal – wer hält denn da Deine Hand? Ist es die eine, die immer den Namen ihres toten Sohnes ruft? Wie glücklich sie aussieht. Große, schwere Arbeitshände hat sie, wie ich sehe.

Ich winke die Schwester her und flüstere ihr ins Ohr. Es ist eine Weile her, dass die Dame nach Mike gerufen hat, flüstere ich. Sie ist jetzt so still.

Ja, sagt die Schwester. Das ist richtig.

Der Kellner hatte eine große, weiße Schürze und ein großes, weißes Lächeln. Er sah zerstreut aus, redete schnell, vergaß die Hälfte. Das Gartencafé war zu einem mittelalterlichen Markt umgebaut, mit Zelten, Pavillons und einer großen, offenen Küche. Harriet bestellte uns beiden Sangria.

Was ist das?, fragte ich.

Das ist Rotwein mit Fruchtsaft und noch ein paar anderen süßen Zutaten.

Das wird Ihnen schmecken, sagte der Kellner und verschüttete ein bisschen auf dem Tisch. Verlegen wischte er die Spritzer mit einem fleckigen weißen Tuch ab und lächelte gleich wieder. Passend zur Jahreszeit. Ein Sommertag in Spanien. Er deutete auf die Kulissen. 1400 nach Christus, ergänzte er über die Schulter und ging schnell weg.

Also, was gibt's Neues?, fragte ich Harriet. Lass mich raten.

Nein, sagte sie. Du sollst nicht raten.

Fast fünfzig war sie damals, und immer noch nicht verheiratet. Was sagte das über sie aus? Was sagte das über mich aus? Wie alt sie war, weiß ich, weil wir später noch darauf zu sprechen kamen.

Ich erzähle es dir, sagte sie.

Ich nahm noch einen Schluck von meinem Wein.

Ich habe eine neue Stelle, sagte sie.

Du arbeitest also nicht mehr für den Anwalt, sagte ich. Den Mann mit dieser furchtbaren Frau und der Radiostimme. Meine liebe Mrs. Rolyoke, hat er ein paar Jahre zuvor bei einer

Weihnachtsfeier zu mir gesagt, Ihre Tochter hat mir so viel von Ihnen erzählt, dass es mir vorkommt, als würde ich Sie längst kennen.

Das ist gut, sagte ich jetzt und trank meinen Sangria. Ich habe ihn nie leiden können.

Oh, ich arbeite immer noch für Mr. Sherman –

Das Nebelhorn aus Samt, sagte ich. Und lachte.

Harriet lachte auch, obwohl sie meinen kleinen Scherz schon kannte. Ich arbeite immer noch für ihn, aber er ist aus der Kanzlei ausgeschieden, um der neue Ombudsmann der Provinz Ontario zu werden. Ich bin jetzt Ermittlungsbeamtin.

Was ist mit seiner Frau?, fragte ich. Ruft sie dich immer noch zu Hause an?

Nein, sagte Harriet sanft. Frank – Mr. Sherman – ist geschieden.

Sie wurde überhaupt nicht rot. Ich an ihrer Stelle wäre rot geworden.

Warum auch immer, aber ich musste an Holland denken. Vermutlich wegen Ombudsmann. Es klang für mich wie ein Fremdwort.

Wohin werdet ihr gehen, du und das Nebelhorn aus Samt?, fragte ich sie.

Harriet verstand meine Frage nicht. Ombudsmann ist ein Amt der Regierung, sagte sie. Wie ein Minister im Kabinett. Ich arbeite ganz in der Nähe meiner vorigen Stelle.

Der Kellner kam und wollte wissen, wie mir der Wein schmeckte. Seine Augen waren braun und hinter dicken Brillengläsern versteckt. Seine Schürze war fleckig.

Er prickelt ein bisschen, sagte ich.

Das ist das Ginger Ale, sagte er.

Mr. Cuyler stammte aus Holland. Mr. Groenveld auch. Große, kräftige Männer waren das, mit Händen wie Kohlenschaufeln und ebenso großem Appetit. Ihre Farm lag an der Straße nach Colborne, der Country Road 9, nördlich von Precious Corners bei Plainville. Sie hatten Milchkühe, vielleicht auch noch ein Feld mit rotem Mais, aber ihr Geld verdienten sie größtenteils mit Gemüse und Blumen. Blumen aus Holland gefällig?, fragten sie die Frauen in Colborne, Grafton, Campbellford, Cobourg und Port Hope. Echte Blumen wie auf der Packung der *Dutch Boy*-Scheuermilch? Oder war es Motoröl? Auf den Büchsen war ein holländischer Junge, blond und blauäugig, mit diesen Holzschuhen. Mr Cuyler und Mr. Groenveld hatten Stiefel an.

Vielleicht ein bisschen Obst?, fragten sie Mama, die ablehnte.

Oder Blumen? Ein paar Stauden oder Bäumchen würden sich sehr gut machen vor Ihrem Haus. Der, der redete, war Mr. Groenveld. Mr. Cuyler aß einen Apfel. Drei Bissen, und weg war der Apfel. Fasziniert schaute ich zu. Er warf das Kerngehäuse weg und griff zum nächsten. Mr. Groenveld konnte drei Kuchen nacheinander verdrücken; ich hatte ihm bei einem Wettessen beim Herbstjahrmarkt zugesehen.

Daddy war mit unserem Pferd Victor unterwegs und versuchte, die Steine aus dem Acker zu ziehen.

Ich trat zu dem Karren. Zwischen den Holzlatten drang Erde hervor, es roch nach Dung und Blütenstaub. Körbe voller Obst. Schaufeln und daneben Eimer voller Wasser. Ich war etwa neun oder zehn. Gewöhnt daran, arm zu sein. Gewöhnt an Enttäuschung, aber stets bereit, neue Hoffnung zu schöpfen.

Danke nein, sagte sie.

Oder Samen, sagten sie. Ganz billig. Auf ihrem hölzernen Karren türmten sich die Farben. Den ganzen Sommer über folgten ihnen die Insekten.

Bitte, Mama, sagte ich. Sie sind so schön.

Mr. Groenveld war älter als Mr. Cuyler. Seine Haare waren weiß. Seine Tochter war so alt wie Mama. Sie war mit einem Mann verheiratet, der nur noch einen Arm hatte und das Postamt in Colborne führte.

Fünf Cent für ein paar Samen, sagte Mr. Groenveld. Flammenblumen, Männertreu, Nelken, dazu noch ein paar andere, an die ich mich nicht mehr erinnere.

Bitte, Mama, sagte ich. Oh, bitte.

Danke nein, sagte sie. Mr. Groenveld zuckte die Schultern und drehte sich zu seinem Pferd.

Mr. Cuyler schenkte mir einen Apfel. Ich hielt ihn in meiner Hand. Ich hatte Hunger, und der Apfel roch wunderbar süß. Danke, sagte ich, aber ich aß ihn nicht. Ich schaute auf den Karren voller Blumen. Und auf das gedrehte Papiertütchen mit Samen, das Mr. Groenveld in der Hand hatte. Ich wusste um die Verbindung zwischen diesen beiden. Ich wusste, was passierte, wenn man Samen in den Boden steckte.

Was ist los, kleines Fräulein?, fragte Mr. Cuyler. Magst du keine Äpfel?

Ich wollte den Apfel schon, aber noch mehr wollte ich die Samen. Vor meinem inneren Auge sah ich schon, wie Blumen den struppigen Rasen vor unserem Farmhaus bedeckten. Es war ein stiller, trockener Vormittag im Frühsommer, und die Wölkchen am endlos blauen Himmel sahen aus wie Punkte.

Magst du Blumen?, fragte er. Ich nickte und streckte ihm den Apfel hin, um gegenwärtiges Obst gegen zukünftige Schönheit zu tauschen. Er nickte zustimmend, lächelte und nahm von seinem Karren ein anderes Tütchen mit Blumensamen.

Hier, sagte er und nickte mir zu.

Nein, sagte Mama. Meine Mama.

Nein, Rose, das kannst du nicht annehmen. Danke, Mr. Cuyler, aber Blumen oder Obst brauchen wir heute nicht.

Aber –

Guten Tag.

Was meine Mutter das gekostet haben muss. Sie war stolz, erzählte oft von ihrer Familie im Marschland, an der Ostküste Englands. Einer ihrer Cousins war Rechtsanwalt in Ely. Was es sie gekostet haben muss, mir dieses Geschenk zu verwehren. Was es sie später gekostet haben muss, um Hilfe zu bitten und um Essen. Unsere Nachbarn waren gute, taktvolle Menschen, mir kam es nie so vor, als würden wir betteln. Mama war bereit, das Nötigste anzunehmen – auf dem Markt, oder Essen, wenn wir keines hatten, oder nichts als Kraut. Darüber hinausgehende Frivoliäten wollte sie nicht akzeptieren. Nie trug sie ein neues Kleid. Ich hatte nie ein Spielzeug, nur die Puppen, die Onkel Brian mir schenkte, als er noch gute Geschäfte machte. Mit blauen Augen, roten Backen und Haaren, die ich so lange kämmte, bis sie ausfielen.

Mr. Cuyler ging zu meiner Mutter und redete leise mit ihr. Er deutete mit dem Kopf in meine Richtung. Sie schüttelte den Kopf. Mr. Groenveld wendete den Karren und stand beim Kopf des Pferdes. Die zwei waren sich ähnlich, groß und kräftig gebaut, stark und schweigsam, geduldig wartend. Mr. Cuyler klopfte sich ohne Unterlass ab, während er mit Mama redete. Seine ganze Kleidung, Hemd und Hose. Er nahm den Hut ab und klopfte sich damit von oben bis unten die Jeans aus. Er war umhüllt von einer Staubwolke. Frauen machten ihn offenbar nervös. Ich sah zu dem Karren. BLUMEN AUS HOLLAND stand auf dem Schild an der Seite. Konnte ich da schon lesen, oder erinnere ich mich womöglich an ein anderes Jahr? KULTIVIERTE SCHÖNHEIT.

Auf Wiedersehen, Sir, sagte ich zu Mr. Cuyler.

Komm jetzt rein, Rose, sagte Mama.

Ja, Mama, antwortete ich, drehte mich aber nochmal um, als Mr. Cuyler meinen Namen sagte.

Bete, dass es regnet, sagte er leise, während er zum blauen Himmel emporblickte und sich mit dem Hut abklopfte.

Ist gut, sagte ich. Und ich machte es auch an dem Abend. Fast hätte ich es vergessen, aber kurz vor dem Einschlafen fiel es mir noch ein. Mittlerweile zogen Wolken am offenen Fenster vorbei. Und gemeinsam beteten wir, dass es regnet, David und ich.

Harriet mit großen Augen und erhobener Stimme am Fußende meines Betts. Sonnenschein überzog die Wand und fiel direkt auf mein geleertes Frühstückstablett.

Geht es dir gut, Mutter? Hat er dir wehgetan?

Wer?, fragte ich.

Dieses Dreckschwein – Verzeihung, aber das hat sie gesagt. Das weißt Du doch.

Von wem redest du, Liebes?, fragte ich und blinzelte zu ihr hinauf. Harriet ist so leidenschaftlich – wobei das eine komische Bezeichnung ist für eine alte Jungfer wie sie. Sie kann sich ordentlich aufregen, meine ich. Das ist doch auch leidenschaftlich, oder? Zur Abwechslung war sie aber nicht auf mich wütend, stimmt's?

Du weißt, wen ich meine, sagte sie. Diesen ekelhaften alten Mann. Morgan.

Ich runzelte die Stirn. Meinst du Albert?

Dreckschwein, sagte sie.

Die Sonne war morgens immer in meinem Zimmer und nachmittags im Gemeinschaftsraum. Ich war nicht die Einzige, der das gefiel. Auch andere folgten ihr durchs Zimmer und rückten den Stuhl ein bisschen weiter. Ich trug damals immer etwas darüber, eine alte Wolljacke mit Knöpfen in der Form von … von diesen Dingern mit … mit diesen Dingern drauf. Gabeln. Nein, nicht Gabeln. Auf jeden Fall war es im Winter – im letzten Winter –, und Harriet war wütend und aufgebracht wegen irgendetwas.

Sein Sohn redet gerade mit ihm, sagte sie.

Junior?

Wie kannst du nur so ruhig sein? Die ganze Villa steht Kopf. Es gibt eine eigene Kommission, die sich mit dieser Problematik beschäftigt. In Einrichtungen wie dieser hier ist mit so etwas klarerweise zu rechnen, aber offenbar kommt es gar nicht so häufig vor. Ein paar Fälle gab es in den Vereinigten Staaten drüben, aber hier bei uns ist das noch nie passiert. Du und Albert, ihr seid die ersten.

Bist du sicher, dass du keinen Tee willst?, fragte ich.

Ich weiß, dass sie dich nicht rund um die Uhr bewachen können, aber trotzdem! Bist du sicher, dass du keine Nachwirkung spürst?

Ich beschloss, mit Harriet offen zu sein. Sie war meine Tochter, sie würde mich verstehen.

Wovon redest du eigentlich?, fragte ich. Hat die sich vielleicht aufgeregt.

Ihr ganzes Leben lang hat sie sich wegen fremder Menschen aufgeregt. Als sie diese Ermittlungstätigkeit anfing, nahm sie regelmäßig Akten mit nach Hause, brütete darüber und schrieb sich alles über die Betroffenen auf, bis hin zu dem Zeitpunkt, an dem einer zum ersten Mal Schmerzen im unteren Rückenbereich hatte. Wir sind die Anwälte der letzten Hoffnung, sagte sie. Menschen verteidigen Menschen. Ich machte mich immer über Harriets Chef lustig und sagte Omnibus-Mann zu ihm, aber sie nahm das alles sehr, sehr ernst. Selbst – wie war gleich sein Name, als nächstes vergesse ich noch meinen eigenen. Selbst Währung, Hieven, selbst Stephen. So hieß er. Stephen war ein Kreuzzug für sie. Kostete sie die Stelle, aber ihre Meinung wollte sie nicht ändern.

Er kann nicht mehr gehen!, sagte sie mir und schlug mit der Hand so fest auf den Tisch, dass der Sangria spritzte. Meine Tochter. Manchmal möchte ich sie in den Arm nehmen und so lange hin- und herwiegen, bis sie aufhört zu weinen. Seine Beine und die untere Wirbelsäule sind total zerstört, sagte sie. Er sitzt im Rollstuhl, und seine Firma ist schuld daran, und sie weigern sich zu zahlen. Ich bin für seinen Fall zuständig. Ich habe mit ihm geredet. Und mit den Ärzten. Ich glaube, was er sagt. Er muss eine Abfindung bekommen.

Hellblaue Augen, weit aufgerissen und voller Leidenschaft. Die Augen ihres Vaters. Meine sind haselnussfarben, braun mit Sprenkeln.

Stephen Bluestone war ein neunundvierzigjähriger Wandverspachtler, der vor zwei Jahren bei der Arbeit einen Unfall hatte und seither arbeitslos war. Er ist so alt wie ich, Mutter, und es sieht so aus, als würde er nie mehr gehen können. Er sagte, es läge an dem Unfall. Die Staatliche Versicherungsanstalt glaubte ihm nicht. Ich selbst wusste nicht recht, was ich glauben sollte; das war mein äußerstes Zugeständnis an die Vorstellung, dass Wandverspachtler überhaupt ein Beruf ist.

Er musste mehrmals vor der Versicherungsanstalt und dem Arbeitsministerium aussagen. Er wandte sich an die Zeitungen. Wohlmeinende Freunde organisierten nicht nur eine Unterschriftensammlung, die recht karg ausfiel, sondern auch eine Demonstration, wobei es an dem Tag dann regnete. Die Versicherungsanstalt rückte nicht von ihrem Standpunkt ab. Stephen Bluestone brachte die Sache vor die Ombudsbehörde.

Wir sind seine letzte Hoffnung, sagte Harriet.

Es regnete so viel, dass der Boden ganz weich wurde. Dann schien die Sonne. Dann regnete es wieder. Dann schien wieder die Sonne. Ein herrlicher Sommer für die Farmer: warm, feucht, sonnig. Das Heu wuchs zu schnell und trocknete nicht richtig, aber alles andere gedieh prächtig. Obst und Gemüse wuchsen schnell und litten auch nicht unter Sturmschäden. Das Getreide stand in diesem Jahr schon zu Beginn der Sommerferien höher als ich selbst war. Von dem Hügel in der Nähe von Gerts Haus konnte man meilenweit in alle Richtungen schauen; das ganze Land ringsumher war in allerbestem Zustand.

Da, wo ich wohnte, war das Kraut gesund und groß, das Wurzelgemüse kam gut, und die verkrüppelten, geduckten Bäume am äußersten Rand des nördlichen Feldes trugen Früchte – soweit ich mich erinnern kann, das einzige Mal. Kleine, rötlichbraune Äpfel, so weich, dass man sie leicht zerquetschte, und vom Geschmack her ziemlich bitter. Gert verschmähte sie, aber ich aß davon, bis mir schlecht wurde.

Und im Lauf des Sommers verwandelten sich der Kiesstreifen an der Einfahrt und sogar die Matschlöcher in ein wildes, buntes Durcheinander. Blumen ganz unterschiedlicher Art, ein seltsamer und zugleich beherzter Auftritt. Nicht verschwenderisch, aber auch nicht erbärmlich – wenn etwas aus dem Nichts kommt, ist es nie erbärmlich. Dann fiel mir ein, dass Mr. Cuyler mir gesagt hatte, ich sollte um Regen bitten.

Ich lief von Blüte zu Blüte und roch daran. Ich zeichnete ihre Umrisse im Staub nach. Ich wob sie nachts in meine Träume. Ich malte sie in meine Schulhefte, die ich über den Sommer mit heimgenommen hatte. Ich fragte Mama, wie sie hießen, was für Blumen das waren. Sie wusste es nicht.

Parker, das neugierige, alte Tratschweib, schlich immer auf Katzenpfoten herum. Als ich an einem Winterabend den Kohleneimer hochtrug, sah ich sie an der Badezimmertür lehnen. Geht es Ihnen nicht gut?, fragte ich, und sie erschrak zu Tode.

Doch, doch, murmelte sie und richtete sich auf. Sie war ganz verwirrt, was bei ihr eigentlich nie vorkam. Das Badezimmer war recht uninteressant und dazu noch abgelegen, eine Rumpelkammer im oberen Stock, in der es kein fließendes Wasser gab. Dort gab es nichts zu sehen oder zu belauschen, wir hatten alle Feierabend und bereiteten uns aufs Schlafengehen vor. Kalt war es auch. Maureen zitterte am ganzen Leib, als sie herauskam. Wie dumm von ihr, sich ständig die Haare zu waschen – gibt es einen besseren Weg, sich eine Lungenentzündung einzuhandeln?

Geh schnell in dein Zimmer, sagte ich zu ihr. Das neue Mädchen macht Feuer.

Ihr wisst, dass der Eimer für drei Zimmer reichen muss, sagte Parker und ging nach unten.

Ich habe sie vor der Badezimmertür keuchen gehört, flüsterte Maureen mir zu, als Parker verschwunden war.

Im September 1949 kostete das Frühstück – Eier mit Speck, Gebäck und Kaffee – in einem billigen New Yorker Hotel fünfzig Cent, deshalb gingen wir die Straße hinunter zu einem Diner und aßen das gleiche für die Hälfte, was immer noch viel war. Zu meiner Erleichterung hatte Ruby einen Kater. Mir war nicht nach Reden.

Die Frau in der Sitzecke hinter mir sagte die ganze Zeit, Haste gesehn ... Ihr Gegenüber antwortete nicht. Kein einziges Mal. Haste gesehn, dass China ... dass der Bürgermeister ... dass die Giants ... dass die Müllabfuhr ... Ich drehte mich um, um zu sehen, wer denn da so ignorant war, aber sie war alleine. Vielleicht redete sie mit mir. Ich lächelte. Sie schaute durch mich hindurch. Vielleicht redete sie mit Dir.

Ruby verschüttete Kaffee in ihre Untertasse.

Oh weh, Rose, sagte sie. Mein armer Montgomery.

Wie bitte?

Sie beugte sich mit gerunzelter Stirn über ihre Zeitung und las aufmerksam.

Ist irgendwas mit China?, fragte ich.

Sie rutschte aus unserer Sitzecke. Ich muss telefonieren, Rose, sagte sie. Sofort. Du erinnerst dich doch an Montys Kreuzfahrt? Also, das war mit der *Noronic*, sagte sie.

Der Name kam mir bekannt vor, aber ich wusste nicht, woher. Und?, fragte ich.

Hallo, alle zusammen, sagte ich von meinem Bett aus und war froh, dass ich vor dem Frühstück daran gedacht hatte, mir die Haare zu bürsten. Man weiß einfach nie, wann man gut aussehen muss. Niemand erwiderte meinen Gruß. Ich probierte es noch einmal. Hallo, Dr. Sylvester. Ich lächelte ihm zu. War der wieder gut angezogen! Ruby hätte ihn geliebt, wobei – komisch, dass mir das jetzt einfällt –, ich bin mir nicht sicher, ob sie nicht doch etwas gegen Juden hatte. Wenn sie mit

Mr. Fleisher bei uns in der Straße redete, war sie immer kühl und distanziert. Religion war eigentlich nie Thema bei uns, aber unseren Mr. Fleisher hat sie einmal als aufdringlich bezeichnet – Du weißt schon, wie diese Leute sind, sagte sie. Ich hatte nie eine Maßanfertigung machen lassen und wusste deshalb auch nicht, wie diese Leute waren, aber vielleicht meinte sie ja eben nicht die Schneider.

Dr. Sylvester nickte mir zu. Er sah verlegen aus. Er fing an, mit den Leuten zu reden, die neben ihm standen, einem Mann in Eile und einer Schwangeren im Kostüm. Über den Lautsprecher kam eine Durchsage: *Guten Morgen, alle zusammen. Heute ist Dienstag, der dritte März.* Pause. Dann das Jahr. War das erst letztes Jahr? Die Schwangere lächelte mir zu. Die Frau, die auf der anderen Seite von Dr. Sylvester stand, flüsterte ihr etwas ins Ohr, und sie nickte.

Harriet saß bei mir am Bett. Sie tätschelte mir die Hand. Sie sah auch verlegen aus, genau wie Dr. Sylvester und die Nachtschwester. Der ganze Raum war voller Verlegenheit, nur schwach, aber doch so, dass man es bemerkte, genau wie die Zentralheizung.

Fangen wir an?, fragte der Mann in Eile.

Die Menschen auf der *Noronic* tun mir wirklich leid, diese hundertnochwas Männer, Frauen und Kinder, aber damals dachte ich nicht an sie. Ich bin sicher, ich wurde weiß wie eine Wand – und ich habe Ruby gefragt, Gesunken? Sie ist gesunken?

Sie dachte genauso wenig an die hundertnochwas Toten, nur an Montgomery. Sie gab mir die Zeitung und rannte in den hinteren Teil des Restaurants, die Hüften wabbelten unter dem karottenroten Rock, während sie in der Handtasche fieberhaft nach Kleingeld fürs Telefon suchte.

Auf der Titelseite unten die große Überschrift: TRAGÖDIE IM HAFEN! EINHUNDERT TOTE BEI SCHIFFSBRAND! Ich las den ganzen Artikel durch, und meine Gedanken wirbelten herum wie fallende Ahornsamen – Tapferkeit, Tod, Zerstörung, Pier Neun, erfolglos, Abendkleid, schlimmstmöglich, Behörden, Untersuchung, Kapitän, Zwischendeck, Mülleimer – nein, Mülleimer war später.

Und Erleichterung.

Darüber, dass es nicht mich betraf? Dass ich keinen kannte? Nein.

Erleichterung darüber, dass es ein Feuer war.

Wenn man an Seekatastrophen denkt, denkt man an Versinken. Man glaubt doch, das Schiff sei untergegangen. So müssen doch die Menschen sterben, die sich an Bord befinden. Genau dieses Risiko geht man ein, wenn man unter der Hängebrücke von Southampton durchfährt. Oder wo auch immer. Bei einem Flugzeugunglück denkt man: Es ist vom Himmel gefallen. Natürlich gibt es andere Flugzeugkatastrophen, aber an so etwas denkt man nun mal als Erstes. Davor hat man Angst. Niemand hat Angst vor dem Fliegen, weil man denkt, das Flugzeug könnte womöglich in ein Erdbeben geraten.

Es war so ähnlich wie bei Robbie. Soldaten, die bei Verkehrsunfällen ums Leben kommen. Schiffe, die anfangen zu brennen. Hiroshima-Überlebende, die in fremden Betten erstochen werden. Bergleute, die irgendwann an Altersschwäche sterben.

Ich weiß Bescheid, flüsterte Parker heiser und nickte mit dem Kopf wie eine Marionette. Ich weiß Bescheid.

Was wissen Sie?, fragte ich. Frühstückszeit – bei ihnen. Wir hatten unser Marmeladenbrot schon gekriegt. Im Esszimmer gab es Würstchen und Speck, dreierlei Ei, kalten, schwarzen

Toast mit Butter. Und Kaffee. Ich war verrückt nach Kaffee – habe immer versucht, eine Tasse für mich abzuzweigen. Manche von uns stahlen Essen oder Schnaps, aber das brauchte ich nicht.

Ich weiß, was vor sich geht, sagte Parker. Beim Nicken wippte der Rüschenbesatz ihrer Haube graziös auf und ab. Ich weiß, was nachts in deinem Zimmer vor sich geht.

Ach ja?

Du denkst wohl, du bist leise. Aber ich horche, weißt du? Scharfe Ohren hat die alte Parky, glaubst du das, Rose, mein gutes Mädchen?

Scharf wie Meerrettich, murmelte ich, nahm ein Tablett auf den Arm und trug es durch die Schwingtür. Ich hatte keine Ahnung, wovon sie redete.

Am Abend fing sie wieder davon an. Machst dich bereit?, fragte sie, als ich ins Badezimmer ging.

Ich nickte. Auf dem Gang war es kalt, und ich trug nur einen leichten Bademantel. Ich hatte das Nachthemd unter den Arm geklemmt und gähnte. Ihre Augen funkelten vor Niedertracht.

Wer möchte nicht in deinen Pantoffeln stecken, knurrte sie. Aber du trägst ja keine, wenn du mit ihm zusammen bist, oder?

Ich lächelte, ohne recht zu wissen, was sie meinte.

Ich würde ihrer Ladyschaft ungern davon erzählen, sagte sie zu mir und legte die Hand auf meine Schulter. Sie reichte ganz um mich herum und packte mein Schulterblatt wie mit einer Klaue oder den Zinken einer Mistgabel.

Wovon erzählen?, fragte ich.

Ja, genau. Nur nichts zugeben, sagte sie und drückte noch fester zu.

Ich ging an ihr vorbei Richtung Badezimmertür. Das heiße Wasser dampfte einladend.

Weißt du, hin und wieder bade ich auch ganz gerne, sagte Parker, indem sie zuerst mich und dann das Wasser anschaute, das ich vor ein paar Minuten eigenhändig die Treppe hochgeschleppt hatte.

Ich –

Ich denke, dass ich jetzt ein Bad nehme. Parker nahm mir das Handtuch aus der Hand und trat über die Schwelle.

Ich hätte nicht protestieren sollen. Ich hätte lächeln, zustimmend nicken und mich zurückziehen sollen, aber ich ging ihr nach und sagte, Ich bin dran.

Sie war bereits dabei, sich das Kleid aufzuknöpfen. Ich bin dran, sagte ich noch einmal. Ich flüsterte, keine Ahnung, warum. Es war lächerlich, aber die Situation war so unerhört intim.

Sie haben mich von Anfang an gehasst, sagte ich. Ich zitterte am ganzen Körper.

Das stimmt nicht. Sie erwiderte meinen Blick und atmete schwer. Das stimmt nicht.

Ich trat einen Schritt zurück, aber der Raum war eng, und Parker und der Zuber mit dem heißen Wasser nahmen viel Platz ein.

Wir werden zusammen baden, sagte sie. Du kannst dich als Erste hineinsetzen, schließlich hast du das Wasser heraufgebracht. Ich hüpf dann nach dir rein, Rose.

Ich traute meinen Ohren nicht.

Ich hasse dich nicht, sagte sie. Du bist jung und schön. Na ja, keine rechte Figur, aber trotzdem recht schön.

Sie starrte auf meine – meine Figur, nehme ich an. Ich wurde rot und wickelte den Bademantel fester um mich.

Denk dran, ich weiß Bescheid über dich und ihn, flüsterte sie. Und ihre Ladyschaft nicht – noch nicht.

Sie streckte den Arm aus, stolperte und plumpste gegen mich. Ihr Atem roch nach Schnaps.

Diese Auffahrt nahm kein Ende, alle redeten miteinander, lächelten, machten sich Notizen auf … den Dingern, auf denen man sich Notizen macht. Harriet tätschelte mir die Hand. Die meiste Zeit sah sie angestrengt aus, nur einmal stand ihr der Schmerz im Gesicht, nachdem ich etwas zu dem Mann in Eile gesagt hatte. Er war kein Arzt, dafür war er zu groß und zu schlecht angezogen. Er kaute ständig auf Minzpastillen herum, als wollte er sich gerade das Rauchen abgewöhnen. Habe ich Auffahrt gesagt? Ich meine natürlich Unterredung.

Sie scheinen nicht zu verstehen, sagte ich zu ihm. Albert ist ein Freund von mir. Haben Sie denn keine Freunde?

Er antwortete nicht. Dr. Sylvester, sagte er, ist Ihrer Meinung nach dieser Gast – wir waren alle zu Gast in der Villa, war das nicht schön ausgedrückt? Als sei die Villa ein Hotel. Nur dass wir das Hotel nicht lebend verlassen würden –, ist dieser Gast in der Lage, eigene Entscheidungen zu treffen?

Dr. Sylvester räusperte sich. Rose hier, sagte er mit einem Lächeln in meine Richtung, ist eine charmante und gelegentlich auch klar denkende Person.

Vielen Dank, Herr Doktor, sagte ich.

Ihre Tochter und ich haben die Frage der Mündigkeit ausgiebig diskutiert. Wobei Harriet da noch zu keinem Schluss gekommen ist. Was bedeutet, dass –

Also, rechtlich gesehen, warf die Schwangere ein.

Ja, rechtlich gesehen ist Rose nach wie vor mündig.

Alle sahen mich an. Sie standen aufrecht da.

Ich lag im Bett, wie ein Mitglied des Königshauses. Ich winkte ihnen zu.

Wir sind nicht befugt, Erwachsenen bei beiderseitigem Einverständnis Vorschriften zu machen, meinte die Schwangere.

Also, hier auf dem Heimgelände, ergänzte jemand anderes.

Das hatten sie alles schon einmal gesagt. Ich schaute zu Harriet und verdrehte die Augen. Aber sie wirkte gar nicht gelangweilt. Sie war aufgeregt.

Verstehen Sie doch, sagte sie. Ich möchte, dass meine Mutter hier nicht mehr länger … belästigt wird.

Sie ignorierten sie keineswegs. Das zu sehen, machte mich glücklich.

Aber, Miss Rolyoke, solange sie damit einverstanden ist, sind das keine Belästigungen, sagte der Anwalt. Wir sind nicht befugt, Mr. Morgan daran zu hindern, jemanden zu … besuchen, der sich darüber freut.

Das ist doch lächerlich. Er sagt Mavis zu ihr, verdammt.

Harriets Unterlippe zuckte.

Bitte hasse mich nicht, flüsterte ich ihr zu. Bitte hasse mich nicht.

Oh, Mama. Ich habe solche Angst. Ich spüre dein Herz schlagen, schwach und schnell, und ich habe Angst. Die Vögel im Käfig über uns kreischen.

Irgendwo in der Ferne höre ich Wasser rauschen.

Samstagsbrunch im Zentrum von Toronto. Der Winter griff mit Matschfingern nach der Stadt wie ein Schwager auf Besuch, der klagt, es gehe doch nur um ein paar Wochen und dann sei er wieder fort. Und zwar endgültig. Die mittelalterlichen Zelte gab es nicht mehr, der Pavillon war jetzt eine Eisbahn. Niemand fuhr Schlittschuh darauf; es war zu nass. Harriet und ich saßen innen und tranken Kaffee.

Kann das sein? Oder hatte ich statt des Kaffees einen Drink vor mir? Gut möglich. Das ist keine Sünde, weißt Du. Samstagnachmittags kann sich eine Frau, die seit kurzem im Ruhestand ist und sich die Arbeitsprobleme ihrer Tochter anhört, schon mal einen Drink genehmigen.

Gute Nachrichten, sagte sie zu mir. Mr. Sherman denkt, dass Stephen die Wahrheit sagt. Und wir haben endlich erreicht, dass die Versicherungsanstalt sich den Fall noch einmal vorgenommen hat.

Das ist ja wunderbar, sagte ich.

Bleibt zu hoffen, dass wir sie überzeugen können. Die medizinischen Gutachten gehen auseinander. Die Orthopäden schreiben, er simuliert, und die Chiropraktiker schreiben, er sagt die Wahrheit.

Bist du ihm gefolgt?, fragte ich.

Sie trank einen Schluck Kaffee, bevor sie antwortete. Warum sollte ich ihm folgen, Mutter?

Wie klug sie ist, meine Harriet, und welche Eselsgeduld sie mit mir hat.

Na ja, du bist eine Ermittlerin, sagte ich. Und Ermittler verfolgen nun mal Leute. Manchmal wenigstens. Und wenn du ihm gefolgt wärst, hättest du ihn vielleicht beim Stepp-Tanzen erwischt oder so. Und das wäre der Beweis gewesen, dass er simuliert.

Harriet lächelte so, wie sie immer lächelt, wenn sie sich ärgert. Ein Lächeln, das einem Angst machen kann und wahrscheinlich auch der Grund dafür ist, dass sie nie geheiratet hat.

Mutter, ich arbeite für die Regierung von Ontario. Der Ombudsmann ist ein Staatsdiener, keine Privatdetektiv. Ich lese Akten und rede mit Ärzten.

Oh, sagte ich und nippte an meinem – meinem Drink, vermute ich mal. Ich hoffe nur, es war kein Rum. Rum hatte ich immer mit Ruby getrunken, ohne mich je daran zu gewöhnen.

Und ich bin mir sicher, dass er nicht simuliert, sagte Harriet nachdenklich und schaute an mir vorbei. Ich habe mit verschiedenen Berufsverbänden und der Versicherungsanstalt gesprochen, sagte sie. Niemand glaubt, dass er die Schmerzen simuliert. Nur wissen sie alle nicht, wo sie herkommen. Man kann nicht beweisen, dass die Probleme mit seiner Arbeit zusammenhängen. Die Röntgenbilder sind nicht eindeutig, sagte sie.

Dicke, nasse Schneeflocken fielen senkrecht auf die Eisbahn herunter. Eiszapfen hingen an den Zweigen der eingetopften Plastiktannen. Mich wunderte, dass die Eiszapfen trotz des Tauwetters nicht abfielen, doch dann bemerkte ich, dass sie ebenfalls künstlich waren und mit Draht an die Zweige der künstlichen Bäume gebunden waren.

Sieht er denn gut aus, dieser Stephen?, fragte ich.

Mutter!

Nein, im Ernst.

Sie nippte an ihrem Kaffee und schaute weg. Na ja, irgendwie schon, glaube ich. Wenn man die Art Mann mag.

Jetzt hatte Parker mich am Wickel. Drei Tage nacheinander ließ sie mich den Abwasch machen, anstatt wie sonst zwischen uns vier Innendienst-Mädchen abzuwechseln. Die hintere Küche – die Spülküche, wie sie genannt wurde – hatte kein Fenster und einen Steinboden. Wenigstens war das Wasser heiß. Maureen bot an, mich wenigstens an meinem Geburtstag abzulösen, aber Parker war gnadenlos und warf mir hasserfüllte Blicke zu.

Ich fragte Mr. Davey, was ich tun sollte.

Wir waren in der Remise, hinter dem Gebäude. Ich hatte ein normales Kleid an, also muss es ein freier Nachmittag gewesen sein. Er polierte gerade den Hispano Suiza. Jeden Morgen brachte er Mr. Rolyoke in die Stadt zur Arbeit und fuhr dann alleine zurück nach Hause. Nachmittags fuhr Mr. Davey dann alleine in die Stadt und kam mit Mr. Rolyoke zurück. Es gab noch einen kleineren Wagen in der Garage, wobei ich nicht mehr genau weiß, was das für einer war, außerdem noch ein Packard-Kabriolett für Lady Rolyoke. Ich sah die Automobile jeden Morgen: Der Hispano und der Packard hatten jeweils eine Blumenvase im Fahrgastraum.

Können Sie sich erklären, warum Parker es auf Sie abgesehen hat?, fragte er.

Ich zögerte einen Moment, erzählte ihm dann aber von dem Zwischenfall im Badezimmer, was ich konnte.

Er blickte besorgt drein. Hat sie Ihnen wehgetan, Rose?, fragte er.

Ich wurde rot bei dem Gedanken daran, wie ihr schwerer Körper gegen mich getaumelt war und wie sehr ich mich erschreckt hatte, als sie mich anfasste. Ich wusste nicht, dass sie trinkt, sagte ich.

Mr. Davey sagte nichts darauf. Ich denke mal, er wusste es.

Warum sprechen Sie nicht mir ihrer Ladyschaft, sagte er und wischte ein paar Wassertropfen vom vorderen Kotflügel. Erzählen Sie ihr von den Schwierigkeiten, die Sie mit Parker haben.

Ich zögerte. Ich bin mir nicht sicher, ob Lady Margaret wirklich auf meiner Seite ist, sagte ich. In der Garage roch es nach Pferden, ein Überbleibsel der vorigen Generation. Irgendwie tröstlich. Draußen regnete es in Strömen.

Er sagte nichts. Er wusste, warum. Ich vermute mal, es war Thema Nummer eins in den Räumen der Bediensteten, wobei kein einziger von ihnen mich je darauf angesprochen hat.

Ach, da sind Sie, Rose. Ich habe überall nach Ihnen gesucht.

Robbie stand in der Tür, die Hände in die Seiten gestützt. Eine Zigarette hing ihm keck im Mundwinkel.

Einen netten Schal haben Sie da, sagte er mit einem süßen, unschuldigen Lächeln. Wo haben Sie denn den her? Sieht aus wie echte Seide.

Mr. Davey hielt den Kopf gesenkt und wischte, was das Zeug hielt.

Und wer starb auf der *Noronic*? Die Passagiere. Die Besatzung war an Land. Man sollte nicht meinen, dass alles so schlimm kommen musste – ein Schiff fängt im Hafen an zu brennen, die Leute hätten schnell an Land gehen können –, aber das Feuer war auf der Seite zum Ufer hin. Ein paar wenige brachten sich schwimmend in Sicherheit, aber die meisten nicht. Der Lake Ontario ist im September schon furchtbar kalt.

Ruby und ich trafen am Tag nach dem Brand wieder in Toronto ein – am 18. Im Zug ging es um nichts anderes als die *Noronic*. Niemand verlor ein Wort über China. Oder die Baseball-Herbstsaison. Es war schon zehn Uhr abends, als wir an der Union Station ankamen. Ruby ging schnurstracks in eine Schifffahrtsagentur, um eine Liste der Verunglückten zu bekommen. Es gab keine. Sie rief Montgomerys Freunde an. Sie fing an zu weinen.

Das Ausmaß ihrer Erschütterung überraschte mich. Ich hätte nicht gedacht, dass sie derart viel für jemanden empfinden konnte. Und schon gar nicht für Montgomery, der immer nur wegfuhr und sie allein ließ.

Wenn ich ihn mit Robbie verglich, konnte ich nicht anders, als glücklich zu sein, dass ich Robbie gehabt hatte und nicht einen wie ihn.

Die Anlegestelle sah grauenhaft aus am nächsten Morgen, ein Haufen verdrehtes, verkohltes Metall, und Menschen, die nur dastanden und die Köpfe schüttelten. Ruby war nicht die Einzige, die weinte.

Ich versuchte zu weinen, aber es gelang mir nicht. Ich hatte zu viel Angst. Der Anblick des riesigen Schiffes, das auf der Seite lag, war so schrecklich. Man kann in der Badewanne ertrinken, ich weiß, aber das grüne Wasser im Hafen von Toronto sah so ... teilnahmslos aus, es schwappte mal hier-, mal dorthin, an Landungsstege, kleine Boote und Möwen, es wahr ihm egal, was es berührte, ob Tier, Pflanze oder den Rumpf der *Noronic*, randvoll mit verschmorten Leichen. Dem Wasser ist alles gleichgültig; es tut nichts anderes, als sein Niveau anzugleichen.

Ich bin in der Gegenwart zurück, das Licht brennt, und der Bus neigt sich und nimmt eine Kurve. Die Schwestern halten sich fest. Du hast das nicht nötig, streckst nicht einmal Deine Arme aus. Guter Gleichgewichtssinn.

Ein Arzt beugt sich über mich. Er hört meinen Oberkörper ab, mit einem kalten, metallenen ... Stethoskop.

Ich huste. Der kalte Punkt bewegt sich woanders hin.

Kennen wir uns?, frage ich.

Er nimmt das Stethoskop weg. Ich heiße Rose, sage ich. Ich huste noch einmal.

Ich weiß.

Hallo, Harriet, sage ich.

Hallo, Mutter.

Sie hatten Probleme beim Atmen, sagt der Arzt zu mir.

Ach ja?

Ihre Lunge ist voll mit Flüssigkeit, sagt der Arzt. Und Sie haben ein wenig Temperatur.

Woher weiß er das? Das stimmt, sage ich. Meine Stimme hört sich komisch an.

Der Bus verlangsamt die Fahrt. Ich höre die Bremsen zischen, und die Schwester und der Arzt halten sich an meinem Bett fest. Der Arzt sagt etwas zur Schwester. Es hört sich an wie ein Geheimcode. Wie viel?, fragt die Schwester. Der Arzt sagt es ihr.

Was haben Sie jetzt vor?, fragt Harriet. Der Doktor erklärt ihr noch einmal das mit der Flüssigkeit in meiner Lunge. Wie alt ist Ihre Mutter?, fragt er. Harriet sagt es ihm.

Bist du sicher?, frage ich.

Harriet lächelt zu mir herunter. Ja, meine Liebe.

Ich fühle mich gar nicht so alt, sage ich.

Wie alt fühlst du dich denn?

Ich erinnere mich genau an den Morgen meines neunzehnten Geburtstags. Ich erwachte mit einem Gefühl drückender Unsicherheit, die Zukunft war mir ein vor Konsequenzen wimmelnder Acker. Was war geschehen? Was hatten wir getan?

Mein neues Zimmer kam mir immer noch fremd vor. Ich trat an das kleine Fenster. Das Zimmer zeigte nach Norden und auch ein klein wenig nach Osten, auf den Platz hinaus, und an diesem Tag ging die Sonne das erste Mal so auf, dass ich sie von meinem Fenster aus sehen konnte. Ich schaute auf die Straße hinunter, die plötzlich gar nicht mehr trist wirkte, sah den dahintrottenden Kutschengaul und den pfeifenden Milchmann.

Ich machte mein Bett und nahm eine frische Uniform von der Leine, die hinten quer durchs Zimmer gespannt war. Ich war schon fast fertig mit Zuknöpfen, da bemerkte ich erst das eingepackte Geschenk auf meinem – na ja, ich denke, es war ein Ankleidetisch, obwohl ich mich dort nie ankleidete. Ein einfacher Tisch mit einer kleinen Kiste drunter als einer Art Schublade. Vermutlich hätte ich Briefe darin aufbewahrt, wenn es jemanden zum Schreiben gegeben hätte. In der ersten Woche schickte ich Briefe an Mama und an Gert, aber keine von beiden schrieb zurück. Ich bewahrte ein paar Stoffreste in der Kiste auf, außerdem ein Heftchen aus einem Blumengeschäft und eine Postkarte mit der Cobourger Victoria Hall im Weihnachtsschmuck. Wenn ich mich recht erinnere, wollte ich mir ein paar Bilder an die Wand hängen, aber dafür hatte die Zeit noch nicht gereicht.

Ich hielt das flache Päckchen in der Hand und dachte an früher. Jack gab mir einmal einen wunderschönen Kieselstein vom Seeufer, in den waren unsere Initialen geritzt und das Jahr: 1923. Ich hatte ihn lange aufbewahrt. Onkel Brian hatte mir Puppen geschickt, bevor er arbeitslos wurde und bei uns einzog. Mama schenkte mir an meinem elften Geburtstag einen Atlas und errötete ganz süß, als ich mich bedankte. Ein paar Monate später nahm Daddy ihn, um den Bettpfosten damit zu fixieren, und sagte, er habe es satt, auf einer Rutsche zu schlafen. Ich habe ihn nie mehr zurückgekriegt.

Silberpapier, mit einem Schleifchen drauf. Die Grußkarte steckte in einem Umschlag, der mit echtem Wachs versiegelt war. Ich hatte noch nie einen versiegelten Umschlag geöffnet. Meine Finger zitterten, als ich die Lasche aufriss.

Das Papier war weiß und so dick wie Karton. Es trug keine Unterschrift.

GLÜCKWÜNSCHE, ROSE, ZU DEINEM GEBURTSTAG.

Ich merkte, dass ich die Luft anhielt. Ich atmete aus, wickelte die Verpackung ab, hob den Deckel und erblickte das Geburtstagsgeschenk, das in dünnes Papier eingeschlagen war. Blaue Seide, beim Anfassen ganz zart, und leicht wie Distelflaum. Ein Schal, blassblau eingesäumt, weiße Vögel auf dunkelblauem Grund. Ich legte ihn mir um den Hals. Ach, herrje. An meinem einzigen Kleiderhaken hing ein Tageskleid, weinrot und im vorletzten Sommer aus einem alten Kleid von Mrs. McAllister entstanden. Ich hielt den Schal an das Kleid. Wie sehr wünschte ich mir, die Sachen anprobieren zu können, aber der nächste Spiegel war im Bad, und ich hatte keine Zeit. Ich legte den Schal zurück in die Schachtel, versteckte sie mitsamt der Karte unter meinem Kopfkissen und rannte hinunter zum Frühstück. Das drückende Gefühl verließ mich den ganzen Tag nicht.

Mutter, sagt sie und streichelt mir die Hand. Komm zurück, Mutter.

Ich huste. Und gleich noch einmal. In meiner Brust steckt ein Bajonett. Ich sehe es herausragen, genau wie in dem Film, den wir im Krieg bei der Arbeit gesehen haben. Ein Schulungsfilm für Marineinfanteristen war das, anheben, zustoßen, herumdrehen, herausziehen. Eins, zwei, drei, vier, und bei flackerndem Licht erklärte der Moderator, dass unsere Jungs auf die Art lernen, wie sie es den Krauts besorgen können. Wir klatschten jedes Mal, wenn sie zustießen, wenn sie ihr Gebrüll anstimmen, wenn aus den Attrappen die Füllung herausfiel und die Jungs mit nach oben gerichteten Waffen zurücktraten. Und jetzt bin ich eine Attrappe und habe ein Bajonett im Bauch. Ich huste und die Füllung fällt aus mir heraus. Aber das Bajonett bleibt drin, es hängt an einem Schlauch. Mir ist heiß.

Mutter, sagt Harriet, und streichelt meinen Arm.

Ich lege meine Hand auf ihre und tätschle sie. Sie lächelt. Nicht so wie sonst, dass einem angst und bange wird. Dieses Lächeln ist rar und unvergesslich. Das letzte Mal habe ich es im Traum gesehen.

Du lebst, flüstere ich ihr zu.

Sie antwortet nicht. Die Schwester überprüft mein Bajonett.

Ich habe gedacht, du bist tot, sage ich.

In meinem Traum lag Harriet am Kieselstrand, mit wirrem Haar und starrem Blick. Ich konnte einfach nicht aufhören zu weinen und trug sie nach Hause, und das tote Gewicht in meinen Armen war gar nichts gegen das Gewicht in meinem Herzen.

Ich legte sie aufs Bett und versank weinend in der Dunkelheit. Ich versuchte zu beten, aber die Worte wollten nur schwer herauskommen, als wären sie Steine. Ich flehte Dich an, mir das Leben erträglich zu machen, mich davon zu überzeugen, dass die Welt auch ohne mein Kind immer noch die Welt war. Und am Strand von Toronto, mit den Schornsteinen im Hintergrund, fühlte ich mein Herz leichter werden, und ich dankte Dir dafür, dass Du mich zurückgebracht und mir das Leben ohne Harriet erträglich gemacht hast.

Ich bin nicht hier, Rose, um dir die Dinge ertragen zu helfen, hast Du gesagt. Weißt Du noch? Du kannst das auch alleine. Und jetzt schau dich einmal um, hast Du gesagt.

Und ich war wieder in Cobourg, an dem Kieselstrand, an dem Harriet ertrunken war, und ich drehte mich um und sah Harriet, sie lebte und rannte auf mich zu, rannte mit wehenden Haaren, als wären sie ein Banner, und das Lächeln in ihrem Gesicht war nichts als reine Pracht und Herrlichkeit. Ich war so glücklich, und auch so überrascht – ich meine, ich wusste, dass Du im wirklichen Leben alles vermagst, aber das war doch ein Traum! Ganz schön spektakulär, muss ich auch heute noch sagen. Als ich aufwachte, schaute ich gleich in Harriets Zimmer nach, und natürlich war sie nicht da. Sie war ja auch schon dreißig und längst ausgezogen.

Du vermagst wirklich alles, und ich kann nicht einmal sagen, welches Jahr wir haben.

Ich weiß nicht, ob der Bluestone-Fall gut ausging. Man kann es wohl so und so sehen. Für Stephen Bluestone ging er gut aus, für Harriet nicht wirklich. Nicht dass sie gejammert hätte, klar. Harriet jammert nie. Sie lächelt und erträgt alles, egal, was es ist: Nadeln, Leute, die gemein zu ihr sind, himmelschreiende Ungerechtigkeit, eine alte und unzurechnungsfähige Mutter. Sie atmet durch und schlägt eine neue Seite auf, mit einem Herz für jedes Schicksal. Wie geht das Gedicht gleich? Der Lehrer schlug mit dem Stock den Takt auf dem Pult, während wir es aufsagten: Immer schaffend, immer strebend, lerne Arbeit und Geduld. Ich weiß noch, wie der Regen gegen das Fenster schlug.

Harriet rief mich an, um mir vom Ausgang des Bluestone-Falls zu berichten. Ich wohnte noch nicht lange in meiner neuen Wohnung und hatte mich noch nicht daran gewöhnt, dass die Wolken so nah vor mir waren.

Hallo, Mutter, sagte sie.

Hallo, mein Liebes. Du klingst eigenartig. Geht es dir gut?

Ich bin ein bisschen müde. Heute Nachmittag wurde über den Bluestone-Fall entschieden, sagte sie.

Und?

Und wir haben verloren.

Oh, das tut mir leid. Ich weiß, wie hart du dafür gearbeitet hast, mein Kind.

Ach was, das macht nichts. Stephen ist glücklich, sagte sie.

Etwas war in ihrer Stimme. Aufregung, und Erschöpfung. Vor meinem Wohnzimmerfenster hing eine große, graue Wolke, fast wie ein Mobile im Kinderzimmer, so nah, dass man jedes noch so kleine Detail erkennen konnte, aber doch außer Reichweite, selbst wenn ich mich auf die Zehenspitzen stellte.

Die Beschwerdekammer hat uns abgewiesen, sagte sie. Die Beweise haben ihnen nicht ausgereicht. Dann hat der Premierminister eine Rede über die Wichtigkeit des Ombudsmannes gehalten. Und der Ombudsmann hat eine Rede über die Wichtigkeit des unabhängigen Ermittlungsverfahrens gehalten, das ermöglicht, dass Fälle wie der von Stephen unvoreingenommen behandelt werden können. Scheinheiliger alter Sack, sagte sie.

Das überraschte mich. Ich hatte Mr. Sherman nie leiden können, nicht einmal, als er noch Anwalt war, aber ich hatte immer geglaubt, dass Harriet ihn mochte.

Und was ist dann passiert?, fragte ich.

Das weiß ich nicht so genau, sagte sie. In den Sechs-Uhr-Nachrichten werden sie darüber berichten. Warum schaust du sie dir nicht an und sagst mir, was du denkst?

Aber das Etwas war immer noch in ihrer Stimme. Ist alles in Ordnung?, fragte ich.

Ich bin müde, sagte sie. Ich glaube, ich gehe ins Bett.

Arme Ruby. Arme, dem Rum zusprechende Ruby, der Liebe beraubt und dazu auch der Hoffnung, des Antriebs, der Freunde. Wer hätte gedacht, dass Monty Belinski ihr so viel bedeutet? Nach seinem Tod wurde sie anders. Nicht an der Oberfläche, aber im Inneren, genau wie das Haus in der Wheeler Avenue, dessen eine Wand der Besitzer herausschlug, um Platz für seinen Flügel zu haben. Das muss etwa zur selben Zeit gewesen sein, also in den späten Vierzigerjahren. Harriet und ich wohnten zwei Straßen weiter in einem ähnlichen Haus, genau wie dieses mit Blick auf Kew Gardens und den See. Es stellte sich heraus, dass die herausgeschlagene Wand eine tragende war. Ohne sie begann das Haus in sich zusammenzusacken. Von außen sah es fast so aus wie immer, aber eben nur fast. Einen Monat später war es abrissreif. Und so war es auch mit Ruby. Sie trank viel und ging mit Männern aus, wobei, das hatte sie immer gemacht. Ihr Aussehen und ihre Stimme blieben so gut wie unverändert, aber innen drin war sie ein anderer Mensch. Als sei Montgomery für sie so etwas wie eine tragende Wand gewesen.

Vielleicht hinkt dieser Vergleich ein bisschen, weil das mit der *Noronic* ein Unglück war, und das, was der Kerl in der Wheeler gemacht hat, einfach nur idiotisch. Die Nachbarn hatten Mitleid, wie Du weißt, und organisierten eine Spendenaktion, damit er sein Haus reparieren konnte. Was zusammenkam, waren dreißig oder vierzig Dollar, damals etwa so viel wie ein Wochenlohn. Er nahm es entgegen und machte sich aus dem Staub, wie auch immer er geheißen haben mag. Ich habe nie erfahren, was mit dem Flügel passiert ist.

Die Nachrichten unseres Lokalsenders wurden von einem jungen Mann mit kräftiger Stimme und toupierter Frisur gelesen. Das ist, glaube ich, immer noch so. Nur ein anderer junger Mann. Überraschende Entwicklungen im Bluestone-Fall, sagte er. Bilder vom Premierminister und dem Vorstand der Versicherungsanstalt. Bilder vom Ombudsmann und Stephen Bluestone, den ich von den Fotos in der Zeitung her kannte. Ich fand ihn nicht sonderlich gutaussehend. Breites Gesicht und recht aufgedunsen, das Haar viel zu lang. Alles eine Frage des Geschmacks, vermutlich. Inmitten der dunklen Holzvertäfelungen, der ganzen dunklen Anzüge und grellen Lichter wirkte er ziemlich fehl am Platz.

Seitlich hinter dem Ombudsmann entdeckte ich Harriet. Es war nicht zu übersehen, dass sie einen Pickel auf der Stirn hatte. Die kriegte sie immer, wenn sie nervös war. Die Fernsehkamera blieb auf ihr. Der Nachrichtensprecher unterhielt sich mit einer goldblonden Korrespondentin, die sagte, so etwas hätte sie noch nie erlebt. Es sei wie ein Wunder, sagte sie.

Daraufhin brachten die Nachrichten ein paar Sekunden aus der Rede des Premierministers. Ich hörte nicht auf das, was er sagte, denn meine Aufmerksamkeit war voll auf Harriet in ihrem dunklen Kostüm gerichtet. Wie professionell sie aussah, abgesehen von dem Pickel. Stephen war auf der anderen Seite der Bühne. Traurig, hilflos und leidend sah er aus, wie er da auf seinem Plastikstuhl saß, die Krücken neben den Ohren und die Kamera im Gesicht.

Weitere Meldungen waren angekündigt, über kranke Babys und den Dollar und eine Giraffe im Zoo, der es nicht gut ging. Vielleicht auch über den Dollar, dem es nicht gutging, und die Giraffe, die ein Baby gekriegt hatte. Ich dachte, jetzt würde es weitergehen, aber die Kamera blieb auf Stephen Bluestone.

Und jetzt aufgepasst, sagte die Korrespondentin. Die Kamera lief weiter, als die Reden beendet waren. Ich sah, wie Harriet Stephen quer durch den Raum zuwinkte. Sie sah erregt aus – ich habe keine Ahnung, was sie an ihm fand, Du vielleicht?

Auf jeden Fall lief die Kamera, und Stephen stellte sich kerzengerade hin und ging auf Harriet zu. Ohne die Krücken. Da ist einer so verkrüppelt, dass er die Beine nicht schmerzfrei bewegen kann, dass er seit achtzehn Monaten keinen Schritt getan hat, dass die ganze Ombudsbehörde und der halbe Medizinerverband glaubt, er ist ein Unfallopfer, und er geht quer über die Bühne und hinter ihm purzeln die Krücken zu Boden. Allen blieb der Mund offen stehen.

Ich spüre alles gleichzeitig. Ich bin alt und jung und am Ertrinken, und ich erlebe ein zweites Mal ein Leben, mit dem ich beim ersten Mal noch gar nicht fertiggeworden bin. Ich sterbe in der Gegenwart und in der Vergangenheit. Ich ertrinke. Rings um mich her spüre ich Wasser. Ich möchte um Hilfe rufen, aber die Worte kommen nicht. Ich huste und huste. Na komm, sagt Harriet und streichelt mir die Hand. Ihre ist feucht und zittrig. Ich schreie, doch ich ertrinke. Ich ertrinke. Die Welt dreht sich um mich, hin und her, auf und ab.

Sie müssen jetzt mit dem Schlimmsten rechnen, sagt eine Stimme, die ich kenne. Die Stimme einer Schwester. Ganz verschwommen sehe ich eine weiße Uniform. Meine Augen sind auch nicht mehr das, was sie einmal waren.

Helfen Sie mir, sie aufzusetzen.

Ich schreie. Und gleich noch einmal.

Sie glauben nicht, wie oft ich das gehört habe, sagt die Schwester. Egal, was sie in ihrem Leben gemacht haben, wie alt sie sind, wie viel Erfolg sie hatten, wie groß die Schar ihrer Kinder und Enkelkinder ist, am Ende rufen alle nach ihrer Mutter.

Du Armes, sagt Harriet und streichelt meine Hand.

Mir ist so heiß.

Ein paar Jahre nach dem Brand der Noronic – nicht allzu viel später, ich hatte immer noch diese Albträume, wenn auch nicht mehr ganz so häufig –, ein paar Jahre danach starb er. Ich meine Mr. Rolyoke.

In den Zeitungen stand nichts darüber. Ich erfuhr es erst, als der Leiter meiner Bank mir sagte, dass die monatlichen fünfzig Dollar jetzt nicht mehr eingehen würden. Ich wusste nicht recht, was ich davon halten sollte. Irgendwie fühlte es sich wie ein Loch an. Nicht nur in meinem Einkommen, sondern in meinem Herz, vielleicht, weil ich jeden Monat, wenn die fünfzig Dollar kamen, an Mr. Rolyoke dachte – und gar nicht recht wusste, warum. Nie war er zu Besuch gekommen, weder im Lauf von Robbies und meinem gemeinsamen Leben, noch im Lauf von Harriets Leben. Nicht dass ich in Tränen ausbrach, aber es war so, als sei etwas lange Währendes und Bedeutendes von mir gegangen. Ein Teil meiner Vergangenheit war unwiderruflich verschwunden. Harriet war erwachsen – und redete ohne Unterlass davon, Jura zu studieren, jetzt, wo sie endlich den Schulabschluss in der Tasche hatte. Den Floh hatte ihr einer ihrer Lehrer ins Ohr gesetzt. Harriet ist eine, die sich richtig reinhängt, da waren sich alle einig.

Du könntest dir eine Arbeit suchen, sagte ich zu ihr. Wir saßen im Hinterzimmer des Blumenladens, es roch nach Reseda, Mädesüß und Rosen. Die Sonne fiel durchs Nordfenster in die nordöstliche Ecke des Raums, wo sie nur an den Juniabenden hinkam und alles in goldenes Licht tauchte. Du hast deinen

Abschluss, sagte ich. Du bist ein kluges Mädchen, dich würde jeder mit Handkuss einstellen.

Sie sah mich mit diesem Blick an, der sagt, eine Diskussion ist hier sinnlos, und beugte sich wieder über das Merkblatt der Anwaltskammer von Ontario. Ich ging das Geschirr abwaschen und überlegte, woher wir das Geld nehmen sollten. Nicht von Lady Margaret, da war ich mir sicher.

Dann bat Geoff mich, ihn zu heiraten. Auf Knien, vor dem Kamin unseres Wohnzimmers. Sein Gesicht war rot vor Anstrengung, als er sich danach keuchend aufrichtete. Ich sagte ihm, dass ich geschmeichelt sei, und bat ihn, mir ein wenig Zeit zu lassen. Dann betrachtete ich mich im Spiegel und überlegte, was ich machen sollte.

Weißt du, erklärte ich Ruby, wenn ich Geoff heirate, kann Harriet Jura studieren. Alleine kann ich das nicht zahlen.

Geoff besaß drei Bäckereien und fuhr einen dicken, schwarzen Cadillac. An dem Tag im Wohnzimmer hatte er manikürte Fingernägel. Ich dachte, ich falle tot um. Hatte er sich die extra für den Heiratsantrag machen lassen?

Aber was ist mit dir?, fragte Ruby. Liebst du ihn denn?

Ob ich ... Er ist ein netter Mann, sagte ich. Es war als Kompliment gemeint, aber Ruby lachte.

Also liebst du ihn nicht. Na ja, du kennst ihn ja schon eine Ewigkeit. Bist du mit ihm ins Bett gegangen?

Ruby!

Was ist? Hab ich was gesagt? Tut mir leid, Fräulein Johanna von Orleans, aber ich denke da an ein Wochenende in New York mit der einen Hälfte der Gebrüder Wright ...

Wahrscheinlich wurde ich rot. Ist das alles, woran du denken kannst – Sex?, fragte ich.

Habe ich wirklich Sex gesagt? Einfach so? Aha. Na ja, wenn Du das sagst.

Was weißt du schon von der Liebe?, fragte ich Ruby.

Sie drehte sich weg, und ich hatte ein schlechtes Gewissen. Harriet war mit einer Freundin ausgegangen. Ruby und ich waren allein. Sie saß in einem dick gepolsterten Ohrensessel und hatte einen Drink in der Hand. Es tut mir leid, sagte ich. Darf ich dir noch etwas anbieten? Vielleicht ein ... Minzbonbon? Die Bonbons waren in einer Schüssel auf dem Beistelltisch, genau dort, wo jeder Mensch die Süßigkeiten hat. Ich esse keine, deshalb war die Schüssel immer voll. Ich habe auch andere Häuser mit Minzbonbons besucht, und auch dort isst sie niemand, deshalb sind auch diese Schüsseln voll. Was für eine Welt.

Stephens Gesicht füllte den ganzen Bildschirm aus. Fragen von allen Seiten.

Sie ist schuld, sagte Stephen. Die Ermittlerin von der Ombudsbehörde.

Die Kamera schwenkte herum. Der Ombudsmann runzelte die Stirn.

Das heißt, Sie haben die ganze Zeit simuliert?, fragten die Reporter.

Natürlich nicht, sagte Stephen.

Wollten Sie die Ombudsbehörde schlecht dastehen lassen?, fragten die Reporter.

Natürlich nicht, sagte Stephen. Ich sage nur, dass sie mich geheilt hat.

Wer?

Stephen streckte den Arm aus. Die da, sagte er zu den Reportern. Sie war es.

Und da konnte man es lebensgroß auf dem Bildschirm sehen, das Gesicht meiner Tochter, knallrot und mit verzerrtem Lächeln, auf der Stirn ein Pickel, so groß und so rot wie ein Fünf-Cent-Stück.

Er war eine kleine Sensation, eine Art Neuntagewunder, dieser Entschädigungs-Fall, in dem es keine Entschädigung gab und der trotzdem gut ausging. Man wusste nicht recht, ob es ein echtes Wunder war oder nicht. Nicht einmal Harriet. Ich habe keine Ahnung, was ich damit zu tun habe, sagte sie zu mir. Ich habe gar nichts gemacht. Ich habe mir nur gewünscht, dass er gesund wird.

Ein Neuntagewunder, wie schon gesagt. Und am zehnten Tag wurde Harriet gefeuert.

Ungegessene Bonbons in der Schüssel. Was für eine blöde Idee. Blumen machen mehr her. Natürlich auch mehr Arbeit, man muss verwelkte Blüten abknipsen und Wasser nachgießen – aber sie sehen einfach schöner aus. Im großen Haus gab es Blumen anstelle von Bonbons. Und unendlich viele Möglichkeiten, sie aufzustellen. Allein die Empfangsräume unten – es gab zwei, einen traditionellen und einen modernen – sahen aus wie ein Beerdigungsinstitut, groß, vollgeräumt und mit Unmengen von glatten, waagerechten Oberflächen. Und man musste ständig Staub wischen auf all den Simsen, Ständern und Tischchen, im traditionellen Raum auch noch auf einem dreibeinigen Louisnochwas-Möbel, das ich nie berühren wollte aus Sorge, dass es umfällt. Zweiundzwanzig Räume, die Küchen und der Dienstbotenbereich nicht mitgezählt. Dreiundzwanzig, wenn man die Galerie über der Eingangshalle mitrechnet. Dreiundzwanzig Vasen, die ich jeden Morgen zu putzen und zu befüllen hatte, dreiundzwanzig Vasen, die ich jeden Abend leeren musste.

Dazu noch die zwei in den Autos. Zehn Schlafzimmer, zwei Bibliotheken, das Spielzimmer, die Eingangshalle unten (große Vase mit dem eingravierten Ainslie-Wappen und zumindest einem lila Zweig) und dazu die Galerie, zwei Empfangszimmer, kleiner Speisesaal, großer Speisesaal, drei Salons, zu guter Letzt Lady Margarets Wohnzimmer im ersten Stock, mit Blick auf den hinteren Rasen und den See – vielmehr den Fluss. Das war das Haus in Philadelphia. Das in Cobourg war kleiner, der See war näher, und es gab kein Gewächshaus.

Was für ein Ort das war! So groß wie ein Ballsaal, voller geschwungener, knallbunter Formen, die ungeachtet der Außentemperaturen gediehen. Eine dicke Glastür verband das Gewächshaus mit dem südlichen Teil des Gebäudes. Ich habe den Geruch noch immer in der Nase, diesen schweren, feuchten, erdigen Geruch. Und so warm, dass sogar im Winter Frühlingsblumen wuchsen. Die Macht der Jahreszeiten in den Spitzen meiner Finger. Robbie zeigte mir, wie man mit einem Wandschalter die Temperatur verändern konnte. Nicht Robbie, sondern Mr. Rolyoke. Ich ging die Blumenreihen entlang und fühlte mich wie Eva am sechsten Tag.

Ich weiß noch, wie ich einmal mit dem Rücken zur Tür am Boden kniete und Blumen für den Tag abschnitt. Elektrisches Licht flackerte über mir. Kondenswasser noch und nöcher an den Fenstern.

Ich spürte seine Gegenwart schon, bevor er anfing zu sprechen. Ich wagte nicht, mich umzudrehen.

Wunderschöne Rose, sagte er. Ich musste lächeln. Er machte mir immer Komplimente, der dumme Junge. Keine Rose, Sir, sagte ich. Das ist eine wilde Orchidee.

Wie schmeichelhaft. Aber von der Bedeutung wusste ich damals noch nichts. Ich drehte mich immer noch nicht um.

Zauberhafte Rose, sagte er. Sonnige, durch und durch erstaunliche Rose. Wann darf ich denn einmal mehr von dir sehen?

Das kann ich beim besten Willen nicht sagen, Sir, sagte ich. Mit der Hand graziös am Mund, wie um ein Gähnen zu unterdrücken. Das hatte ich in der Woche zuvor bei Miriam Hopkins gesehen. Vielleicht sehen Sie mehr von mir, wenn ich aufstehe, sagte ich.

Ich kann nicht sagen, was ich erwartet habe: ein Lachen, eine Hand auf meiner Schulter. Ich war angespannt, aber nicht, weil ich Angst hatte. Ich glaube wirklich nicht, dass es Angst war, oder was denkst Du? Er machte gar nichts, und als ich mich schließlich umdrehte, war er weg.

Ich wandte mich wieder meinem Blumenschnitt zu.

Ich kann nichts erkennen. Alles diesig und verschwommen, die Welt hat sich eingewickelt in ein ... In was hat die Welt sich eingewickelt, Harriet?, frage ich und schaue hinauf in ihre batteriebetriebenen ... Scheiße, wie heißen die nochmal? Augen. Unscheiße. Verzeihung. Sonst benutze ich solche Wörter nicht – das weißt Du. Ruby hat es Dir sicher gesagt. Und Mama auch.

Sie ist aufgeregt, sagte Harriet zu der Schwester. Was ist los, Mutter? Sie schreit die Worte in mein Ohr. Ich fahre zusammen.

Ich möchte mich aufsetzen, sage ich.

Na komm, Mutter.

Sie hat mich nicht gehört. Sie hält meine Hand wie eine Fernbedienung. Man zeigt auf den Fernseher und drückt das Knöpfchen. Ich kämpfe gegen die Schwerkraft an und versuche, mich aufzusetzen. Ich halte mich an ihrer Hand fest, mühe mich den weiten, steilen Weg den Berg hinauf. Ich schaffe es nicht. Ich gebe auf und lege mich wieder hin.

Hoch, sage ich. Bitte hoch.

Harriet beugt sich zu mir. Tränen in den Augen. Jetzt habe ich's mal richtig gesagt. Augen. Sie hebt mich ganz vorsichtig in eine aufrechte Position und legt die Arme um mich, damit ich nicht kippe. Meine Tochter. Nie hat sie eigene Kinder gehabt, und doch ist ihre Berührung recht angenehm. Na, da haben wir's doch, sagt sie.

Ich nicke. Atme aus. War auch verdammt nochmal höchste Zeit, sage ich.

Und klarerweise hört das jetzt jeder. Harriet wird vor Schreck ganz steif, aber die Schwester lacht. Ich habe keine Ahnung, warum ich auf einmal so grob bin.

Bei dem Ausblick verschlägt es mir den Atem; und das bleibt auch so. Ich huste und huste und versuche Luft zu schöpfen, nur ganz schwach, meine Lunge dehnt sich langsam und vorsichtig. Ich schaue aus dem Fenster und sehe eine Ampel. Der Bus wirft einen Schatten auf die Ladenfront neben uns. Gemischtwaren. Süßigkeiten, Zeitschriften, Zigaretten. Zwei Jungs vor dem Eingang streiten sich. Einer nimmt dem anderen etwas aus der Hand. Der andere will es wiederhaben. Es ist eine Zeitschrift. Sie reißt. Wir tuckern weiter.

Nach ein paar Minuten werde ich müde, und Harriet lässt mich wieder in die Kissen sinken. Ich tätschle ihre Hand. Sie nickt, blinzelt einmal. Eine Schwester wechselt den Beutel, der mir aus der Lunge kommt. Der Bus schaukelt gemächlich; sieht so aus, als fahren wir wieder in eine Kurve.

Hast du die Blumen aufgestellt?

Jawohl, Miss Parker.

Alle? Alle zweiundzwanzig Vasen?

Dreiundzwanzig, Miss Parker. Jawohl.

Freches Ding. Also dann – hilf Jane beim Säubern der Töpfe und Pfannen vom Frühstück.

Ja, Miss Parker.

Züchtig, die Augen gesenkt. Nur wir drei in der hinteren Küche, und Jane war dankbar für die Unterstützung. Eine Minute danach kam Robbie hereinspaziert. Ich hoffte inständig, er würde nichts über unser Treffen am Morgen sagen. Parker hätte mit Sicherheit alle möglichen Schlüsse gezogen. Er hatte kaum den Mund aufgemacht, da lief es mir heiß und kalt den Rücken hinunter.

Gibt es noch Tee?, fragte er heiser. Er sah schauderhaft aus. Morgenrock und völlig verstrubbelte Haare.

Aber sicher doch, Mr. Robbie, sagte Parker und lächelte angespannt.

Und vielleicht auch ein wenig Honig zum Hineinrühren?

Natürlich, Sir. Das ist ja richtig schlimm mit Ihrem Hals, Sir.

Er hustete noch einmal. Ich habe die ganze Nacht kein Auge zugetan, sagte er. Bin grad erst aufgestanden.

Jane spritzte versehentlich heißes Wasser auf mich. Ich sprang nach hinten. Tut mir leid, flüsterte sie.

Ich antwortete nicht. Das im Gewächshaus war nicht Robbie gewesen.

Oh, Robbie. Ich habe mich bemüht, deinem Andenken treu zu sein. Ich meine nicht die Sache mit Wilbur; das war eine Überraschung und hatte nichts mit dir zu tun, sondern mit mir. Ich konnte Geoff nicht heiraten. Den reichen, netten, manikürten Geoff. Ich erwachte nach einer schlechten Nacht – keine Albträume vom Ertrinken diesmal, nur ein unruhiger, nervöser Schlaf – und wusste, was ich auf keinen Fall machen konnte.

Es tut mir leid, Harriet, sagte ich.

Ist schon in Ordnung, Mutter.

Und was machst du jetzt, wenn du nicht Anwältin werden kannst?, fragte ich.

Ich kann trotzdem Anwältin werden, sagte sie.

Dieses eigensinnige Mädchen. Sie hatte herausgefunden, dass man als Assistentin arbeiten und sich trotzdem zu den Prüfungen anmelden konnte. Sie hatte sogar einen Anwalt gefunden, der sie dabei unterstützte. Was hätte ich sagen sollen? Was hätten andere Eltern gesagt? Na, das freut mich aber, sagte ich zu ihr. Und jetzt iss dein Frühstück.

Das Klopfen an der Tür war leiser als ein Atemhauch am Fenster. Ich ahnte es mehr, als dass ich es tatsächlich hörte. Herein, sagte ich, und mein Flüstern kam mir vor wie das Getöse einer Kirchturmglocke. Meine Augen durchbohrten die pechschwarze Dunkelheit in meiner Kammer im zweiten Stock, denn ich wollte sein Gesicht sehen, seine Hand auf der Tür, ich wollte sehen, wie die Tür aufging. Aber ich sah nichts, hörte nichts, merkte nichts, bis ich ihn neben mir spürte.

Happy birthday, Rose, sagte er.

Ich antwortete nicht.

Wunderschöne Rose. Hab keine Angst, sagte er. Sein Atem roch nach Rauch.

Ich wusste nicht, weiß auch heute nicht, was geschah. Hat er denn noch etwas gesagt? In meiner Erinnerung gibt es weder ein Geräusch noch ein Bild, nur eine wundersame Reihe von Empfindungen, fast wie eine Art Gefühlskino.

Hat er sich verabschiedet? Ich weiß es nicht.

5 Himmelfahrt

Mama, oh, Mama – wohin gehst du? Mama, warum bist du nicht hier? Was wird aus mir, wenn du nicht mehr da bist? Wirst du mich vermissen? Was wird aus mir? Was wird nur aus mir?

Sie sagte nichts. Sie hatte die Augen geschlossen. Ihre Haut war viel weißer, als ich sie in Erinnerung hatte. Ich ging zurück zu meinem Platz. Harriet redete mit der jungen Frau, die neben ihr saß, ein freundliches, angeregtes Gespräch mit viel Nicken und Lächeln. Die Frau trug ein rotes Kleid, das sehr gut zu ihrer dunklen Haut passte. Eine von den Nichten. Die beiden achteten nicht auf mich. Oh ja, hörte ich Harriet sagen. Er sieht nett aus, oder?

Die Frau, die hinter mir kniete, flüsterte etwas über die Kirchenbank.

Sie sind Rose, stimmt's? Die Tochter von Mrs. Scanlon?

Ich sagte Ja.

Sie waren ganz schön lange da vorne, flüsterte sie mir zu.

Ich schenkte ihr ein Lächeln, dieser korpulenten Kusine aus dem Küstenstädtchen, die nach Zigarettenrauch und Fisch roch und ein fliederfarbenes Kleid trug.

Es ist nicht leicht, Lebewohl zu sagen, stimmt's?, schnaufte sie.

Ich stimmte ihr zu.

Es ist doch so. Als mein Donald starb, habe ich tagelang geweint. Ich konnte nicht glauben, dass er tot war. Ich konnte es einfach nicht glauben. Völlig verzweifelt ging ich durch die

Wohnung und rief seinen Namen. Ich stellte ihm Futter hin und was nicht alles. Ich brachte es nicht über mich, sein Grab zu besuchen. Und dann, eine Woche danach – sie schluckte bei der Erinnerung – sah ich eine Maus. Die erste, seit ich Donald als Kätzchen aus dem Tierheim geholt hatte – und ich brach zusammen und konnte gar nicht mehr aufhören zu weinen.

Der Priester zelebrierte den Begräbnisgottesdienst wie eine Reklame für Seife und packte viele Wörter und noch mehr Gefühl in die vorgegebene Zeit. Dann beerdigten wir Mama auf einem Friedhof am Meer, der voller Scanlons war. Der Atlantik nagte und zerrte an den Felsen unter uns. Niemand weinte, nicht einmal Bill. Nicht einmal ich.

Einer von Bills Brüdern holte Harriet und mich in Halifax am Bahnhof ab, brachte uns direkt zu sich nach Hause und bestand darauf, dass wir bei ihm übernachteten. Es war das erste Mal seit Harriets Geburt, dass ich einen der Scanlons wiedersah. Bist du der, zu dem sie auch Knott der Herr sagen?, fragte ich.

Er schüttelte den Kopf. Red übernachtet bei Knott, sagte er. Hier bei mir, Jessie und den Mädchen habt ihr mehr Platz. Mich nennen sie manchmal Flachdach, sagte er.

Harriet rannte hinter einem der Mädchen nach oben, um sich umzuziehen. Ich fragte, wo der dritte Bruder sei?

Hundefresse ist im Krieg ums Leben gekommen. Er war an Bord eines Minensuchers.

Ich sagte, das täte mir leid.

Schon gut. Zehn Jahre her, die Sache, sagte Flachdach.

Macht es dir nichts aus, dass deine Mutter hier begraben wird?, unterbrach seine Frau Jessie. Sie war eine sanftmütige Hausfrau im guten, schwarzen Kleid, das über und über mit

Zigarettenasche bedeckt war. Auch die Töchter rauchten alle, wobei die jüngste kaum älter als zwölf gewesen sein dürfte.

Nein, tut es nicht, sagte ich.

Wir haben eine schöne Stelle ausgesucht, sagte sie. Man hat eine schöne Aussicht. Deine Mama hat gern aufs Meer geschaut, wenn sie und Bill uns besuchen kamen.

Robbie, also mein Mann, ist auch während des Krieges gestorben.

Aber er ist nicht Ihr Mann, sagte der Arzt rasch, dieser kleine, dessen Kopf aussah wie ein Fußball. Er hörte auf, am Fußende meines Bettes auf und ab zu gehen, und schaute mich an.

Aber sicher ist er das, sagte ich. Wir wurden in einer Kirche in Philadelphia getraut. Mama war dabei, und Mr. Rolyoke hat mich meinem Bräutigam zugeführt. Ich bin seinem Andenken nur einmal untreu gewesen, sagte ich. Wenn's hoch kommt, vielleicht zweimal.

Mutter!

Harriets Mund war derart groß und rund, dass ein Apfel hineingepasst hätte. Zu Hause auf der Farm wollten wir auch immer Äpfel haben, aber mehr als die eine Ernte war nicht drin gewesen. Gerts neuer Dad hat uns einmal einen Setzling geschenkt. McIntosh-Äpfel, glaube ich, aber es gab nur wenige Blüten, und als die Früchte kamen, war nicht zu erkennen, welche Sorte da wuchs – sie sahen aus wie Kirschen und schmeckten wie Staub.

Wahrscheinlich aber nur einmal, sagte ich.

Ich möchte, dass dieser Mann in sichere Verwahrung gebracht wird, sagte Harriet. Mit fester Stimme. Die Wangen leicht gerötet, was ihr gut stand. Er … belästigt meine Mutter, sagte sie.

Belästigt? Redest du über Robbie?, fragte ich. Robbie belästigt mich niemals.

Sie denkt nicht, dass er sie belästigt, sagte die Schwangere, die jetzt zur Abwechslung einmal zu mir herschaute. Stimmt's, Mrs. Rolyoke?, fragte sie.

Wer, Robbie?, fragte ich. Aber nein. Robbie ist ein Ehrenmann, sagte ich.

Die Krankenschwester runzelte die Stirn.

Harriet stöhnte. Mutter, sagte sie geduldig, mit Tränen der Enttäuschung in den Augen, wir reden über Albert Morgan. Erinnerst du dich an ihn? Der im Rollstuhl?

Arme Harriet, sie denkt, ich bin ein Kind. Natürlich erinnere ich mich an Al, sagte ich. Er ist verrückt nach mir.

Ich wollte einen Witz machen, um die Sache hier ein bisschen aufzulockern. Aber niemand lachte.

Mr. Morgan glaubt, dass du seine Frau bist, sagte Harriet. Er nennt dich Mavis.

Ja, das stimmt, sagte ich.

Sie weiß es!, rief der Arzt. Ein anderer Arzt sagte irgendetwas von Einverständnis oder so.

Die Schwangere schüttelte den Kopf und schürzte die Lippen, als wollte man sie küssen. Verstehen Sie, Mrs. Rolyoke?, fragte sie. Verstehen Sie, was hier vorgeht?

Ich erklärte es ihnen. Alberts Frau heißt Mavis – hieß Mavis. Sie ist tot, sagte ich ihnen und bekräftigte das mit einem Nicken. Konnten *sie* denn nicht verstehen, was hier vorging?

Und Albert kommt nachts zu Ihnen ins Zimmer – stimmt das, Mrs. Rolyoke?

Nein, natürlich nicht, sagte ich. Er geht in das Zimmer von Mavis, sagte ich.

Das graue, verwitterte Holz drückte heiß gegen meinen Rücken. Ich konnte es durch meinen leichten Sommerüberwurf spüren. Es war eines von Mamas umgenähten Kleidern, mit Knöpfen und vorneherum immer noch ein bisschen zu weit, aber sie nannte es trotzdem Überwurf. Jack schnappte nach Luft, als wir uns voneinander lösten.

Wahnsinn! Du küsst besser als alle anderen, sagte er.

Na hör mal, Jack, du bist mir ja einer. Aber ich war nicht böse über den Vergleich. Ich war froh, bei ihm zu sein.

Machen wir's gleich nochmal, sagte er, während er sich vorbeugte, mein Gesicht in die Hand nahm und dann seine Lippen auf meine presste. Ich formte einen Bogen, wie Clara, damit man sie gut küssen konnte, und ließ mich von ihm gegen die Scheunenwand drücken. Die Nachmittagssonne blendete mich, deshalb schloss ich die Augen. Von vorne kam der Geruch von Klee, von hinten der der Scheune, und aus Jacks Kleidern der von Holzrauch und Jungenschweiß.

Legen wir uns doch hin, sagte er.

Wie – auf den Boden?

Niemand kann uns sehen. Sie sind heute alle im östlichen Teil drüben.

Aber ich wollte nicht, dass mein Überwurf schmutzig wird.

Er lehnte sich wieder gegen mich und flüsterte in mein Ohr. Ich hab schon mal meinen Eltern zugesehen, sagte er.

Und?, fragte ich.

Und die haben sich hingelegt, sagte er.

Haben sie das?

Jawohl, das haben sie. Bitte, Rose. Nur dies eine Mal.

Seine Augen waren so schön blau, und sein Haar so wunderbar lockig und schwarz. Sein Lächeln war bezaubernd und herrlich durchtrieben. Ich mochte ihn wirklich gern.

Es ist so matschig hier, sagte ich. Und außerdem ist es ziemlich spät. Mama macht sich sicher schon Sorgen.

Bitte, Rose.

Ich lächelte zu ihm hinunter. Na gut, ein Kuss – aber mehr nicht. Kein Hinlegen.

Wir küssten uns noch einmal, und diesmal fasste er mich an. Er griff nach oben und berührte mich durch das dünne Sommerkleid hindurch. Ich wollte mich losmachen, aber ich stand an die Scheune gedrückt und schaffte es nicht.

Na ja, vielleicht habe ich mich auch nicht allzu sehr bemüht.

Er ließ seine Hand dort liegen. Es kam mir vor, als würde mein Herz dagegen schlagen. Ich spürte, wie ich unter seiner Hand größer wurde, so wie eine Blüte, die sich der Sonne entgegenreckt. Als wir uns voneinander lösten, schnappten wir beide nach Luft. Ich weiß, was man jetzt macht, sagte er. Ich hab meinen Eltern zugesehen.

Ich muss jetzt heim, sagte ich.

Hat es dir etwa nicht gefallen? Du bist doch ganz rot im Gesicht, sagte er.

Ich schaute über die Felder. Ganz hinten wand sich die Burnham Road den Hügel hinauf. Von dort oben aus konnte man die Türme von St. Andrew's und die der Trinity United Church in Cobourg sehen. Und dahinter lag der große See, der wie Silber glitzerte.

Komm schon, Rose, noch einen Kuss?

Nein. Ich drehte mich um und ging über das Feld.

Morgen, rief er mir nach. Morgen nach der Schule. Gleicher Treffpunkt.

Wie alt ich da wohl war – zwölf? Und ich ging weg. Stimmt das?

Vermutlich hätte ich Ruby fragen können, ob sie bei mir einziehen will. Zwei Frauen, die zusammen wohnen, ihr Leben und ihre Gedanken miteinander teilen, sich über ihre Erinnerungen und das überschüssige Stück Fleisch beim Abendessen in die Haare kriegen. Warum eigentlich nicht? Ruby und ich waren alte Freundinnen, und nachdem Harriet ausgezogen war, gab es genug Platz.

Sie arbeitete bei einem Anwalt im Zentrum. Er hatte versprochen, ihr bei der Aufnahmeprüfung fürs Rechtsstudium zu helfen und sie nach ein paar Jahren als Aushilfe der Anwaltskammer zu empfehlen. Keine Ahnung, wie sie etwas über die Rechte in Erfahrung bringen wollte, indem sie die Inhaber von Gebäuden ermittelte oder Testamente aufsetzte, aber das war ja auch ihr Problem und nicht meines. Es tat mir leid, ihr kein Jura-Studium zahlen zu können, aber sie versicherte mir, dass ihr das, was sie tat, Spaß machte.

Ich helfe den Menschen, sagte sie zu mir.

Lieb von dir, mein Kind.

Und ich leiste gute Arbeit. Mr. Sherman mag es, dass ich gute Arbeit leiste. Das sagt er mir auch. Er schätzt mich.

Kann sein, dass ich sie nicht genügend schätzte. Ich gab mir Mühe, aber sie war so ungemein fachkundig, so anspruchslos, so unspektakulär. Lauter Eigenschaften, die einem das Schätzen schwer machen. Als sie auszog, stieß ich einen Seufzer der Erleichterung aus. Arme Harriet, ich war wohl keine besonders gute Mutter.

Ich zog nicht um. Ich mochte die Gegend. Sie erinnerte mich an Robbie. Ich behielt das Haus in der Waverley Road und den Blumenladen in der Queen Street. Ich wischte Staub und bezahlte die Rechnungen, schaute durch die vorderen Fenster auf die Straßenbahnen, den Kew Gardens Park und die Uhr an der Feuerwache. Hatte Albträume. Kümmerte mich um den Garten. Beschäftigte unfähige Mitarbeiter. Kaufte ein Fernsehgerät.

Ich hatte keine Freundin, mit der ich essen, lachen, telefonieren konnte, egal, wie spät es war. Nach Harriets Auszug hätte ich Ruby fragen können, ob sie bei mir wohnen will, aber auf die Idee kam ich gar nicht.

Warum siehst Du mich so kritisch an? Bin ich nicht nur eine schlechte Mutter, sondern auch eine schlechte Freundin? Ist es das? Hätte ich sie vielleicht überreden sollen? Damit sie mir jeden Morgen das Klo vollkotzt oder im Eingang hinfällt? Ausgeht und nicht sagt, wann sie wiederkommt? Tagelang nicht mit mir redet? Mich anstarrt, ohne mich überhaupt wahrzunehmen? Geschweige denn irgendetwas anderes? Ich wusste, wie das war. Ich wusste ganz genau, wie das war. Ich wollte es nicht auch noch ein zweites Mal durchmachen.

Hör auf, mich so traurig und mitleidig anzusehen. Was glaubst Du, wie es mir geht? *Ich* habe sie ja im Stich gelassen.

Wer sind Sie? Das frage ich oft. Ich liege gegen einen Stapel Kissen gelehnt, starre nach oben in ein getoastetes Gesicht und habe keine Ahnung, wer das sein soll. Toast und Konfitüre, Seitenausgang, Ringelblume. Ich kann keinen Zusammenhang erkennen. Nicht getoastet – besorgt. Das ist, was ich gemeint habe.

Albert?, frage ich. Sind Sie das?

Ich bin Sanjay, sagt er. Er nimmt meine Hand und hält sie behutsam.

Der Prediger?, frage ich.

Mutter, sagt Harriet von der anderen Seite. Es wäre ein ziemlicher Aufwand, den Kopf zu drehen und sie anzusehen. Mutter, du erinnerst dich doch an Dr. Berman?

Hallo, sage ich. Er wartet, bis ich fertig bin mit Husten, und wischt mir dann den Mund ab.

Draußen wird es langsam dunkel. Wir befinden uns auf dem Rückweg zur Villa. Die Gefahr ist vorbei. Sie haben das, was undicht war, repariert, und die Luft ist wieder rein. Der Krankentransporter schaukelt ein bisschen, als wir um die Kurve biegen. Ich bin festgeschnallt, aber Dr. Berman muss sich festhalten.

Wo ist Albert?, frage ich.

Dr. Berman blinzelt. Für einen Mann hat er erstaunlich schöne Wimpern. Lang und seidig. Seine dunklen Augen sind auf der Seite schläfrig nach unten gebogen. Ich weiß nicht, sagt er.

Er wurde an einen anderen Ort verlegt, sagt Harriet. Drüben im Osten der Stadt – ich kann mir den Namen einfach nicht merken, sagt sie.

Nicht Hölle – als Kinder sagten wir dazu Der Andere Ort: Pass auf, sonst kommt du an den Anderen Ort! Eines der Dienstmädchen im großen Haus in Philadelphia hatte es auch mit dem Anderen Ort. Wir zogen sie immer damit auf. Gib ordentlich Stärke in die Manschetten, Abigail, sagten wir. Wenn du zu wenig nimmst, verfrachtet Parky dich an den Anderen Ort. Abigail? Adeline? Irgendetwas in der Art. Sie war sehr strenggläubig. Ihr Aufenthalt war nur kurz.

St. Dominic?, fragt der Arzt.

Ja, das ist es, sagt Harriet.

Ich denke an Albert. Er war beschnitten. Keine Ahnung, wieso mir das jetzt einfällt.

Mutter!, sagt Harriet. Sie klingt schockiert. Oh je. Der Gedanke muss aus meinem Mund herausgefallen sein. Loses Mundwerk ist dem Schiff ein Eisberg.

Der Arzt ist nicht schockiert. Er schaut sehr freundlich zu mir herunter.

Wo ist Dr. Sylvester?, frage ich.

Er liegt hinten, am Ende des Transporters, erklärt Dr. Berman. Er hat sich verletzt, als wir vor einer Weile in die Kurve gefahren sind.

Sind wir bald zu Hause?, frage ich.

Ja, sagt er und steht auf, schaukelt dabei ein bisschen mit dem Transporter mit. Sehr bald.

Ausrutscher hatte es bei mir eigentlich nie gegeben. Ich konnte Geheimnisse gut für mich behalten. Meinen Freundinnen habe ich nie erzählt, dass Onkel Brian Daddy getötet hat. Sie kriegten es natürlich trotzdem mit und waren entsprechend geschockt und aufgeregt. Gert zitterte am ganzen Körper und schaute zu dem Gewehr, das im Haus ihrer Eltern über dem Kamin hing. War es so ein Gewehr wie das hier?, fragte sie. Ich gab keine Antwort. Im Ernst? Wie furchtbar. Und dein Onkel hat einfach Bäng-Bäng gemacht, genau auf den Kopf? Sie zitterte erneut, und in der Schule hörte ich sie in dieser Woche zu jemandem sagen, wir in meiner Familie hätten schlechtes Blut. Was natürlich auch daran liegen kann, dass Billy Burnham mich gerade ins Kino eingeladen hatte. Gert mochte Billy nämlich.

Dr. Sylvester habe ich nichts davon erzählt. Keine Krankheiten in der Familie, sagte ich zu ihm. Keine Gewalt. Nichts, worüber man sich Sorgen machen müsste. Ich lächelte Harriet an. Ich wollte ihr ja nicht ihre Chancen beim Herr Doktor vermiesen.

Sie nahmen sich viel Zeit, die beiden, als sie da über ihren Broschüren und Merkblättern saßen und nachdachten. Ab und an schaute Harriet über die Schulter zu mir her, und dann lächelte ich. Die Hand des Doktors lag auf dem Tisch neben Harriets Hand. Wenn er sie bewegte, um auf irgendetwas zu deuten, streifte sein kleiner Finger den ihren.

Es geht abwärts, sagte der Doktor. Es geht abwärts mit ihr. Tut mir leid, sagte er.

Harriet drehte sich zu mir. Ich schenkte ihr ein aufmunterndes Lächeln.

Es gibt lange Wartelisten, sagte der Doktor. Möglicherweise dauert es sechs Monate, bis sie aufgenommen wird.

Und in der Zwischenzeit?, fragte Harriet.

In der Zwischenzeit wird sie Dinge verlieren und vergessen, den Herd abzudrehen, sagte der Doktor, und gefährliche Männer in ihre Wohnung lassen. Es tut mir leid, Miss Rolyoke – ich weiß, es ist schwierig, sagte er und erhob sich mit einer geschmeidigen Bewegung, der Typ Mann, der seine Hosenbeine leicht hochzieht, bevor er sich setzt, sodass die Hose dann ausbeult, wenn er wieder aufsteht.

Sie redeten über Joe. Ich weiß noch, wie aufgewühlt Harriet war und Deinen Namen sagte, als ich erzählte, ich hätte einen Mann, der mich ausrauben wollte, auf eine Tasse Tee heraufgebeten.

Jesus, Mutter!

Ich tat es, weil ich mich schuldig fühlte. Ich schaute Joe an und sah dabei Ruby die Hand ausstrecken. Und ich nahm ihn mit zu mir und kümmerte mich um ihn, nicht weil er es verdiente, sondern weil Ruby es verdient gehabt hätte.

Und weder belästigte er mich, noch raubte er mich aus. Er bedankte sich für den Tee und ging seiner Wege, und ich fühlte mich besser. Sah auch besser aus, mit meinem guten Schal. Der Doktor hatte unrecht: Ich verlor keine Dinge. Aber manchmal versteckte ich sie und vergaß dann, wo. Der blaue Schal mit den Tauben drauf war in der Teekanne gewesen.

Als wir aus der Arztpraxis kamen, regnete es immer noch. Auf der Heimfahrt war Harriet ganz still. Sie schob die Gangschaltung vor und zurück. Der Motor machte Geräusche wie ein Tier im Käfig.

Das Haus, in dem meine Wohnung war, überragte den ganzen Block. Harriet begleitete mich zum Aufzug. Möchtest du mit raufkommen?, fragte ich.

Sie nickte, immer noch schweigend, und wir betraten gemeinsam den Aufzug. Mrs. Collins hatte ihren kleinen Hund an der Leine. Hallo, Artie, sagte ich. Und wurde rot. Ich meine Alfie, sagte ich.

Alfie ist der Hund. Artie ist Mrs. Collins' verstorbener Ehemann.

Sie legte die Stirn in Falten. Alfie hechelte. Ich bückte mich, um ihm den Kopf zu tätscheln, und er sprang hoch. Quirliger kleiner Kerl. Ich verlor das Gleichgewicht und wäre fast gestürzt, aber Harriet war da und hielt mich fest.

Huch, sagte ich. Sie sagte nichts.

Wie ungeschickt von mir. Danke, mein Herz, sagte ich. Sie sagte immer noch nichts.

Auf Wiedersehen, Alfie, sagte ich. Er jaulte.

Harriet hielt mich am Ellbogen, als wir den Gang entlang zu meiner Wohnung gingen. Ich schüttelte sie ab, um den Schlüssel herauszuholen. Ich zitterte. Meine Hände brauchten länger als sonst, um das Schlüsselloch zu finden. Ich wollte rufen: Darf ein Körper denn nichts vergessen? Darf ich denn nicht den Namen eines Hundes vergessen, ohne mir schlimmste Vorwürfe machen zu müssen? Darf ich denn nicht wie jeder andere Mensch stolpern? Ich habe Arthritis, verdammt nochmal. Ich darf stolpern. Ich bin nicht verrückt. Ich bin älter geworden – genau wie du auch. Ich bin nicht unfähig. Ich kann dir ohne weiteres das Siebener-Einmaleins aufsagen; ich weiß, dass Lebermoos für Vertrauen steht und Blaue Lobelie für Abneigung. Ich rezitiere dir aus dem Stand das Gedicht, das wir in der dritten Klasse auswendig lernen mussten. Manchmal mache eben ich die Augen zu und die Herdplatte ist an, na und? Wem schadet das? Die Wohnung ist so was von kalt im Winter. Ich kann die zusätzliche Wärme gut vertragen.

Ich möchte nicht, dass du dir Sorgen um mich machst, sagte ich zu Harriet. Sie nickte.

Es geht mir gut, sagte ich, während ich den Wasserkessel aufsetzte und alles für den Tee vorbereitete.

Hast du noch nie einen Namen vergessen?, fragte ich sie. Oder eine Adresse oder – ich brach ab. Mir fiel nichts mehr ein. Sie nickte.

Das Leben großer Männer lehrt uns, dass man etwas Besonderes machen und beim Abschied seine Fußabdrücke im Sand der Zeit hinterlassen kann, sagte ich. Als du zur Welt kamst, warst du dreitausenddreihundert Gramm schwer, sagte ich. Du warst achtundfünfzig Zentimeter groß. Dein Vater benannte dich nach seiner Großmutter. Ich habe sie nie kennengelernt. Ich wollte dich Gert nennen, nach meiner besten Freundin aus Kindertagen.

Harriert fing an zu weinen.

Ich schenkte in beide Tassen Tee ein. Milch stand am Tisch, aber kein Zucker, denn beide tranken wir den Tee ohne. Hier, sagte ich. Trink das.

Ich nahm einen Schluck. Er hatte die richtige Farbe, schmeckte jedoch furchtbar. Der Regen schlug gegen das Fenster. Harriet weinte noch immer. Ich schaute vorsichtig in die Teekanne. Was um Himmels Willen hatte ich wohl diesmal hier versteckt?

Sie weinte in ihre Tasse. Woran erinnerte mich das? Ich schätze mal, 1957, obwohl ich da auch falsch liegen kann. 1957 passierte nichts wirklich Aufregendes. Zumindest mir nicht – wobei Du da sicherlich anders denkst. Ich weiß noch, es war ein Freitagabend, und ich war mit einem Saatgutvertreter ausgegangen. Ich kam spät heim, für meine Verhältnisse, was nicht wirklich spät war, und fand Harriet in meinem Wohnzimmer vor, trinkend und weinend. Wenn ich genau darüber nachdenke, hat sie nicht geweint, nur getrunken. Ruby war die, die geweint und getrunken hat.

Hallo, sagte ich.

Oh, Mutter, wie geht es dir?

Harriet weinte nie. Ein paar Kratzer, als sie klein war, mehr war da nicht. Bei Robbies Begräbnis stand sie geduldig neben mir, während der Friedhof sich leerte. Nein, das stimmt nicht – sie hat geweint und die Hand des Leutnants festgehalten. Ich war die, die geduldig dastand.

Vielleicht habe ich es mir absichtlich so gemerkt.

Fühlt euch wie zu Hause, sagte ich.

Ich hatte Ruby seit Monaten nicht gesehen. Sie sah grauenhaft aus, verklebtes Haar, aufgerissene Augen, unter dem offenen Kragen ein faltiger, ungewaschener Hals.

Wie geht es dir, Liebes?, fragte ich Harriet.

Ich ging zu ihr hin und küsste sie auf die Wange. Sie lächelte. Es war ungewohnt, sie trinken zu sehen. Das machte mich unruhig.

Ich hatte Schnaps im Haus, rührte ihn aber so gut wie nie an. Oder doch? Harriet auf jeden Fall nicht. Ich kann Dir nicht sagen, wie sich das anfühlte: Sehen zu müssen, wie meine Tochter und meine – ich denke, sie war immer noch meine beste Freundin, selbst wenn wir nicht mehr viel miteinander zu tun hatten

– meine beste Freundin sich gegenseitig die Flasche reichten, als hätten sie ihr Leben lang nichts anderes getan.

Du solltest Mitleid mit deiner Tochter haben, sagte Ruby und sprach dabei sehr deutlich, um die Worte nicht zu lallen. Ich fragte, warum.

Weil sie nie bekommen wird, was sie will, sagte Ruby.

Stimmt das, Harriet?, fragte ich, worauf Ruby mich mit ihrem furchterregenden Grinsen ansah.

Es stimmt, Mutter.

Mach dir nichts draus, Liebling. Es gibt so viele Männer da draußen, sagte ich.

Ruby lachte schrill. Es klang, als würde Glas splittern.

Das sag ich schlimmer, sagte sie. Ich meine, schon immer. Sie lachte noch lauter. Der war gut. Hast du noch so was Schlimmes für Harriet?

Mir war klar, dass es keinen Sinn hatte, ihnen die Flasche wegzunehmen. Ich setzte mich mit den beiden in die Küche. Was ist los, fragte ich Harriet. Was ist passiert?

Ich bin nie bei einer Prüfung durchgefallen. Bei keiner einzigen. Harriet fiel dafür, dass sie sich solche Mühe gab, ziemlich oft durch. Ich bin in der Schule auch nie sitzengeblieben. Sie hingegen hat nicht einmal die Fahrprüfung bestanden, zumindest nicht beim ersten Versuch: Der Fahrlehrer sagte, sie würde sich zu sehr konzentrieren. Ich habe nie lenken gelernt – nicht mal eine Pferdekutsche. Billy Burnham hat mir einmal die Zügel in die Hand gedrückt, aber das kann man ja wohl kaum lenken nennen. Der Gaul kannte den Weg auch so.

Harriet schrieb wunderschöne Aufsätze, aber bei Prüfungen versagte sie auf ganzer Linie. Die Lehrer ermutigten sie immer wieder, daran teilzunehmen, und nach ein paar Versuchen schaffte sie es auch jedes Mal. Als sie die Aufnahmeprüfung fürs Rechtsstudium nicht schaffte, setzte sie sich gleich wieder auf den Hosenboden, um für die nächste zu büffeln. Aber da war es zu spät. Sie änderten die Bestimmungen und man konnte nicht mehr als Anwalt arbeiten, ohne zuvor die Uni besucht zu haben. Harriet war da – was habe ich gesagt, 1957? –, sie war da siebenundzwanzig. Ist nicht so alt, oder? Aber es war zu alt für die Zulassung zum Studium.

Deshalb wurde Harriet nie Anwältin.

Sie betrat meine Wohnung und zog dabei einen schweren Koffer hinter sich her. Ich hatte ihr definitiv keinen Schlüssel gegeben. Wir hatten uns erst vor ein paar Stunden verabschiedet – Harriet war noch immer verheult. Ich hatte sie definitiv nicht wieder eingeladen.

Das ist aber nett, sagte ich. Was ist mit deinem Job?

Ich habe mir ein paar Wochen freigenommen, sagte sie. Harriet war mittlerweile in einer großen Anwaltskanzlei angestellt. Alle möglichen Anwälte sagten ihr jetzt, was sie zu tun hatte. Das schien sie nicht zu stören. Ich bleibe erstmal hier bei dir, bis wir geklärt haben, wo du wohnen kannst, sagte sie.

Muss ich denn umziehen?, fragte ich. Ich möchte nicht umziehen. Ich fühle mich wohl hier, ich kann aus dem Fenster sehen und die Wolken betrachten, sagte ich.

Mutter, du bist sechsundachtzig Jahre alt. Ich kann mich nicht um dich kümmern. Und ich kann mir keine Pflegerin leisten.

Vielleicht sterbe ich ja auch, bevor es einen Platz für mich gibt, sagte ich.

Harriet seufzte. Und dann bin ich hingefallen und haben mir den Knöchel gebrochen. Nein, so war es nicht. In Wahrheit habe ich mir den Knöchel gebrochen und bin dann hingefallen. Sie machten Röntgenbilder und schüttelten den Kopf. Tss, tss. Tut mir leid, sagte ich.

Als ich aus dem Krankenhaus entlassen wurde, konnte ich in die Warden Grace Villa einziehen. Mit Stock und allem Pipapo.

Rund um mich her ist Nebel, und ich drifte durch die Gegenwart wie ein verlassenes Schiff, das Wrack der Rose Rolyoke. Was für ein schauriger Gedanke. Ich liege aufgerichtet im Transportbus und sehe durchs Fenster die vertrauten Bäume und Parkplätze. Durch den Nebel hindurch kann ich den besorgten Ausdruck in Harriets Gesicht erkennen. Ich kann die Gespräche um mich her hören. Ich spüre, wie mein Brustkorb sich hebt und senkt, spüre, wie mein Zwerchfell sich bemüht, Flüssigkeit aus meiner Lunge abzusondern. Ich spüre mein Herz schlagen.

Ich bin müde.

Sie tragen die Leute aus dem Transportbus. Die erste ist Mikes Mutter, ihr Gesicht ist bedeckt. Ich kenne sie, oder besser: kannte sie, wobei es mir vorkommt, als sei ich recht bald wieder in der Lage, sie zu kennen. Blöd, dass ich sie nie mochte. Als nächster ist Dr. Sylvester dran, auf einer Bahre. Ach, dieser rasende Kopfschmerz, sagt er. Der arme Mensch, mit dem Verband sieht er gar nicht mehr so gut aus. Der Sanitäter lässt das eine Ende der Bahre fallen. Dr. Sylvester flucht. Der nächste ist der Kartenspieler mit dem Hörgerät.

Du magst ihn, stimmt's? Das kann ich sehen. Du tätschelst ihn mit Deiner Hand. Warum? Er ist ein armer Hund. Er jammert und heult und vergisst, welche Farbe Trumpf ist. Er schikaniert die Schwestern und beleidigt alle anderen. Niemand mag ihn, nicht einmal die Aushilfen vom Kiosk. Seine Mitspieler machen Witze über ihn, wenn er nicht hersieht oder sein Hörgerät nicht an ist. Warum also magst Du ihn so sehr? Natürlich magst Du uns alle: Dr. Sylvester, die tote Frau, mich. Das ist ja schließlich Deine Aufgabe. Aber trotzdem verstehe ich nicht, warum Du ausgerechnet bei Mr. Nathan so strahlst – siehst Du, ich kann mich an seinen Namen erinnern. Vielleicht werde ich doch wieder gesund.

Ich sehe, höre und spüre alles durch einen Nebel hindurch, einen Vorhang aus Erschöpfung, der alles verschwimmen lässt. Es ist mir egal. Ich huste. Es ist mir egal. Harriet beugt sich über mich. Ihr Gesicht ist ganz nah. Ich kann die einzelnen Poren ihrer Haut erkennen. Ich dringe in die Poren ein, in meine Tochter, spüre, wie ihre Haut schwitzt, ihr Herz schlägt. Spüre ihre Sorge. Es ist mir egal. Sie seufzt, und ich gleite heraus aus ihr und wieder in mich selbst hinein.

Du bist auch verschwommen. Seltsam, vor einer Sekunde warst Du noch ganz deutlich. Vor einer gewissen Zeit. Entferne ich mich von Dir? Es ist mir egal. Das sollte es nicht sein, ich weiß, aber so ist es nun mal.

Ich bin müde.

Harriet macht sich solche Sorgen. Ich will ihr sagen, dass sie nicht so besorgt sein soll. Ich will ihr sagen, dass alles in Ordnung ist, dass alles gut wird. Ich bringe die Worte nicht heraus. Etwas kommt, aber ich weiß nicht, was das ist. Es ist mir egal.

Mutter? Mutter?

Das ist Harriet.

Kannst du mich hören, Mutter? Mutter, erkennst du mich?

Ja, Liebes. Ja, mein Liebling. Ich erkenne dich. Ich liebe dich. Mach dir keine Sorgen um mich. Es geht mir gut. Es ist mir egal.

Doktor! Doktor Berman! Kommen Sie schnell!

Ich schaue nach oben, in das konzentrierte Gesicht des Doktors. Prächtiger Haarwuchs überall: Augenbrauen, Wimpern, Koteletten. Ich schaue an ihm vorbei und sehe, dass an der Decke des Krankentransporters die Farbe abblättert. Außerdem eine Aufschrift: Nur im Notfall. Als ob man dieses Fahrzeug auch anderweitig einsetzen würde. Wobei, dies hier ist ja gar kein Notfall. Ein Notfall tritt unerwartet ein.

Mir ist kalt.

Harriet wurde nie Anwältin.

Und Ruby wurde nie Hausfrau und Mutter.

Und ich wurde nie –

Meine Zähne klappern. Ich verstehe nicht warum. Mama, Mama, hilf mir. Was ist das für ein Gefühl? Wieso rast mein Leben an mir vorbei?

»Letzte Gelegenheit, Ma'am.« Eine gesetzte Stimme, wie die von Daddy. Eine weiße Uniform, wie die eines Arztes.

»Sie geht jetzt schnell unter«, sagt die weiße Uniform.

Über mir flattern die Vögel gegen die Gitterstäbe ihres Käfigs. Sie haben keinen Notausgang.

Fast neunzig Jahre; ganz schön viel, worauf man zurückblicken kann. Aber es gibt offene Fragen. Mein Leben zieht an mir vorüber, mit all seinen Schmerzen und Schatten, und es gibt so viel, was ich nicht verstehe. Vielleicht könntest Du – wenn es Dir nichts ausmacht – mir ein paar dieser bohrenden Fragen beantworten? Ich versuche auch, nichts zu fragen, was mich nichts angeht. Aber über mich darf ich doch Bescheid wissen, oder?

Erstens wüsste ich gern, woran ich bin. Heute Nacht, während ich friedlich schlafe? Ich denke mal, so würden die meisten gern dahinscheiden. Abgesehen von den armen Irren, die

Glanz und Gloria oder einen schönen Körper neben sich haben wollen. Sanft entschlafen. So wird der Leichenbeschauer es ausdrücken. Richtig? In der Warden Grace Villa, an den Folgen einer Lungenentzündung – aber den Teil lassen sie ja vielleicht auch weg. Wenn man fast neunzig ist, spielt das keine große Rolle. Anstelle von Geschenken bitte Blumen. Zinnie: *Ich beklage deine Abwesenheit.* Das wäre schön. Oder Persimonenblüten: *Begrabt mich inmitten der Schönheit der Natur, auf dass ich euch nach und nach erfreue.*

Ruby habe ich das letzte Mal vor dem *Maple Leaf*-Stadion in Toronto gesehen. Es war Nachmittag, ein Wochenende in den Sechzigern. Eine Demo, so sagt man doch, oder? Schwarz und weiß gemeinsam, *We shall overcome*. Alle überaus stolz auf sich selbst, man kämpfte schließlich für die gute Sache. Klingt albern, ich weiß, aber es war nicht albern. Aber warum war ich da dabei? Gewiss nicht, um zu marschieren. Mich hat das doch gar nicht interessiert.

Oh. Bist Du sicher? Es hat mich interessiert? Und auf meinem Plakat stand auch so ein Spruch?

Ich weiß nicht, was ich davon halten soll. Das freut mich. Mich für Leute zu interessieren, die ich nicht kenne, ist nicht meine Art. Vermutlich hat Harriet auf mich eingeredet. Sie hat sich mit Sicherheit dafür interessiert. Tut es immer noch. Für Menschen aus mir völlig unbekannten Ecken: Aus Bosnien, Pappkartons, den Filibustern ... Sie hat sich für jedermann interessiert, nur nicht für sich selbst. Genau wie, also ... genau wie Du. Oh doch, es freut mich, dass ich dabei war.

Und als ich die Yonge Street entlang auf die City Hall zumarschierte – das muss die neue City Hall gewesen sein, oder? –, da sah ich Ruby. Sie saß am Tresen eines kleinen Restaurants, sah die Demonstration vorbeiziehen und goss sich einen hinter die Binde. Um den Kopf ein mir völlig unbekanntes Tuch. Sie war allein, und durch die Fensterscheibe und all die singenden Demonstranten hindurch trafen sich unsere Blicke. Und ich dachte, Mit dieser Frau war ich einmal befreundet. Kein Tag verging, an dem sie nicht im Laden vorbeigeschaut und mir von einem neuen Designer-Hut erzählt hätte, den sie gerade ausprobierte. Oder von einem neuen Liebhaber. Oder sie hatte gerade in einer Zeitschrift etwas über das Geheimnis der alten Ägypter gelesen oder darüber, woran man den idealen Partner erkennt. Damals stand mir niemand näher als sie, abgesehen von meiner Tochter natürlich.

Ich hob die Hand, um ihr zu winken, doch Ruby schaute über mich hinweg. Und die Demonstration zog vorbei und ich mit ihr. Und ich fragte mich – frage mich –, ob sie mich erkannt hat.

Ich hätte den Gehsteig überqueren, mein Plakat niederlegen und ins Restaurant gehen können, um mit ihr zu reden; aber Harriet war bei mir und wir waren mitten in einer … Nein, das stimmt nicht. Ich marschierte weiter und sang aus voller Brust von Michael und davon, wie er das Boot ans Ufer ruderte, weil ich Angst hatte. Ich ging nicht in das Restaurant, weil ich Angst vor dem hatte, was mich dort erwartete. Angst vor dem, was aus ihr geworden war. Ich wollte das nicht wissen.

Ist sie ein paar Jahre danach bei diesem Unfall gestorben? War das ihre Leiche am Fuß der defekten Feuerleiter? In der Zeitung stand ihr Name, aber nicht ihre Adresse. Ich ging zu dem Begräbnis, ohne sicher zu sein, dass es wirklich ein und dieselbe Ruby Wellesley war. Und ich erfuhr es auch nie, denn der Sarg war geschlossen. Außer mir war niemand gekommen. Der Vermieter bezahlte das Begräbnis.

Ich frage mich, ob sie mich an diesem Nachmittag inmitten all der Demonstranten gesehen hat. Hat sie mich erkannt? Vielleicht hatte sie auch Angst. Und ich wünsche. Ich wünsche. Ich wünsche mir so sehr, ich hätte noch einmal die Gelegenheit. Arme Ruby. Ich würde in das Restaurant laufen und ihre Hände ergreifen, so, wie sie mich immer begrüßt hat. Ich würde sie fragen, ob sie bei mir einziehen will. Ich würde ihr Pflanzen schenken. Haselzweige und Stern von Bethlehem: *Wiedersehen*, *Versöhnung*. Und Eibe: *Es tut mir leid.*

Lady Margaret war keine Schwiegermutter, wie man sie aus den Operetten oder den Fernsehkomödien kennt. Sie mischte sich nicht ein, war überhaupt nicht vorhanden in unserem Leben, in Robbies und meinem. An diesem Vormittag in Cobourg, vor ihrem Sommersitz, mit Harriet im Arm und dem wartenden Pferd und der Kutsche hinter uns, sahen wir sie zum letzten Mal.

Wusste sie von den regelmäßigen Einzahlungen auf unser Bankkonto? Mit Sicherheit, denn sie beendete sie ja auch.

Ist es nicht eigenartig, dass Mr. Rolyoke starb, ohne ein Testament zu hinterlassen? Dem Anwalt in Philadelphia war es furchtbar peinlich. Irgendwie hatte ich damit gerechnet, dass … dass im Falle eines Testaments wenigstens Harriet etwas erben würde, wenn schon nicht ich. Aber dem war wohl nicht so. So was gibt's nur im Kino.

Lady Margaret hat ganz schön lange gelebt, oder? Sogar länger als ich leben werde. Ich hätte eigentlich gedacht, dass sie nach Mr. Rolyokes Tod zurück nach England gehen würde, aber sie blieb wohl lieber am Rittenhouse Square bei all den abgedeckten Möbeln, den Mäusen und den bitteren Erinnerungen.

Woher sie Harriet wohl kannte? Du wirst es mir ja kaum sagen – geht mich nichts an. Aber sie kannte sie. Wie sonst wären diese Zeitungsausschnitte zu erklären? Ihre Nichte Estelle fand sie nach ihrem Tod und rief mich an, weil auf dem aus dem kanadischen Nachrichtenmagazin meine Nummer stand. *Ein Wunder?* lautete die Überschrift. In dem Artikel ging es um den Bluestone-Fall. Auf einem Foto schüttelte Stephen Bluestone Harriet die Hand. Vermutlich hatte Lady Margaret die Nummer aus dem Telefonbuch von Toronto; die von Harriet stand nämlich nicht drin.

Was ich nach wie vor nicht verstehe, ist, warum dieser andere Ausschnitt in dem Ordner war. Eine Wild-West-Show um die Jahrhundertwende, mit Kriegsbemalung, irgendwelchen Wundermitteln und einem Mädchen auf der Drehscheibe, das mit Messern beworfen wurde. Und Auge in Auge mit der Menschenmenge, links und rechts mit, wie Estelle sagte, Koteletten wie der Prophet Amos aus ihrer Bibel, stand Mr. Rolyoke. Onkel Rolyoke nannte sie ihn. Seine Hand lag auf der Stirn einer alten Frau. Abgesehen von dem fehlenden Fragezeichen war die Überschrift die gleiche wie die von Harriet. Was für ein Zufall.

Eigenartig, dass Lady Margaret dieses Bild von Mr. Rolyoke aufbewahrt hat; man sollte meinen, sie hätte über die dubiosen Anfänge ihres Gatten lieber den Mantel des Vergessens gebreitet.

Wie? Ist es das Menschengeschlecht, über das Du lächelst, oder bin ich es mit meiner Dummheit?

Auf jeden Fall fragte Estelle, ob ich das Foto haben wollte. Ich sagte, nein danke. Den *Ein Wunder?*-Artikel hatte ich bereits. Ich bedankte mich für ihre Mühe. Die Rolyokes und ich standen uns nicht sonderlich nah, sagte ich.

Wenn er Harriet alles vermacht hätte, wären die Dinge anders gelaufen, oder? Sie wäre Anwältin geworden. Glaub nur nicht, dass ich mich beschwere: Er war uns nichts schuldig. Er war Harriet und mir gegenüber äußerst zuvorkommend gewesen. Ich habe ein hohe Meinung von ihm – eine mehr als hohe, um ehrlich zu sein. Es geht mir – lach bitte nicht. Es geht mir mit ihm fast so wie mit Dir.

Keine Ursache.

Auf jeden Fall hätte ein Erbe für Harriet eine Menge geändert. Und für mich vermutlich auch.

Wie bitte? Stephen Bluestone? Ja, Du hast natürlich recht. Für ihn hätte es auch eine Menge geändert. Er wäre ein Krüppel geblieben.

All diese Wenns und Abers.

Steh auf, mein Liebling, du Schöne, und komm mit mir. Das sagte er immer, wenn wir zusammen auf meinem Fensterbrett saßen und in die mondhelle Nacht hinausschauten. Er sagte immer so wunderbare Sachen zu mir, mein David Lawrence Godwin. Ich liebte ihn so sehr; es war eine Ehre, einen Mann so zu lieben. Aber eines würde ich gern wissen, sagte ich zu ihm. Liebst du mich denn auch? Nur ein kleines bisschen?

Wenn er geantwortet hätte, Ja, ein kleines bisschen, wäre ich natürlich ziemlich sauer gewesen. Und wenn er geantwortet hätte, Nein, überhaupt nicht, hätte ich ihn weggeschickt. Aber er gab immer die richtige Antwort – Mein Liebling, sagte er, ich liebe dich keineswegs ein bisschen. Wie könnte ich dich denn ein bisschen lieben? Meine Liebe ist größer als der Mond und die Sterne zusammen, größer als die Anzahl der Sandkörner am Strand, der Blätter an den Bäumen. David ließ sich nicht lumpen, wenn er die Größe seiner Liebe benennen musste, genauso wenig wie bei der Anzahl der Lieferwagen für seine Bäckerei oder den Unmengen an Teig – Kubiktonnen, glaube ich, ich stellte mir ganze Räume voll pampiger Masse vor –, aus dem seine Angestellten jeden Tag das Brot und die Brötchen machten. Habe ich David gesagt? Geoff. Ich meinte Geoff. Geoff, den freigiebigen Bäcker, nicht David, den erdachten Soldaten mit seiner Verwundung aus dem großen Krieg.

Wie konnte ich die beiden nur verwechseln? Ich bin ja noch schlechter beieinander als ich dachte. Das erinnert mich an die Diskussion über mein Gedächtnis, die ich mit Harriet hatte, kurz bevor ich mir damals den Knöchel brach. Wir waren oben in der Wohnung, tranken Tee und betrachteten die grauen Wolken, die so nah waren, dass man sie fast berühren konnte. Haben wir nur dieses eine Mal darüber geredet? Vielleicht. Nur weil ich mich nicht an andere Gespräche erinnere, heißt das noch lange nicht, dass es keine gegeben hat.

Du musst mich zum Arzt bringen, Harriet, sagte ich. Ich fange an, Dinge zu vergessen.

Welche denn?, fragte sie.

Woher soll ich das wissen?, fragte ich zurück. Ich bin diejenige, die Dinge vergisst. Welche, musst du mir sagen, sagte ich. Du bist die, die ihre Sinne beisammen hat.

Sie drehte sich weg, als brächte sie es nicht fertig, mir ins Gesicht zu sehen. Wir waren schon beim Arzt, sagte sie. Und zwar heute Vormittag. Du hast den Besuch vergessen.

Ich versuchte, mich zu erinnern, aber es entstand einfach kein Bild. Zumindest nicht dieses. Worüber haben wir denn beim Doktor geredet?, fragte ich.

Über das Vergessen, sagte sie.

Gut, sagte ich, und sie nickte. Mh-hm. Wir nippten an unserem Tee. Es fing an zu regnen. Hat der Doktor mich geheilt?, fragte ich.

Sie prustete los. Ich hatte sie schon immer zum Lachen bringen können. Offenbar nicht, sagte sie.

Geoff war ein guter Mann, ein haariger Mann, der sagte, dass er mich liebt. Und nicht nur mich. Harriet ist solch ein nettes Mädchen, sagte er. Und so talentiert. Erinnerst du dich, wie ihre Bläsergruppe sich bei mir im Laden getroffen hat, Rose? Im ersten Laden, fügte er an. Ich erinnerte mich.

Was für ein kluges Mädchen, sagte er. Wie sie dich vor dem

Richter verteidigt hat – und zu der Zeit noch ein Kind. Als du mir diese Geschichte erzählt hast, Rose, war ich unglaublich stolz auf sie. So stolz, wie eigentlich ein Vater auf seine Tochter ist. Es war eine Ehre für mich, bei ihrer Abschlussfeier dabei sein zu dürfen. Und es wäre eine Ehre für mich, ihr jetzt ein zweiter Vater sein zu dürfen.

Es war Sommer, aber offenbar schon recht spät, denn das Wohnzimmer war dunkel. Wir waren allein, ich am Fenster, Geoff auf einem Knie vor dem Kamin. Ich machte unsere neue Stehlampe an. Geoff blinzelte zu mir herauf und bedeckte die Augen, um sich vor dem Licht der Glühbirne zu schützen.

Sag ja, Rose, bettelte er. Mach mich zum glücklichsten Mann der Welt.

Ach, Geoff, sagte ich. Das kommt so plötzlich.

Nicht für mich, Rose. Er grinste über beide Ohren, sodass sein Gesicht straff wurde und in den Nasenlöchern zwei Haarbüschel auftauchten, wie zwei Kaninchen, die aus benachbarten Löchern spähen. Als das Gesicht sich entspannte, verschwanden sie wieder. Dieses Phänomen hatte ich schon früher beobachtet.

Ich bin nicht arm, sagte er. Meine Bäckerei geht gut. Weißt du, wie viele Lieferwagen für mich unterwegs sind?, fragte er.

Ich sagte, ich wüsste es nicht. Rate, sagte er.

Warum habe ich ihn nicht geliebt? Warum? Ein guter Mann, fleißig und großzügig, er hatte sich seinen Wohlstand hart erarbeitet. Es stand ihm zu, damit vor einer Frau, die er liebte, anzugeben. Ich hatte nichts gegen seine Lieferwagen oder seine manikürten Hände. Er war auch nicht hässlich, und ich war ja auch schon vierzig – zweiundvierzig, wenn es das Jahr war, in dem Harriet den Schulabschluss machte. Es war nicht angebracht, besonders wählerisch zu sein. Denn es war ja nicht unbedingt so, dass mir an der Hintertür John Gilbert auflauerte.

Als ich ihn das erste Mal auf der Leinwand sah, war ich wie vom Blitz getroffen. Das war *Arabian Love*, oder? Genauso hatte ich mir meinen Leutnant David Godwin vorgestellt. Ich wandte den Blick nicht von ihm und setzte alle Hebel in Bewegung, um auch *While Paris sleeps*, *Truxton King* und *Cameo Kirby* zu sehen, als sie bei uns im Arlington-Kinosaal gespielt wurden. Es war, als hätte ich eine Fantasie-Blume gemalt, die ich danach dann auf einer Wiese entdeckte. Wie dem auch sei: Als ich die Chance hatte, in die Backbranche einzuheiraten, spielte er längst keine Rolle mehr, weder für mich noch für Hollywood. 1952? Kann das sein? Aber auch George Brent wartete nicht an der Hintertür.

Na los, rate, wie viele Laster ich habe, bohrte Geoff. Und ruhig großzügig.

Eine Million?, fragte ich.

Ja, lächle nur. Jetzt kann ich mit Dir lächeln, aber das war wirklich nicht nett von mir. Geoff war ein Gentleman, er wurde rot und stand auf. Bitte denk darüber nach, sagte er zu mir und drückte meine Hände. Seine Fingernägel glänzten im Licht der Lampe, Brillanten thronten auf Hecken aus buschigem, dunklem Haar.

Ich werde nie vergessen, wie hilfsbereit du vor dem Krieg warst, sagte ich. Als du den armen Menschen ohne Arbeit jeden Tag Essen geschenkt hast.

Warum wollte ich ihn nicht heiraten? Warum sagte ich nicht Ja und zerfloss in seinen Armen?

War ich neidisch auf seinen Erfolg? Eher nicht. Ich glaube – das ist jetzt komisch; ich fühle mich auf einmal komisch –, ich glaube, der Grund war, dass er Harriets zweiter Vater sein wollte. Ich weiß noch, wie es mir kalt den Rücken herunterlief, als er das sagte, und wie ich dachte, *Sie hat doch schon einen zweiten Vater*.

Aber warum? Was ist so schlimm an einem zweiten Vater? Gert hatte einen. Was verstehe ich hier nicht? Habe ich an Dich gedacht? Lag es daran? Noch heute läuft es mir beim Gedanken daran eiskalt den Rücken herunter.

Vielleicht liegt es ja an der Kälte. Denn es ist kalt! Und laut. Ich höre das Wasser rauschen. Furchtbar laut ist es, eine richtige Flutwelle. Ich kriege keine Luft. Wasser in der Lunge. Keine Luft. Gar keine. Ich ertrinke von innen. Lungenentzündung ist der Freund der Alten, sagt man. Wer solche Freunde hat …

Oh, Mama. Warum bist du so kalt? Dreh dich nicht weg. Willst du nicht wissen, wer das ist? Ich bin es, Rose. Ich. Deine Tochter. Sei nicht so kalt. Sei nicht so kalt. Oh, Mama! Hilf mir doch. Mir ist kalt. Ich brauche dich. Ich brauche dich. Mir ist kalt. Ich brauche dich! Ich brauche! Ich brauche!

»Armes Ding.«

Bist Du das? Eine umwerfende, weiße Uniform, ein besorgtes Gesicht. Zwei große, kräftige Hände.

Ich spüre, wie die letzten Körnchen des Lebens zerrieseln, so wie Salz in der Eieruhr. Meine drei Minuten sind um. Harriet ist ein Schatten. Die Schwester ist ein Schatten. Sie schauen auf mich herab. Harriet hält meine Hand. Dr. Berman ist ein Schatten. Ist das seine weiße Uniform?

»Armes Ding.«

Nein. Das ist eine andere weiße Uniform. Sie ist heller, mit goldenen Borten. Ist es Deine? Wirst Du mich hochheben und mich vorne mit in Deine Uniform packen? Mir ist immer noch kalt.

Lärm ringsumher. Menschen schreien, rennen, ziehen an mir vorbei. Überall Wasser. Es schwappt über den Boden. Möbel schwimmen herum. Und menschliche Körper.

Auf Wiedersehen, Doktor. Auf Wiedersehen.

Auf Wiedersehen, Harriet. Warum hast du nie geheiratet? Geht mich nichts an, ich weiß, aber als Mutter macht man sich eben Gedanken.

Wie viele Deutsche hat Mr. Davey getötet, bevor sein Panzer in die Luft ging?

Warum ist Parky nur so gemein zu mir? Ansehen tut sie mich nämlich gern. Das weiß ich.

Warum ist Gert wütend auf mich? Ich habe Billy nicht einmal geküsst.

Warum will das Getreide nicht wachsen? Ich glaube, Daddy ist enttäuscht. Aber das sagt er nicht. Er sagt nie etwas. Victor, kannst du Daddy verstehen? Mama und ich können es nicht.

Was für ein wunderbarer Anblick: Ein Blumenteppich, der sich über das ganze Feld vor mir erstreckt. Mal sehen, was wir da haben: Margeriten, Malven, Rittersporn, Nelken und Petunien.

Auf Wiedersehen, Harriet. Auf Wiedersehen. Deine Hände sind eiskalt.

Also, Onkel Brians Wagen hat die neuen Reifen von *Diamond*. Mit Garantie gegen Risse und Löcher.

Ich brauche meine Mama. Mama.

Alt und jung und am Ertrinken. Ist das die Zukunft, die ich nie hatte, oder die Vergangenheit, die mich einholt? Ich kann alles spüren. Warmes Wasser in mir drin, kaltes Wasser um mich herum. Meerwasser. Ich spüre Mamas Arme und die von Harriet und Robbie. Und Deine. Sätze kommen von irgendwoher.

Die Krankheit bewirkt, dass Zeitebenen sich ineinander schieben, sagt Dr. Sylvester. Die Barrieren in ihrem Gehirn geben nach, und sie lebt gleichzeitig in der Vergangenheit und in der Gegenwart.

Wie reichhaltig mein Leben gewesen wäre, ohne dieses Meerwasser. Erfüllt von Liebe und Streben, Furcht und Hoffnung, und hin und wieder einem Wunder. Zum Bersten voll. Und wirklich.

Wie es aussieht, schlägt niemand vor, mich am Leben zu erhalten. Bist Du Dir da sicher? Harriet – dieses empfindsame, tüchtige Mädchen – ruft wirklich nicht, Rettet meine Mutter, koste es, was es wolle? Nur ein Tag, selbst eine einzige Stunde rechtfertigt jeden noch so großen …? Bist Du Dir sicher? Aha. Ich mache ihr keine Vorwürfe.

Ich will leben.

Mir ist nicht mehr kalt. Mir ist gar nichts. Ich spüre eine sanfte Schaukelbewegung, hin und her, hin und her. Das Wasser ist kalt, aber mir ist nicht kalt. Ich höre Stimmen aus der Ferne, die sagen, Vorsicht. Langsam runterlassen. Ich kann jemanden weinen hören. Harriet hat beim Begräbnis ihres Daddys geweint. Ich bei meinem Daddy nicht. Arme Harriet. Armer Daddy.

Ich möchte selbst weinen, aber es kommen keine Tränen.

Ich sehe Dich jetzt ganz deutlich. Du siehst aus wie diese Hausfrau im Fernsehen, die von ihrem Mann nicht beachtet wird, obwohl sie ihm sein Lieblingsessen gekocht hat. Es tut mir leid. Ich liebe Deinen Schmorbraten. Ich finde es wirklich nicht selbstverständlich, dass Du da bist.

Weißt Du noch, wie ich gebetet habe – gebetet haben muss –, als ich klein war und in einsamer Dunkelheit im Bett lag, die Schatten an Decke und Wänden, die Wolken vor dem Mond und die Bäume vor der Schneelandschaft betrachtete und darauf wartete, dass Daddy gegen die Möbel torkelte und Mama seufzte? Die Schule fing jeden Morgen mit dem *Vaterunser* an, aber ich habe es nie richtig gesagt. Unser täglich Brot gib uns morgen, sagte ich. Weißt Du noch? Morgen, nicht heute. Als könntest Du mir in dem Moment überhaupt nichts geben. Als sei die Nacht – die Gegenwart – sogar außerhalb Deiner Kontrolle. Und als wäre es möglich, durch die Bitte um zukünftige Hilfe den Moment der Versuchung und Enttäuschung hinauszuschieben, in dem mir klar wurde, dass Du mir nicht helfen konntest. Dass es Dich vielleicht gar nicht gab. Ich Arme.

Glauben ist schwer. Selbst jetzt habe ich Angst, dass Du verschwinden könntest, sobald ich wegsehe, sobald ich die Augen schließe; dass Du verschwinden könntest, egal, ob ich die Augen schließe oder nicht. Wie kann ich sicher sein, dass Du keine Wunschvorstellung bist? Ich weiß doch, welche Kraft so etwas hat.

Ich brauche mein Leben. Ist es das, was Du mir anbietest – jetzt?

Mein Leben. Kannst Du mir helfen?

Ich brauche es. Ich brauche es so sehr. Hätte ich jetzt Hirtentäschel hier, würde ich es Dir geben. Meine ich wirklich Hirtentäschel? Ein weiß blühendes Kraut, wächst auf Getreidefeldern – Du kennst es doch. Genau, Hirtentäschel. *Ich schenke Dir meine ganze Existenz.*

Du lächelst, aber nicht gemein, als würdest Du Dich lustig machen. Du kannst gar nicht gemein sein, oder? Du lächelst tapfer, aber Du hast Tränen in den Augen. Sie glitzern in den Wimpern, wenn Du blinzelst. Ruby konnte wirklich fies sein: Manchmal gab sie die furchtbarsten Dinge von sich, aber sie war dabei so komisch, dass ich einfach lachen musste. Vielleicht lag es an der Art, wie sie es sagte: Aufs Timing kommt es an, sagte sie. Mich wundert, dass Du so wenig Witze machst. Du mit Deinem Gespür für Timing müsstest doch der geborene Komiker sein.

Es ist alles eine Sache des Glaubens, oder? Also gut, dann sage ich jetzt mein Gebet. Ich liege noch immer da und starre ins Dunkle. Und ich bete. Ich, Rose, fast neunzig und am Sterben, bitte Dich, Dich meiner anzunehmen – nicht in der Zukunft, denn ich habe keine; und nicht in der Gegenwart, weil sie mir schneller durch die Finger gleitet als einem Säufer sein Erbe. Nimm Dich meiner an in der Vergangenheit.

Genau. Wenn Deine Gnade wirklich unendlich ist, dann gibt es keine räumlichen Grenzen, und genauso wenig die der Zeit. Nimm Dich meiner Jugend an, ja? Nimm Dich meiner in der Wiege an. Lass Deine Gnade meine Kindheit reinigen. Behüte mein Heranwachsen, mein Frauwerden, mein Entdecken der Liebe und des Vertrauens. Lass Deinen Blick auf mir ruhen, während die Jahre rückwärts ablaufen. Bitte. Heile meine

Wunden, erfülle mich mit Hoffnung, verhilf mir zum Glauben und zur Liebe. Segne das Mädchen, das ich war. Nimm es in Deine Obhut. Bewache mich an jedem einzelnen Tag des Lebens, aus dem ich jetzt scheide. Amen.

Der Lärm ist ohrenbetäubend. Schleppkähne und Barkassen in allen Größen drängen sich auf dem Wasser. Fahnen flattern, Pfeifen gellen, Menschen jubeln. Passagiere säumen die Reling des riesigen Dampfers und sehen das erste Mal seit vier Tagen Land. Die Freiheit reckt ihre Fackel in die Höhe.

Es ist ein wunderbarer Frühlingsmorgen, sonnig und warm, mit einer leichten Brise, die das Wasser mit kleinen, weißen Flecken überzieht, als hätte Gott, als übermütiger Hochzeitsgast, Reis geworfen, ohne die ausdrücklichen Verbote zu beachten, die die Kirche gegen derart unwürdige Wohlwollensbekundungen ausgesprochen hat.

Ein junges Paar starrt fröstelnd und übernächtigt auf die näherkommenden Wolkenkratzer.

»Hoffentlich holt uns dein Bruder auch wirklich ab«, sagt meine Mutter.

Ein schwerbeladener Steward rempelt uns von hinten an.

»Verzeihung, Sir.« Der Stewart linst über den Gepäckstapel, den er vor sich herträgt. »Oh nein. Ihm ist doch nichts passiert?« Meine Mutter hat ein unruhiges Päckchen im Arm.

Sie runzelt die Stirn.

»Süßer kleiner Kerl.« Der Steward richtet sich auf und wankt nach backbord auf die Kajütentreppe zu.

»Es ist ein Mädchen«, ruft meine Mutter ihm nach. »Ein kleines Mädchen.«

Der Wind frischt auf. »Zirruswolken«, sagt mein Vater mit einem Blick zum Himmel.

»Kriegen wir hohe Wellen?« Bislang war es eine vollkommen ruhige Überfahrt. Alle haben das bestätigt.

»Nicht im Hafen«, sagt mein Vater.

Ich winde mich im Arm meiner Mutter. Ich will runter.

»Na komm«, sagt sie.

Mein Vater beugt sich vor und streichelt mit dem Finger über meine winzige, zarte Backe.

»Mama«, sage ich. »Mama. Dada. Oge.«

Mutter lächelt. »Oge« ist mein Wort für Vogel. Uns gehören zwei Kanarienvögel im Käfig. Sie sind unten in der Kabine, mit dem ganzen Gepäck.

»Möwe«, sagt mein Vater und zeigt auf eine. »Siehst du, Rose? Möwe.«

»Oge.« Ich schaue nicht auf die Möwe. Ich winke einem Punkt mitten in der Luft, hinter der Reling. Ich glaube, das ist ein Vogel.

Endlich die Hafeneinfahrt. Die Schleppkähne – eine ganze Flotte – sind in Position. Die Vibration der riesigen Motoren, seit so vielen Stunden fester Bestandteil unseres Lebens, hört auf. Der Hafenlärm schwillt an wie ein wütendes Brodeln. Es scheint, als sei die ganze Stadt auf den Beinen, um das große Schiff ankommen zu sehen.

»Zeitung«, ruft ein Deck-Steward. »Die Zeitungen von heute. *Times, World, Globe, Post.*«

»Wo haben Sie denn die Zeitungen von heute her?«, fragt meine Mutter.

»Von den Schleppern, Ma'am.« Der Steward ist ein waschechter Cockney mit pockennarbigem Gesicht und nervösen Augen. Die Borten und Knöpfe seiner weißen Uniform funkeln in der Sonne. Mutter lächelt verlegen und tritt einen Schritt zurück.